UN HOMME BIEN TRANQUILLE

DU MÊME AUTEUR

ESSAI

Les Grands Moments littéraires de Normandie du XVIIIe siècle à nos jours, Editions Corlet, couronné par l'Académie française.

BIOGRAPHIES

Mandrin, le voleur d'impôts, Tallandier, J'ai Lu, Le Grand Livre du Mois, couronné par l'Académie française.

Bertrand Du Guesclin, connétable de France, Tallandier, Le Grand Livre du Mois.

Jacques Cartier, Editions maritimes et d'Outre-Mer, Ouest-France, L'Ancre de Marine.

Dumont d'Urville, le dernier grand marin de découvertes, Glénat.

L'Enigme Lapérouse, Tallandier, Le Grand Livre du Mois.

NOUVELLES

La Normandie raconte (en collaboration avec Michel de Saint-Pierre, Jean de La Varende, André Druelle, etc.), Cercle d'Or.

Hantise ou scènes de la vie ordinaire, Maître Jacques.

ROMANS

L'Ile, Editions Syndicales.

L'Arbre déraciné, Cercle d'Or.

Au-delà de la fin du monde (en collaboration avec Grégoire Brainin), Cercle d'Or.

Il était une fois un monstre, Editions Corlet.

Claudius ou les beaux jours, Ramsay, Cheminements, Le Grand Livre du Mois.

Soleils gris, Filipacchi.

Les Deux Vies de Marie Salmon, Tallandier, Aubéron, Le Grand Livre du Mois, Prix Guillaume-le-Conquérant 1994.

Heloa, la passagère clandestine, Glénat, Aubéron, Grand Prix du roman de la Ville de Rennes 1998.

La Canarienne, le crépuscule des Guanches, Glénat, Prix des Libraires de Normandie 1999.

Marie sans terre, Presses de la Cité, Le Grand Livre du Mois, France Loisirs, Pocket, Prix du roman de la Ville d'Etretat 2003.

Les Anges maudits de Tourlaville, Presses de la Cité, Le Grand Livre du Mois, Prix du roman populaire 2004.

Les blés seront coupés, Presses de la Cité, Le Grand Livre du Mois, Pocket.

Une mère en partage, Presses de la Cité, France Loisirs, Prix Guy-de-Maupassant 2007.

Yves Jacob

UN HOMME BIEN TRANQUILLE

Roman

Production Jeannine Balland
Romans Terres de France

PRESSES DE LA CITÉ

Nicolas a réellement existé. Mieux, il existe encore. Enrôlé de force dans la Wehrmacht après l'annexion de l'Alsace-Lorraine parce qu'il était mosellan, il m'a conté sa vie en Normandie durant la tourmente de la Seconde Guerre mondiale.

Mémoire du drame des Malgré-nous, ces Alsaciens-Lorrains chahutés par l'histoire, il m'a résumé ses peines et son extraordinaire odyssée, qui atteindra son paroxysme dans le trop célèbre « Couloir de la mort ».

C'est son aventure que je relate ici. Toutefois, pour les besoins du récit, j'ai remplacé les gens qu'il a connus par des personnages fictifs, et j'y ai ajouté des situations romanesques destinées à amplifier l'intrigue, tout en restant fidèle à l'esprit du temps.

Aussi, à l'exception de monsieur Nicolas Fank, de madame Léone Chemin, de feu son mari Daniel Chemin et de leur fils Guy, que je nomme par leurs prénoms parce qu'ils m'ont donné leur accord pour être présents dans les pages qui vont suivre, toute ressemblance entre les personnes présentées et des personnes vivantes ou ayant vécu à cette époque ne pourrait être que fortuite.

Y. J.

ISBN 978-2-258-07373-9

A Nicolas Fank, qui m'a conté une partie de sa vie.
A sa femme Rose-Marie.
A ses fils Henri-François et Eric.
A sa petite-fille Elise.

« Ah Dieu ! que la guerre est jolie
Avec ses chants ses longs loisirs. »

G. Apollinaire

« Il devrait y avoir des terrains de guerre pour ceux qui aiment bien mourir en plein air. Ailleurs on danserait et on rirait. »

R. Nimier

« Gagnée ou perdue, toute guerre se réduit à une défaite de l'homme. »

R. Sabatier

« La guerre est maudite de Dieu et des hommes mêmes qui la font. »

A. de Vigny

PREMIÈRE PARTIE

1

L'air embaumait. Depuis longtemps déjà, les fleurs et les bourgeons avaient cédé la place aux fruits et aux frondaisons. Des fruits qui, en ce début juin 1943, avaient bien du mal à s'exalter, un ciel bas, pesant depuis plusieurs jours sur la région et le village d'Epaignes, entraînant avec lui orages et morosité. Une morosité latente, puisque la France subissait l'Occupation.

Une pluie tenace ruisselait sur les toits et les murs des maisons, tambourinait aux fenêtres et sur les devantures des boutiques. Les rares passants se hâtaient, courbés sous de grands parapluies. C'est alors que sous leurs pas le sol se mit soudain à trembler. Un convoi allemand composé d'engins à chenilles, de véhicules tout-terrain, de voitures automobiles, de motos et de side-cars traversa le bourg.

Deux soldats vêtus de l'uniforme noir des régiments panzers s'immobilisèrent sur le trottoir pour en observer le passage.

— Ils changent probablement de casernement, déclara le plus grand.

— P't'êt' ben qu'oui, p't'êt' ben qu'non, comme on dit ici en Normandie, mon vieux Rudolf, répondit l'autre en haussant les épaules, mais je t'avouerai que je m'en fous !

La colonne passée, ils reprirent leur chemin avant de s'arrêter devant une quincaillerie dont la vitrine exhibait brouettes, serpes, pelles, fourches, râteaux mais aussi, alignés avec soin, chaudrons, poêles et poêlons, tournevis, pinces, tenailles, marteaux, caisses à outils, boîtes bourrées de vis et de clous de toutes sortes.

— Dis donc, Nicolas, tu es sûr qu'on trouvera un rasoir ici ?

Nicolas examina avec curiosité la face glabre de Rudolf où flottaient deux yeux bleus d'enfant, égarés dans des joues encore rondes.

Un vrai Aryen, songea-t-il. Grand, blond comme les blés, costaud comme un arbre.

— Puisque je te le dis. Tu verras, ici, c'est la caverne d'Ali Baba. On y trouve de tout, même du dentifrice et du savon à barbe ! Allez, amène-toi !

Ils pénétrèrent dans la boutique. Un commis d'une quinzaine d'années, d'aspect chétif et recroquevillé dans une blouse grise trop ample pour lui était occupé à servir une vieille dame. Levant la tête à leur arrivée, il fixa avec dédain leurs pattes de col noires à tête de mort avant de leur tourner ostensiblement le dos.

La clochette de la porte tintinnabula. Une jeune fille entra dans la quincaillerie, touchante, maigriotte, les cheveux ébouriffés sous un parapluie beige dégoulinant de pluie. Elle replia celui-ci avec soin et s'ébroua gracieusement avant de se glisser derrière les soldats.

La vieille dame régla le commis, puis s'esquiva sans un regard pour les Allemands qui attendaient leur tour en observant le bric-à-brac alentour.

— Et pour mademoiselle, qu'est-ce que ce sera ?

La cliente s'étonna.

— Ces messieurs étaient là avant moi.

Le commis lui adressa un sourire rusé.

— Oh ! ces couillons-là, ils peuvent bien poireauter, ils ont que ça à foutre !

Les poings de Nicolas se crispèrent le long de ses cuisses. Il jeta un regard à son voisin. Celui-ci cligna des yeux en signe d'apaisement, et ils gardèrent le silence.

La jeune fille servie et partie, le commis les apostropha, goguenard.

— Et pour les couillons, qu'est-ce que ce sera : un coup de pied aux fesses ou des cacahuètes pour singes ?

Nicolas s'avança de quelques pas, s'accouda sur le comptoir puis, les mains plaquées sur ses joues, fixa froidement son interlocuteur.

— Des cacahuètes pour singes, s'il vous plaît !

L'adolescent se cabra, heurta une brouette exposée derrière lui, faillit perdre l'équilibre.

— Vous parlez français ?

— Ma foi, oui, et plutôt bien pour un boche. Allez me chercher votre patron !

— Mais...

— Vite !

Le commis fila dans l'arrière-boutique. On entendit des éclats de voix, des murmures. Un petit homme sec, presque chauve, au nez pincé par l'angoisse survint en trottinant, suivi du jeune garçon.

— Vous m'avez fait demander ?

Nicolas décolla ses coudes du comptoir, se redressa d'un air martial dans son uniforme noir.

— Oui, votre employé nous a injuriés. Il nous a, entre autres, traités de couillons et de singes...

— C'est mon neveu, bredouilla le quincaillier. Il est jeune, il voulait juste plaisanter. Il ne sait pas toujours ce qu'il dit...

Un sourire glacé courut sur le visage de Nicolas.

— Dans ce cas, apprenez-lui à se taire. Je suis d'origine française, même si la guerre a fait de moi un Allemand.

Il pivota vers Rudolf.

— Et mon camarade a fait des études de français à l'université de Berlin. Il comprend notre langue.

Le petit homme se tortillait comme une anguille. Des gouttes de morve palpitaient au bord de ses narines sans qu'il s'en rendît compte. Une de ses mains effleura ses joues pâles.

— Excusez-le, c'est encore un gamin !

Nicolas fixa l'adolescent prostré devant eux.

— Nous l'excusons pour cette fois, mais surtout qu'il ne recommence pas. Il a eu de la chance de tomber sur nous. En cas de récidive, il risquerait de se faire embarquer à la Kommandantur et de s'attirer les pires ennuis. A vous aussi, par la même occasion.

Le quincaillier avait repris quelques couleurs. Il se ressaisit, adressa un mince sourire aux soldats.

— Merci, messieurs, merci !

Il hésita un court instant avant d'apostropher son neveu.

— Toi, file dans l'arrière-boutique !

Puis, se tournant à nouveau vers les Allemands :

— Vous ne m'avez pas dit ce que vous désiriez ?

Les deux soldats se dirigèrent vers le rayon hygiène, cantonné au fond du magasin.

— Un rasoir, dit Nicolas en s'arrêtant devant une étagère où s'alignaient rasoirs, blaireaux et savon à barbe. Lequel nous conseillez-vous ?

— Celui-ci, répondit sans hésiter le quincaillier.

La porte d'entrée s'ouvrit. Une bourrasque chargée de pluie et un client s'engouffrèrent dans la boutique. Le nouveau venu, dont l'apparence dénonçait un paysan, se dirigea vers les fourches, les râteaux et les pelles regroupés derrière le comptoir. Tandis qu'il empoignait les ustensiles pour mieux faire son choix, mussé derrière des sourcils noirs et broussailleux, son regard épiait le boutiquier et les Allemands. Ceux-ci revenaient vers la caisse d'un pas posé.

— Je vous l'emballe ? questionna le petit homme, le rasoir brandi devant lui.

— S'il vous plaît, dit Nicolas. Combien vous doit-on ?

— Rien du tout, c'est un cadeau de la maison !

Rudolf opina du menton.

— Merci, monsieur, apprécia-t-il d'une voix gutturale, c'est très gentil vraiment.

Le paysan n'avait rien perdu de la scène. Les soldats partis, le visage fermé, il s'approcha du patron, cogna du poing sur le comptoir.

— Alors, Victor, on collabore maintenant ?

Le boutiquier contempla son interlocuteur d'un air offensé.

— Tu plaisantes, Fernand ! On a failli avoir des ennuis à cause de mon crétin de neveu. Si t'as un moment, je vais te raconter… à condition, bien sûr, que t'en causes à personne.

Fernand dressa au-dessus de son front une paume solennelle, accompagnée d'un petit sourire rusé.

— Juré ! Tu me connais : croix d'bois, croix d'fer, si je mens, j'vais tout *drêt* en enfer !

Victor se hissa sur la pointe des pieds et, se couchant sur le comptoir vers l'oreille de Fernand – car deux clients venaient d'entrer dans la boutique –, il chuchota :

— Alors, voilà…

2

Depuis la veille, une lumière généreuse avait succédé au temps maussade et à plusieurs jours de pluie presque ininterrompue. Dans la cour de la petite école maternelle d'Epaignes, assis à même le sol, adossés à un mur ou à un arbre, vingt-cinq soldats appartenant à une section du 24e régiment blindé allemand prenaient leur repas de midi en se prélassant au soleil.

Après un bref séjour à Brionne où le 24e régiment blindé avait été restructuré avec les anciens, les restes, devrait-on dire, de la 24e division blindée décimée en Russie, la section avait été transférée à Epaignes où elle séjournerait quelques semaines, deux mois peut-être, avant d'être affectée ailleurs. Le lieutenant logeait chez l'habitant, dans une maison bourgeoise de Bernay. La rumeur affirmait qu'il était au mieux avec ses hôtes puisqu'un émissaire chargé de lui apporter des missives avait eu la surprise de voir le fringant officier l'accueillir avec un bébé nu dans les bras, qu'il était apparemment occupé à langer !

En attendant, l'armée avait réquisitionné à l'intention de ses soldats une des deux classes de l'école maternelle d'Epaignes. Ils y dormaient sur une paillasse jetée à même le sol, et rangeaient leurs effets militaires dans des armoires métalliques individuelles alignées contre les murs. Chaque jour, une roulante apportait les repas préparés et distribués par un cuistot.

Ce midi-là, Nicolas achevait son déjeuner, seul, sous les ombrages d'un marronnier. Il savourait une sorte de pudding accompagné d'une crème à la vanille assez consistante. Des voix d'enfant lui firent lever la tête. Sortant de leur classe, sagement rangés par deux et précédés de leur institutrice, une vingtaine d'entre eux se dirigeaient vers la grille où les attendaient leurs parents. En passant devant les Allemands, l'un d'eux ralentit pour observer Nicolas avec curiosité.

Le jeune homme sourit, tendit son écuelle vers le bambin.

— Tu en veux ? C'est bon, tu sais !

L'institutrice avait suivi la scène. Elle accourut, empoigna le bras du petit.

— Ne touche pas à ça, il va t'empoisonner !

Une vague de tristesse ombragea le front du soldat.

— Mademoiselle, comment osez-vous dire cela ? Ai-je la tête d'un assassin ?

L'institutrice écarquilla les yeux.

— Oh ! excusez-moi, vous parlez français ?

— Il me semble.

Elle se dandinait d'un pied sur l'autre, déconcertée.

— Pouvez-vous m'accorder un instant ? J'accompagne les enfants jusqu'à la sortie et je reviens.

Elle s'éloigna. Ses hanches oscillaient gracieusement dans la lumière. Elle était jeune, vingt-deux ans tout au plus, plutôt petite, assez mignonne, avec des yeux pailletés d'or, des traits bien esquissés, un large front, une charmante fossette au menton. Il se demanda comment il avait remarqué tant de détails en si peu de temps. Il se demanda aussi si elle était mariée ou demoiselle. Il n'eut pas le loisir de s'interroger plus longtemps : elle était de retour devant lui. Elle souriait, un peu gauche, gênée d'adresser la parole à un Allemand.

— Je voulais savoir : vous ne seriez pas un des deux soldats qui ont acheté un rasoir à la quincaillerie l'autre jour ?

— Si.

— Je m'en doutais ! Vous parlez français sans aucun accent !

— C'est normal, je suis français.

— Mais si vous êtes français, qu'est-ce que vous fichez ici ?

La jeune fille le dévisageait avec une gravité teintée de réprobation. La question était franche, précise.

Nicolas haussa les sourcils, balaya l'espace du regard afin de vérifier que nul ne pouvait l'entendre puis, réalisant qu'à l'exception de Rudolf, qui lui tournait le dos à quelques pas de là, les autres ne comprenaient pas sa langue maternelle, il enchaîna :

— C'est une longue histoire. Je suis mosellan, lorrain si vous préférez. En août 1942, je suis devenu allemand, et on m'a enrôlé dans l'armée du Reich.

— Ah ? Et ça ne vous fait pas drôle de servir nos ennemis ?

Elle guettait sa réponse, l'œil chargé de curiosité et de reproche.

Il pinça les lèvres, contempla devant lui les soldats qui se levaient pour nettoyer leurs gamelles avant de se regrouper pour se diriger vers le champ de tir. Il détourna la conversation.

— Ce n'est pas l'endroit pour discuter de ça. Je dois rejoindre mes camarades. Mais comment avez-vous su pour la quincaillerie ?

— C'est mon oncle qui tient la boutique, et le gamin que vous avez enguirlandé, c'est mon frère.

— Décidément, le monde est petit, commenta placidement Nicolas.

Elle lui accorda un sourire.

— Vous savez, nous sommes dans un village et nous y sommes peu nombreux.

Il hocha la tête, se baissa pour ramasser sa vaisselle de campagne.

— Il faut vraiment que j'y aille. Le *Wachtmeister* [1] me regarde, et je vais me faire houspiller !

— Alors, au revoir.

— Nous nous reverrons ?

Elle hésita.

1. Adjudant dans la cavalerie allemande.

— Je n'aimerais pas trop que l'on me voie en votre compagnie, les gens risquent de jaser.

— Je comprends.

— Cependant, rien ne nous empêche d'échanger quelques mots ici, dans l'école, quand nous nous croiserons.

Il réfléchit un court instant avant de répondre.

— Pourquoi pas ? Avec plaisir.

— *Schütze*[1] Fischer, tonna la voix de l'adjudant, on n'attend plus que vous !

Nicolas claqua des talons.

— A vos ordres, *Herr Wachtmeister*, j'arrive !

Il pivota vers la jeune fille. Il avait observé qu'elle n'avait pas d'alliance.

— Les ordres, vous comprenez ?

— Non, je ne comprends pas.

Il secoua les épaules avec nervosité avant de s'éloigner.

— Je vous expliquerai !

Elle le regarda discrètement partir. Il ne fallait pas qu'on remarque l'intérêt qu'elle pouvait lui porter. Même s'il n'y avait que des boches autour d'elle. Elle jeta un regard circulaire dans la cour inondée de clarté avant de regagner sa classe où elle mastiquerait un quignon de pain dur, une portion de camembert et une pomme avant de reprendre les cours.

C'était là de la simple curiosité. Un Français servant dans les rangs de l'ennemi héréditaire ! Elle songea à son frère Pierre. Le danger étant passé, à la maison, ils

1. Soldat.

avaient bien ri. Il était quand même culotté, le gamin ! N'avait-il pas dit : « Oh ! ces couillons-là, ils peuvent bien poireauter, ils ont que ça à foutre ! » Insulte assortie d'un tonitruant et tout aussi injurieux : « Et pour les couillons, qu'est-ce que ce sera : un coup de pied aux fesses ou des cacahuètes pour singes ? »

Un frisson rétrospectif parcourut la jeune fille. Ils avaient eu de la chance, en effet, de tomber sur ce Mosellan. Dans le cas contraire, une enquête aurait pu être diligentée sur sa famille, accompagnée d'éventuelles représailles sur son frère, son oncle et son père, ce dernier risquant beaucoup, dès lors qu'il ne se privait pas d'écouter la BBC de façon assidue et d'afficher un soutien verbal sans faille aux exploits alliés et à la Résistance française.

Le brave homme critiquait d'ailleurs, devant qui voulait l'entendre, les restrictions, la vie chère, les tickets de rationnement, les files d'attente devant certains magasins, la pénurie de charbon, le marché noir, le prix des rutabagas, du pétrole et du blé, le port de l'étoile jaune imposé aux Juifs, les rafles massives de ces malheureux qui s'étaient ensuivies, leur expulsion pour une destination inconnue dans des wagons où on les entassait pire que du bétail, la pénétration des Allemands en zone libre, la proclamation par Pierre Laval du STO, le service du travail obligatoire obligeant la jeunesse française à aller travailler de l'autre côté du Rhin. Il pestait contre l'interdiction de la vente des postes de TSF, survenue peu de temps auparavant, et les arrestations de plus en plus fréquentes opérées par les Allemands chez ceux qui captaient les émissions anglaises.

Cela ne l'empêchait pas de les écouter chaque jour, planqué dans son grenier, afin de se tenir au courant des manœuvres des Alliés. Ainsi, bien que les journaux français fussent jugulés par la censure nazie, il suivait les événements au jour le jour, exultant à l'annonce des revers des forces de l'Axe : Montgomery infligeant une cuisante défaite aux troupes de l'Afrikakorps commandées par Rommel, la reddition de la VIe armée encerclée à Stalingrad par l'armée du maréchal Joukov, et en mai, la capitulation des dernières forces allemandes d'Afrique du Nord.

Quand elle voyait son père revenir avec un visage funèbre, la jeune fille savait que les nouvelles étaient mauvaises. Il disait alors : « Ah ! si ta pauvre mère était encore de ce monde ! Allez, chauffe-moi une soupe au vin avec des croûtons, j'ai besoin de me remonter le moral ! »

Dans le cas contraire, il dévalait l'échelle menant au grenier avec un bel entrain, frottant avec vigueur ses mains l'une contre l'autre, et ronronnait : « En ce moment, ma Françoise, les fritz se prennent une solide peignée, alors tu me servirais bien un bon petit calva ! Ça fait circuler le sang ! » Et il concluait : « Ah ! si ta mère était encore là, c'est elle qui serait contente ! »

Une femme qui avait disparu deux ans plus tôt, des suites d'un cancer généralisé. Une femme dont l'absence le hantait nuit et jour. Une femme trop aimée.

Restait Pierre. Les propos de son père déteignaient sur lui, et il ne rêvait que d'une chose, entrer dans la

Résistance. Quinze ans, l'âge de toutes les folies. Françoise soupira. Oui, décidément, l'anecdote avec les soldats était tombée à pic. Son frère avait pris peur. Depuis ce jour, il écoutait sa sœur lui rappeler qu'il était encore bien jeune pour risquer sa vie en allant en découdre avec les teutons.

Le soir était venu. La troupe avait regagné la salle de classe où elle était cantonnée. Les uns, déjà couchés sur leur paillasse, lisaient, se reposaient en contemplant le plafond, les mains croisées derrière la nuque, ou écrivaient à leurs proches, leur femme, leur fiancée s'ils en avaient une.

Assis autour d'une table, Otto Mayer et Helmut Becker écoutaient Rudolf leur traduire en allemand les nouvelles tronquées d'un journal local français. Debout derrière lui, Nicolas suivait la lecture de son camarade afin de se perfectionner dans la langue de Goethe, car s'il la comprenait assez bien, il avait encore du mal à la parler avec fluidité.

Tout en écoutant Rudolf, Nicolas observait Otto avec une curiosité amusée. Ce caporal-chef avait participé à la bataille de Stalingrad et appartenait aux anciens de la 24e division blindée qui, de retour de Russie, avait été restructurée à Brionne avec du sang neuf. Peu bavard, plutôt taciturne, celui que l'on surnommait le Vieux parce qu'il frôlait les trente-deux ans s'éveillait volontiers dès qu'il levait son verre, ce qu'il faisait généralement tous les dix jours, au moment de la paie.

A l'entendre, il s'était mis à boire après avoir vécu l'enfer russe. Et il y avait pris goût. A tel point qu'il passait son temps à être dégradé en raison de fautes souvent assez lourdes. La dernière en date remontait à un mois, alors que le régiment était cantonné à Brionne. Ce jour-là, ou plutôt cette nuit-là, Otto et Nicolas furent désignés pour monter la garde de deux heures à quatre heures du matin. En vieux briscard, après avoir vérifié avec soin que tout était calme alentour et qu'aucun œil désobligeant ne les surveillait, Otto s'échoua sur la pelouse et invita son subordonné à l'imiter. Dix minutes plus tard, ils ronflaient. Quand ils se réveillèrent, leurs armes avaient disparu. Ils apprirent très vite qu'elles avaient été confisquées par l'officier de permanence. Une fois encore, Otto fut dégradé, tandis que le jeune Nicolas se voyait vertement sermonné et jeté pour quelques jours au cachot.

Le comportement d'Otto expliquait qu'il arborait une étoile dans le V de son grade de caporal-chef. La présence de cette étoile signifiait que la route vers le grade de sous-officier lui était barrée. Ainsi, lorsqu'il la portait, il était *Stabsgefreiter*, grade intermédiaire entre sergent et caporal-chef ; quand elle lui était retirée, il redevenait *Obergefreiter*, c'est-à-dire simple caporal-chef.

Quand Rudolf eut terminé sa lecture, Helmut haussa les épaules avec une sorte d'agacement distingué.

— Ce journal est une feuille de chou, dit-il, juste bonne à allumer le poêle. Il ne donne aucune information sur nos forces en Afrique du Nord.

Otto planta un regard minéral dans celui du jeune homme.

— Tu n'as qu'à écouter la BBC, tu seras au courant de nos derniers avatars !

— Avatars, tu l'as dit, ils n'ont que le mensonge à la bouche pour nous démoraliser. Cette BBC est une arme mortelle. Elle passe son temps à mentir en proclamant que nous reculons sur tous les fronts, et à envoyer des messages codés à la Résistance pour mieux nous abattre. Notre Führer devrait ordonner de réquisitionner tous les postes qui se trouvent dans les territoires conquis au lieu d'en interdire seulement la vente !

Otto tirailla entre deux doigts le lobe d'une de ses oreilles. Il continuait d'observer son camarade avec curiosité et un rien de compassion. Il avait été comme lui un fervent partisan du Parti national-socialiste allemand. Comme lui, il avait prôné la purification de la « race germanique » et rêvé d'étendre son emprise sur toute l'Europe centrale. Il avait longtemps cru que l'individu ne peut exister que dans un groupe se référant à la communauté de sang. Comme Helmut, il avait lu et relu, dévoré *Mein Kampf*, vibré en suivant les discours enflammés du Führer, imputé lui aussi aux Juifs la responsabilité du désastre économique et la propagation d'idéologies aussi dangereuses que le libéralisme et le marxisme. Il avait été pour l'annexion des territoires de langue germanique, la création d'une Grande Allemagne et d'un espace vital en Europe.

Sa présence sur le front de l'Est, l'horreur des champs de bataille, le terrible revers de l'armée allemande à Stalingrad, la rencontre avec la vodka pour lutter contre le froid et oublier les milliers de cadavres qu'il avait vus avaient modifié sa vision des lendemains rayonnants. Cet alcool que par dérision, ayant tout perdu, y compris ses illusions, il élevait au rang de panacée. Car s'ajoutait à ses malheurs la disparition de sa femme Greta, déchiquetée lors d'un bombardement, dans une rue de Berlin.

Otto se mit brusquement à rire par saccades sous l'œil déconcerté de ses compagnons. Helmut était grand, le cheveu châtain clair ; ses yeux d'un bleu intense exprimaient un vide sidéral. Sa prodigieuse poitrine et ses épaules, sur lesquelles frémissaient des muscles tendus comme des cordes, laissaient supposer une force réelle. Il avait dix-neuf ans, une intelligence brève, l'âge de tous les endoctrinements. Aryen il était, aryen il demeurerait sans doute jusqu'à la fin de sa vie.

Mieux valait, songeait le vieil Otto, tenir sa langue devant lui et éviter de critiquer le système. Il était membre d'une Panzerdivision et susceptible de voir ses propos acerbes, sinon défaitistes, remonter jusqu'à ses supérieurs. Or, Helmut était le type même du fanatique capable à tout moment, au nom de sa fidélité au Reich, de dénoncer ses errements.

Prudent, il interrompit donc son rire pour conclure :

— Avatars, bien sûr, je plaisantais. Nous gagnerons cette fichue guerre !

Il regarda Nicolas qui s'était glissé sur le banc auprès de lui.

— Qu'en pense notre *Volksdeutsche*[1] ?

Nicolas décroisa ses jambes sous la table. On l'appelait parfois ainsi, sans méchanceté, parce qu'il était mosellan, un Allemand tout frais, qui devait faire ses preuves pour mériter d'appartenir définitivement à la race des élus. Une salive amère humectait sa gorge. Il faillit répondre : « Vous la gagnerez peut-être, mais j'espère bien que non ! »

Il se contint, mesura ses propos.

— Oh ! vous savez, moi, je suis là, mais on ne m'a pas vraiment demandé mon avis. Nous, les Lorrains et les Alsaciens, on passe notre temps à changer de nationalité. Un jour français, un jour allemand. Bon, me voilà allemand, il y a la guerre – tout ce que je souhaite, c'est de ne pas avoir à tirer sur un Français.

— Hmm ! grogna Helmut en se levant, nos ennemis, ce ne sont pas les Français, il y a l'armistice : ce sont les autres ! Tu n'aurais pas peur de tirer sur les autres ?

— Quels autres ?

— Les Anglais, les Juifs, les Américains...

Frétillant nerveusement sur son siège, Nicolas prit le parti de mentir, incertain de convaincre.

— Ben non.

Un sourire arrondit le visage carré de Helmut.

— C'est bien.

Il claqua des talons avec conviction avant de lancer, le bras droit dressé, la main tendue, un tonitruant :

1. Allemand de l'extérieur. Terme réservé aux Mosellans et aux Alsaciens après l'annexion.

— *Heil Hitler !*

— *Heil Hitler !* reprirent Rudolf et Otto afin de ne pas être en reste.

— Et toi, tu ne salues pas notre Führer ?

Nicolas quitta son banc avant de claquer mollement des talons.

— *Heil Hitler !*

— Et si tu nous parlais de ta dernière conquête ? questionna Rudolf afin de détourner la conversation.

— Quelle conquête ?

— Ben, l'institutrice !

Durant tout le parcours à pied qui les avait emmenés au champ de tir, entre deux chants de marche, ils avaient interrogé Nicolas sur la jeune fille. Chacun avait donné son avis. Elle était un peu petite, un peu boulotte, un peu belle, un peu moche, terriblement attirante ; elle avait une fossette au menton ridicule ou charmante, un front trop grand, trop bombé, en vérité plutôt seyant. Les rires fusaient, les bons mots, les grossièretés aussi. Tous affirmaient en revanche que son regard inclinait au rêve. Tous enfin avouaient sans ambages qu'ils partageraient volontiers un moment de solitude avec elle. Ils n'étaient pas de bois, crénom ! Et les femmes en temps de guerre, ça n'encombrait guère les rues !

Nicolas haussa les épaules.

— Je vous l'ai dit, j'en sais pas plus que vous sur elle, sinon qu'elle est la nièce du quincaillier du village et qu'on a échangé trois mots seulement.

Rudolf cligna des yeux avec malice.

— Allez, raconte, ça va être l'extinction des feux. Trois mots, c'est mieux que rien !

3

— Entrez, je vous en prie !

Il pénétra dans la classe que les petits avaient quittée depuis peu. Une odeur de craie, d'éponge, de sol fraîchement balayé et arrosé flatta ses narines. Il songea avec nostalgie à son école à Ottange. C'étaient les mêmes odeurs ; en revanche, s'adressant à des enfants de maternelle, les décorations sur les murs, les tableaux où chaque jour on déclinait la date et une maxime de morale étaient remplacés par des dessins, les lettres de l'alphabet et des nombres alignés de un à dix.

Elle était juchée sur l'estrade, derrière son bureau.

— Asseyez-vous.

Elle lui désignait le premier pupitre devant elle. Il ôta son calot, cala ses fesses sur un coin de la table, les bancs conçus pour les bambins étant trop petits pour un adulte.

— Bonjour, mademoiselle, dit-il.

— Bonjour.

Il y eut un silence durant lequel ils s'observèrent avec un peu de gêne. Après leur conversation, il y avait deux jours de cela, elle l'avait soigneusement évité dans la cour de l'école. Et soudain, alors qu'elle reconduisait les enfants vers la sortie, elle s'était approchée de lui.

« Je voudrais vous parler.

— Me parler ?

— Oui, j'aimerais en savoir plus sur vous. Vous m'intriguez, j'aimerais comprendre. »

Un sourire figé aux commissures des lèvres, elle triturait machinalement un collier de perles noires attaché à son cou.

« Comprendre quoi ?

— C'est ce que je vous dirai, si vous acceptez ?

— J'accepte.

— Quand ?

— A six heures, ce soir. »

Ses doigts avaient cessé leur manège.

« Très bien, à six heures dans ma classe. En attendant, je vais aller faire quelques courses. »

Et ils étaient là à présent, face à face, comme deux lutteurs, estima Nicolas qui se tenait sur ses gardes.

— Vous vouliez me parler ? reprit-il.

Elle effleura son front d'une main pour en chasser une mèche indocile.

— Oui, voilà, vous êtes français, vous servez dans l'armée allemande. Cela me paraît insensé. Comment avez-vous pu en arriver là ?

Il vira au cramoisi. Elle regretta un peu d'être aussi directe, insolente. Elle temporisa.

— Ne vous méprenez pas, je ne vous juge pas, je voudrais simplement comprendre. Au fait, comment vous appelez-vous ?

— Nicolas, Nicolas Fischer.

— Moi, c'est Françoise. Mon nom n'a pas grande importance.

Elle espérait ainsi détendre l'atmosphère. Il se leva, se mit à arpenter la pièce devant l'estrade. En quoi ça la regardait ? Allait-elle lui donner une note de civisme ? Deux sur dix, cinq sur dix, zéro ?

Il respira un grand coup, se tourna vers elle, les mains croisées derrière le dos, se campa sur ses jarrets, la poitrine bombée à la façon d'un gladiateur. Son regard fiché dans le beau regard pâle, il se décida à répondre.

— Comment j'en suis arrivé là ? Je vais vous le dire. Ce sera long. Vous auriez plutôt dû me demander pourquoi je n'ai pas refusé, ce serait plus logique, plus juste. Il faut d'abord que je vous parle de ma famille. Mes grands-parents paternels se sont installés en Moselle pour travailler dans les mines de fer. Ils venaient d'Eupen-Malmedy, en Belgique. Mon père, né à Ottange, en Lorraine, a fait comme eux. A quatorze ans, il est lui aussi entré à la mine pour conduire un cheval qui tirait les wagonnets de minerai. En 1914, il a été appelé sous les drapeaux allemands puisque, à la suite de la déculottée de 1870, l'Alsace et la Lorraine étaient devenues allemandes. Il a été fait prisonnier par les Français. De retour de captivité, en 1919, on lui a appris qu'il était belge, son père étant originaire de Belgique.

Il marqua une pause. L'institutrice l'écoutait, les sourcils froncés par la concentration. Il laissa échapper un sourire ironique.

— Vous me suivez ? Vous voulez que je vous explique, c'est compliqué, et je dois tout vous dire. Pour tout comprendre donc, il faut savoir que le canton d'Eupen-Malmedy était rattaché à la Prusse depuis 1815 et que, comme l'Alsace et la Moselle, il a réintégré sa province d'origine en 1918 avec le traité de Versailles. Vous me suivez toujours ?

Une énorme mouche, arrivée par une fenêtre demeurée entrouverte, avait investi l'espace. Elle zigzagua devant Nicolas, tournoya autour de la tête de la jeune fille qui la chassa d'un vif revers de main.

— Oui, je crois.

— Ce n'est pas tout. Etant né de père étranger, mon père a été obligé de faire une déclaration devant le juge de paix cantonal pour assurer à mon frère aîné et à moi-même la nationalité française. Nationalité que nous avons finalement obtenue en... 1936 ! Vous connaissez la suite : 1940, la défaite, l'Occupation, et en août nous sommes redevenus allemands ! Je suis né en 1924. J'ai dix-neuf ans. Au total, j'aurai été en tout et pour tout véritablement français pendant quatre ans ! Vous voyez la pagaille pour nous, Mosellans et Alsaciens ? Nous passons notre temps à être ballottés d'une nationalité à l'autre sans qu'on nous demande jamais notre avis !

Françoise acquiesça d'un signe de tête. La mouche avait repris sa course virevoltante. La jeune fille empoigna un livre sur le bureau puis, d'un geste agacé mais précis, elle écrasa l'infortunée bestiole.

— Il est vrai que votre situation est peu ordinaire, dit-elle alors. Cependant, vous n'étiez pas obligé d'entrer dans la Wehrmacht ?

Il haussa les épaules, lui tourna le dos pour aller s'asseoir sur le pupitre le plus proche. Il leva ensuite les yeux vers elle. Elle paraissait moins distante, l'observait avec une certaine compassion.

— Les gens sont curieux, dit-il. Ils jugent comme vous, sans savoir. On ne m'a pas laissé le choix. En juillet 42, on m'a enrôlé de force dans le RAD, le *Reichsarbeitsdienst*, le service du travail du Reich auquel est soumise la jeunesse allemande depuis plusieurs années. Je suis resté près de dix semaines dans un camp à Badschwabach, dans le Taunus, pour construire des routes dans les collines pour les cultivateurs. Nous étions en uniforme. Chaque jour, on avait droit à des séances de rééducation politique, et chaque matin on devait saluer le drapeau hitlérien. Ensuite, en octobre, on m'a envoyé dans une caserne à Schwetzingen, près de Heidelberg, pour y suivre une formation de télégraphiste en prévision d'une affectation dans un régiment de chars Tigre ou Panther.

— Pourquoi n'avez-vous pas déserté ?

Il lui jeta un regard agacé.

— Tout vous paraît simple, à vous. Qu'on le veuille ou non, je suis considéré comme un boche. Certains de mes camarades ont refusé de rejoindre l'armée allemande : on les a expédiés sur le front russe. Louis, un de mes meilleurs amis, a déserté. Une semaine plus tard, on a envoyé ses parents dans un camp de concentration. Depuis, on ne les a pas revus. Alors, vous voyez, je n'ai pas le droit de mettre la vie de ma famille en danger. Et puis...

Il fixa le sol un moment tout en tournant machinalement son calot entre ses doigts.

— En définitive, je me console en pensant que je ne lève pas les armes contre la France. Elle est occupée et collabore avec le IIIe Reich. Je n'ai jamais tiré sur un Français.

— Vous avez tué beaucoup d'autres gens ?

Il tressaillit. Elle l'observait, guettant une réponse. Sa figure s'était adoucie.

— Personne.

— Et ça ne vous gênerait pas ?

Il hésita, toussota pour s'éclaircir la voix.

— Je suis soldat depuis quelques semaines seulement. Nous sommes en transit. Vous voyez bien où nous logeons : chez vous, dans une salle de classe ! J'appartiens à un régiment blindé, et je n'ai pas encore vu mon premier char. Avant d'entrer vraiment en guerre, nous allons devoir suivre une sérieuse formation.

— Et ça ne vous gênerait pas de tuer des soldats alliés ? reprit-elle.

— Si, bien sûr, ce sont des hommes.

Il se releva d'un geste brusque.

— Mais que voulez-vous que je fasse ? Que je m'enfuie, que je déserte, qu'on persécute ma famille, qu'on me fusille si je suis arrêté ?

Françoise jeta un œil au cadran de l'horloge fixée à un mur de la classe avant de se lever à son tour.

— Le temps passe. Il va falloir que j'y aille. Une dernière question : aujourd'hui, vous vous sentez français ou allemand ?

— Français. Beaucoup plus que le maréchal Pétain, que la Milice créée par son gouvernement, dont les membres multiplient des opérations contre les Juifs et la Résistance. Et je suis sûrement plus français que les partisans du RNP [1] et tous vos collabos en général. Eux choisissent de collaborer avec l'Allemagne, moi, on m'y oblige !

Il avait élevé la voix, criait presque. De quel droit cette institutrice de mes deux se permettait-elle de lui poser toutes ces questions ? Il parcourut les fenêtres du regard, soudain conscient qu'on risquait de l'entendre au-dehors. Il se demanda aussi si elle ne jouait pas un double jeu, et si elle ne l'interrogeait pas pour mieux le confondre et le dénoncer ensuite aux autorités de la Wehrmacht. Il se rassura très vite en songeant à l'épisode du bambin et du dessert « empoisonné ». Quant aux Allemands, à part Rudolf qui ne dirait rien, aucun d'entre eux ne comprenait le français.

Elle s'approcha de lui à pas lents. Il avait un visage massif, un peu rond, juvénile, des épaules carrées, une taille moyenne, un physique en somme d'un peu monsieur Tout le Monde, à l'exception de ses yeux

1. Rassemblement national populaire, créé le 1er février 1941 par Marcel Déat, partisan d'une franche collaboration franco-allemande pour faire l'Europe.

bleus qui captaient la lumière pour mieux lancer des éclairs de contrariété, d'inquiétude et de défi.

Je l'embête, il est si jeune, pensait-elle. De quoi je me mêle ? Il est pris dans une nasse, et Dieu seul sait comment il pourrait s'en échapper.

Quand elle posa sa main sur le bras du jeune homme, il tressaillit, s'écarta d'un pas vif.

— Je suis heureuse d'avoir pu bavarder avec vous, dit-elle. Mais j'y pense, vous parlez allemand ?

— Oui et non. Je le comprends bien, je le baragouine mais j'ai encore beaucoup de progrès à faire, en grammaire surtout. Vous savez, je ne suis pas allé longtemps à l'école. J'ai mon certificat d'études primaires et, avant d'être enrôlé, j'ai passé un CAP de coiffure. Quand cette guerre sera finie, j'aurai un métier. Mais pourquoi me demandez-vous ça ?

— J'ai étudié l'allemand au lycée mais je manque de pratique, je le parle mal et j'aurais aimé prendre quelques leçons.

— Dans ce cas, j'ai peut-être une solution. Le camarade qui était avec moi à la quincaillerie de votre oncle est dans la situation inverse de la vôtre. Il faisait des études de français à l'université avant d'être mobilisé, et comprend très bien notre langue. Il pourrait peut-être vous aider ?

Françoise se massa rêveusement le menton.

— Oui, c'est une idée. Parlez-lui-en. Cela me ferait plaisir. Cependant, je n'ai pas un sou vaillant pour le payer. Avec les restrictions, les cartes de rationnement et la vie chère, tout devient compliqué. S'il est d'accord, je lui fournirai une demi-livre de beurre et une demi-douzaine d'œufs par semaine en dédommagement pour améliorer son ordinaire. C'est tout ce que je peux faire.

Nicolas répondit par un sourire avant d'enchaîner :

— Je crois qu'il sera d'accord et… ravi.

Elle sourit à son tour.

— Je l'espère. Merci à vous, Nicolas.

— Cependant, ça ne pourra pas durer bien longtemps, nous ne sommes ici que pour quelques semaines.

— Ce sera mieux que rien. Merci encore.

— De rien, Françoise.

Ils se dirigèrent vers la porte. Elle l'ouvrit, s'effaça pour le laisser passer. Une lumière crue éclaboussait le sol, faisait crépiter la terre battue de la cour. Quelques soldats jouaient aux cartes ou aux échecs à l'ombre du minuscule préau ou du marronnier en attendant l'arrivée de la roulante apportant le repas du soir. Ils levèrent la tête pour les regarder sortir. Helmut posta une main en auvent au-dessus de son front pour contempler l'institutrice campée sur le perron menant à sa classe.

— Il a du pot, Nicolas : elle a l'air de l'avoir à la bonne, dit-il. Je parie deux paquets de cigarettes qu'il va se la faire !

Otto détacha les yeux de son jeu de cartes. Son regard s'attarda sur Nicolas et Françoise, glissa sur son voisin dont les narines frémissaient de convoitise.

— C'est pas à toi que ça arriverait. Tu es pour une race pure. Tu ne coucherais pas avec une petite

Française aux origines incertaines. Elle est peut-être juive, va donc savoir.

Ils étaient assis sous le marronnier. Helmut déplia ses longues jambes, s'étira, bras écartés, dévoilant ses cartes à son adversaire.

— Ce que tu peux être lourd ! On peut coucher avec une fille sans lui faire nécessairement un gosse. Quand on se promène dans les rues d'Epaignes, les femmes baissent la tête ou changent de trottoir. De quoi vous faire tourner bourrique ! Elle au moins, elle vous toise franchement !

Debout auprès d'Otto et Helmut, Rudolf les regardait jouer d'un air distrait. Il se désintéressait des jeux de hasard en général et des jeux de cartes en particulier. Or, ses camarades consacraient l'essentiel de leurs loisirs à risquer leurs rations de cigarettes au *skat*, sorte de belote allemande, ou à la banque, sorte de black-jack. Ils s'esclaffaient s'ils gagnaient, rugissaient s'ils perdaient, se claquaient les cuisses, bombaient le torse, se martelaient le crâne dans des excès bon enfant qui ne masquaient pas leur anxiété. Rudolf connaissait bien ses nouveaux amis. Ils étaient aux antipodes l'un de l'autre. L'un rêvait d'un grand destin guerrier, d'une grande Allemagne, d'expansionnisme, le second d'une bonne bouteille, d'une balle perdue peut-être, qui le délivrerait d'une vie devenue insupportable. L'un était exalté, l'autre semblait brisé. Une seule idée leur permettait de se rejoindre. Tous deux désiraient quitter au plus vite Epaignes pour se retrouver dans une vraie caserne, une vraie ville où l'ennui cesserait de les étreindre. L'action plutôt que le vide. On se disait en guerre : ils végétaient dans une France occupée, dans un village trop paisible.

Rudolf soupira. Lui ne s'ennuyait jamais. Il subissait sans ronchonner les servitudes militaires, s'isolait souvent pour lire. Ce qu'il appréciait par-dessus tout, outre la musique, c'était sans conteste la littérature française. Durant trois années d'études supérieures, il avait enrichi le bagage livresque ébauché durant ses études secondaires, et la présence de Nicolas dans sa section était pour lui un don de la Providence, son camarade l'aidant volontiers à progresser, au travers de conversations dans la langue de Voltaire.

Un jour, il avait montré au jeune Lorrain un des trois bouquins qu'il trimbalait dans son barda.

« Tu as lu *Candide*, de Voltaire ? » lui avait-il demandé.

Nicolas avait jeté un œil sur la couverture, parcouru le texte écrit en français et en allemand.

« Connais pas. Enfin, le nom me dit quelque chose. De quoi ça parle ?

— Ce serait long à t'expliquer. C'est un de vos plus grands écrivains. Il a tout tenté, l'épopée, la tragédie, les essais historiques, la philosophie. C'est un prince des lettres.

— Ah ? »

Et on en était restés là.

— Et hop, encore une de gagnée ! s'écria Otto.

— Vérole, gronda Helmut en éparpillant rageusement ses cartes sur le sol, tu m'as raflé toutes mes cigarettes !

Rudolf sortit de sa rêverie. Il sentait qu'on l'observait. Il tourna la tête en direction de l'institutrice. Nicolas pointait un doigt vers lui.

— C'est donc lui ? questionna Françoise en refermant à clef la porte de sa salle de classe.

— Oui, vous verrez, il est savant. Il vous apprendra beaucoup de choses.

Françoise opina du bonnet, jaugea un moment le visage ouvert, l'attitude nonchalante, décalée de Rudolf dans cette troupe de jeunes hommes virils et aguerris.

— On verra bien, dit-elle.

Nicolas avait rajusté son calot. Il se tenait droit devant elle, si jeune, si désireux de plaire. Finalement pas si monsieur Tout le Monde que cela, il était en définitive plutôt mignon. Elle regretta qu'on soit en guerre et qu'il appartienne à l'autre camp. Elle lui sourit avant de s'éloigner.

La partie finie, Helmut s'était levé. D'une main nerveuse, il époussetait son pantalon de treillis. Il vit le sourire de l'institutrice, grommela, envieux :

— Le bandit, il va parvenir à ses fins !

De son côté, perplexe, Rudolf se demandait pourquoi la jeune fille l'avait détaillé avec autant d'insistance.

DEUXIÈME PARTIE

4

— Garde-à-vous ! Repos !

Les soldats se détendirent. En ce matin brumeux d'octobre, le jour avait bien de la peine à se hisser vers le ciel. L'appel fait, les directives pour la journée délivrées, le courrier distribué, les hommes commençaient à se diriger vers la salle où un officier devait assurer un cours théorique sur le char Panther. Théorique, car les membres du 24e régiment blindé attendaient toujours d'en découvrir concrètement le premier exemplaire. Pour l'heure, ils circulaient à pied, à vélo ou en voiture, si les déplacements le nécessitaient.

Nicolas s'apprêtait à suivre ses camarades quand la voix rauque de l'*Oberwachtmeister*[1] l'interpella.

— *Schütze* Fischer, le *Rittmeister*[2] von Meyer désire que vous vous présentiez à son bureau dans l'instant.

Nicolas claqua des talons.

---

1. Adjudant-chef.
2. Capitaine.

— A vos ordres, *Herr Oberwachtmeister*, j'y vais de ce pas. Mais… savez-vous pourquoi il me fait demander ?

Un sourire ironique gonfla les joues de l'adjudant-chef.

— Pas le moins du monde. Le chevalier von Meyer ne me livre pas ses confidences.

Nicolas acquiesça d'un vague hochement de tête avant de traverser la cour de la caserne Schneider pour se diriger vers le bureau du capitaine.

Que peut-il bien me vouloir ? s'interrogeait-il avec un zeste d'appréhension. Je n'ai commis aucune infraction, et je ne me connais pas de talents particuliers.

Son régiment avait quitté le secteur de Brionne un mois auparavant pour être transféré à Laval. Une nouvelle vie commençait, routinière, avec les inévitables servitudes du soldat. Toutefois, à l'inverse de la simple classe d'Epaignes, il bénéficiait d'une chambrée correcte et prenait une douche quotidienne.

Nicolas estimait par ailleurs qu'il avait de la chance dans son malheur. Issu de la cavalerie, le 24e blindé était un régiment de tradition. C'est ainsi que le *Rittmeister* von Meyer portait le titre de chevalier von Meyer, et que ses hommes se distinguaient par un liseré jaune sur les épaulettes, alors que dans les régiments de chars, il était rose. Originaire d'une famille de militaires de Prusse orientale, bien loin de la mentalité des jeunes officiers souvent fanatisés, formés dans des écoles d'officiers, le capitaine était réputé pour être un supérieur juste, plutôt sympathique.

Quelques minutes plus tard, Nicolas franchissait la porte de son antre. Il était campé dans un fauteuil à demi défoncé, au cuir lézardé, usé par le temps. Sur le bureau, devant lui, s'alignaient des piles de dossiers qu'il était occupé à consulter avec un lieutenant inconnu de Nicolas. Les saluts d'usage effectués, von Meyer invita le nouveau venu à s'approcher avant de lui expliquer le but de sa visite.

— Alors, on m'a dit que vous parliez français ?

Nicolas se raidit dans son uniforme.

— Oui, *Herr Rittmeister*, je suis natif de la Moselle qui était française avant la guerre.

Ses yeux sombres plantés dans ceux du jeune homme, le chevalier von Meyer jaugeait son interlocuteur.

— Comment vous sentez-vous depuis que vous êtes allemand ?

Une goutte de sueur roula le long de l'échine de Nicolas.

— Bien, *Herr Rittmeister*.

— Parfait, je vois que vous ne baissez pas les yeux lorsque je vous parle.

Il pinça son menton glabre d'une main pensive.

— Quel âge avez-vous ?

— Dix-neuf ans, *Herr Rittmeister*.

Von Meyer tourna vers le lieutenant, qui attendait debout auprès de lui la fin de la conversation, un visage à la mâchoire étroite et aux traits réguliers, empreint de distinction.

— Vous êtes encore bien jeune.

Il y eut un silence. Nicolas demeurait immobile, se demandant toujours ce qu'il faisait là et ce qu'on lui voulait.

— Venons-en au fait, reprit le capitaine. Vous parlez parfaitement le français. Vous sentez-vous capable de dénicher et d'acheter de quoi améliorer l'ordinaire de nos soldats ?

— Je peux toujours essayer, *Herr Rittmeister.*

Un petit rire roula sur les lèvres de l'officier.

— Il ne faut pas essayer, il faut réussir. Vous n'êtes plus un Gaulois hésitant mais un Allemand déterminé. Or, les Allemands du Grand Reich réussissent tout ce qu'ils entreprennent !

Les yeux de von Meyer souriaient avec une bienveillance démentant ses propos guerriers.

— Alors, je réussirai, *Herr Rittmeister* !

— Nous verrons. Vous commencerez la semaine prochaine. Avez-vous votre permis de conduire ?

— Non, *Herr Rittmeister.*

Le capitaine s'abandonna à un haussement de sourcils agacé.

— Tant pis. Vous vous déplacerez à pied, à vélo ou en voiture avec chauffeur. On va vous délivrer un *ausweis* qui vous permettra de sortir de la caserne de jour comme de nuit pour remplir votre mission. A ce propos…

Il pivota à nouveau vers le lieutenant.

— Voici le *Leutnant* Thomas Müller. Il vient d'être affecté chez nous pour remplacer votre chef de section qui a été muté hier. Il suivra votre dossier et vérifiera si tout se passe bien. A présent, rompez et regagnez votre section.

— A vos ordres, *Herr Rittmeister* !

Le reste de la journée se déroula comme dans un enchantement pour Nicolas. En fin de matinée, le lieutenant Müller se présenta devant ses hommes. C'était un officier jeune, massif, sans une once de graisse, aux mains sculptées dans une enclume, au visage taillé à la serpe. Tout en lui affirmait une force sauvage, contrariée par une voix élégante, presque mélodieuse, et un langage châtié, surprenant chez un militaire. Il y avait en lui du sanglier et de l'aristocrate. Ils apprirent plus tard qu'il avait un goût prononcé pour la musique. D'emblée, les membres de la 2e section de la 3e compagnie qui dépendaient de lui comprirent qu'ils avaient affaire à un meneur déterminé, inflexible dans ses choix mais capable d'écoute.

A l'heure de la cantine, avec une malicieuse emphase, Nicolas déclara à ses camarades attablés autour de lui :

— Messieurs, bientôt, grâce à moi, vous mangerez à votre faim !

Tous le dévisagèrent, étonnés. Il laissa peser un savant silence avant de leur narrer son entrevue avec le chevalier von Meyer et Thomas Müller.

— Eh bien ! résuma le vieil Otto, tu as de la chance, tu as trouvé la planque ! Tu vas pouvoir te balader à ton gré. J'ai toujours pensé que les Français étaient moins courageux mais plus malins que nous !

— Moins courageux, c'est vite dit, ronronna Nicolas. En 1918, ils vous ont fichu la pâtée !

Helmut se coucha brusquement sur la table pour saisir au collet Nicolas installé en face de lui.

— Qu'est-ce que tu viens de dégoiser, maudit métèque ? gronda-t-il.

Nicolas repoussa sa chaise pour tenter de se dégager. La poigne puissante de Helmut le maintenait dans un étau.

— Arrête, je ne suis pas plus métèque que toi ! En 14, ma famille était allemande et mon père a servi sous votre drapeau. Il a même été fait prisonnier par les Français !

Rudolf s'interposa pour séparer ses camarades.

— Arrêtez, vous allez vous retrouver au trou tous les deux !

— Gaffe, grogna Otto, voilà un *Wachtmeister*, vous allez vous faire épingler, et pour des broutilles en plus !

Helmut relâcha sa prise. Ils se rassirent, s'efforcèrent de changer de conversation tout en poursuivant leur repas. Nicolas ne prononça plus un mot. L'altercation passée, il s'obligea à se souvenir qu'il était dans la Wehrmacht, et qu'il devait mesurer soigneusement ses propos. Des oreilles traînaient partout, et il s'était de surcroît adressé au plus fanatisé de ses compagnons.

Il oublia vite cet orage passager. La journée s'annonçait au vert pour lui. Un vert relatif, puisque Nicolas était daltonien. Si daltonien que durant sa formation de télégraphiste en vue de son affectation dans un régiment de chars, le sous-officier infirmier qui lui faisait passer des tests pour la vue lui avait botté l'arrière-train parce qu'il pensait qu'il se moquait de lui !

Vert donc, ce jour, parce qu'il allait se dérouler en pleine campagne, à plus de cinq kilomètres de la caserne où se situait le champ de tir. Après déjeuner, on se mit en route à pied, précédés par les officiers partis en voiture. Ils allaient au pas cadencé, sous un chaud soleil d'automne, rythmant leur marche et leur moral par des chants que la population, présente sur leur passage, jugeait martiaux, alors qu'ils célébraient davantage la bonne vie que la guerre, tel le fameux « *Heidi, heido, heida* », qui disait : « Un sou et un écu qui étaient miens tous deux, oui miens,/Le sou était pour l'eau et l'écu pour le vin, oui le vin. » Puis : « Les aubergistes et les servantes disent tous deux : “Oh ! malheur !”/Les aubergistes quand j'arrive et les servantes quand je m'en vais. » Et, traçant le portrait du poivrot invétéré : « Mes bas sont déchirés, mes bottes sont ouvertes/Et dehors sur la lande, l'oiseau chante librement. » Le tout scandé par le couplet resté dans les mémoires : « *Heidi, heido, heida. Heidi, heido, heida/Heidi, heido, heida, ha, ha, ha, ha, ha.* »

Ils allaient ainsi, comme dans toutes les armées du monde, chantant des airs nostalgiques censés lier les hommes entre eux afin de les préparer à la fraternité supposée des combats.

Parvenu au champ de tir, sans doute transcendé par son imprévisible promotion du matin, Nicolas réalisa le meilleur carton de sa section. Il eut droit en retour à la récompense traditionnelle délivrée au vainqueur à cette occasion et rentra en Opel, fièrement campé auprès du lieutenant Müller, tandis que ses camarades se rassemblaient pour regagner la caserne à pied.

Le soir venu, Nicolas se coucha tôt. Dans un dortoir comptant huit lits, il était exclu de pouvoir s'isoler. Les uns jouaient aux cartes, aux échecs, les autres lisaient ou écrivaient à leurs proches, un dernier, placé près de la fenêtre soigneusement occultée, soufflait dans un harmonica des airs mélancoliques. La plupart, éreintés par leur marche de l'après-midi, attendaient patiemment l'extinction des feux.

Allongé sur son lit, enfoui sous ses minces couvertures, les mains croisées derrière la nuque, Nicolas fixait rêveusement le plafond. En vérité, il était ailleurs. En Moselle, à l'heure où elle était encore française. Des souvenirs l'assaillaient dans un désordre absolu. Il songeait à son bref passé. En 1939, sa famille et lui avaient été évacués à Homécourt, en Meurthe-et-Moselle. En 1940, la défaite consommée, ils avaient été autorisés à rentrer à Ottange. En arrivant dans la cité minière où ils résidaient, ils avaient retrouvé la maison pillée. C'était la première fois que l'adolescent voyait un homme pleurer. Cet homme, c'était son père, Bernard Fischer, un mineur de fond. Un gaillard grand, costaud qui, mûri par les épreuves et les revers de fortune, semblait pourtant indestructible. Nicolas était descendu plusieurs fois dans la mine avec lui pour le voir travailler. Il dirigeait deux manœuvres chargés d'entasser le minerai à la pelle dans un wagonnet tiré par un cheval qu'il conduisait ensuite à travers les galeries. Subjugué, Nicolas observait ces fantômes couverts d'une poussière jaune qu'ils s'empressaient d'ôter le soir, grâce à une bonne douche, avant de quitter la mine. Nicolas admirait Bernard Fischer, homme juste et bon. Il demeurait en revanche plus circonspect avec Eve, sa mère. Jeune, elle avait travaillé dans une usine située à la frontière luxembourgeoise avant d'apprendre le métier de couturière qu'elle pratiquait à domicile. A une certaine époque, elle avait fabriqué des dizaines de blouses à carreaux rouges pour les garçons, bleues pour les filles, destinées au Préventorium de Metz-Queuleu. Ces blouses avaient valu à Nicolas enfant le délicieux privilège de passer des vacances deux années de suite dans ce préventorium, alors qu'il était en parfaite santé !

En vérité, Eve n'était pas méchante, elle était seulement sévère, d'une sévérité extrême, militaire, dont il se serait volontiers dispensé. Il se souvenait avec amertume de son départ pour l'armée. Elle l'avait accompagné à la gare. Au moment où il allait monter dans le train, elle lui avait serré la main et murmuré : « Bonne chance, mon fils ! »

Cet excès d'effusions avait glacé Nicolas. Sur un plan matériel, il n'avait jamais manqué de rien. En revanche, aujourd'hui encore, il ressentait un déficit de tendresse.

Il se demanda alors si Jean-Pierre, son frère aîné de trois ans, avait souffert du même vide affectif. Jean-Pierre... Il avait été le premier de la famille à encaisser les séquelles de l'annexion de l'Alsace-Moselle au IIIe Reich national-socialiste. Après le RAD et les arrêtés d'août 1942 instituant, en violation du droit international, le service militaire obligatoire des Alsaciens et Mosellans dans la Wehrmacht, il avait été expédié sur le front de l'Est, et Dieu seul savait s'il en reviendrait un jour – en admettant qu'il fût toujours vivant.

Ses parents...

Nicolas sortit de sa rêverie. Il consulta la grosse horloge fixée au mur face à son lit. Dans une demi-heure sonnerait l'extinction des feux. Il se dressa sur son séant, fouilla dans l'armoire métallique où il rangeait ses effets pour y chercher du papier, une enveloppe et un crayon. Il avait promis à ses parents de leur donner régulièrement des nouvelles. Il se dirigea vers un coin de table demeuré libre, s'y installa puis, après un moment de réflexion, il écrivit :

« Cher père, chère mère,

« Ainsi que je vous l'avais annoncé dans ma dernière lettre, nous avons quitté Epaignes pour Laval. Autant vous dire que cette ville de la Mayenne est plus agréable qu'Epaignes, qui était vraiment un petit village où on s'ennuyait un peu. Je n'ai pas encore eu beaucoup le temps de visiter, mais cela ne devrait pas tarder, car me voilà chargé par le capitaine d'assurer une partie du ravitaillement pour améliorer la nourriture de la troupe. Je vais donc prospecter en ville auprès des commerçants et des grossistes, et je pourrai aller et venir presque à ma guise. »

Nicolas s'arrêta, relut son texte avec soin, se demandant ce qu'il allait pouvoir ajouter. Pas question de les inquiéter avec les quelques alertes nocturnes que Laval avait connues depuis qu'il était là, d'autant que les escadrilles ne faisaient que passer au-dessus de la cité en quête d'autres proies. Pas question non plus de s'abandonner à des états d'âme, la censure veillant. Occultant son algarade du midi avec Helmut, il souligna donc que ses camarades n'avaient rien contre les *Volksdeutsche*, ces Allemands de l'extérieur, et qu'il était traité en égal. Puis il s'inquiéta de leur santé, de leur vie quotidienne, de son frère qui leur avait peut-être donné des nouvelles.

Il glissa sa lettre dans l'enveloppe au moment de l'extinction des feux.

5

Trois jours plus tard, l'*ausweis* en poche, Nicolas prit contact avec le responsable de la cantine qui lui proposa de l'approvisionner une fois par semaine en légumes et en fruits. Le jeune homme commença alors à rayonner dans Laval et ses environs, avec la bénédiction du lieutenant Müller. Il eut tôt fait de repérer les artères vitales de la ville, les attrayantes berges de la Mayenne et les sites commerçants. Ses premières investigations à vélo l'entraînèrent vers la vaste place de la Mairie aux pavés soigneusement alignés, où trônaient l'hôtel de ville, l'hôtel des Postes, le garage Hardy où l'on vendait des cycles et des automobiles. Il fit très vite sienne la rue pentue de l'Hôtel-de-Ville[1], menant de la place de la Mairie et la ville basse à la place du Palais et la ville haute. De chaque côté, des boutiques de toutes sortes exposaient leurs produits, bien souvent réduits en raison de l'Occupation.

1. Aujourd'hui rue des Déportés.

Peu initié aux splendeurs de l'architecture, Nicolas admira cependant dans la ville haute la majesté de la cathédrale, le charme de la place du Marché et de la place de la Trémoille. Mais ce qu'il appréciait par-dessus tout, c'était la basse ville et sa place de la Mairie, où l'on pouvait flâner sous les arbres, s'asseoir sur un banc pour méditer et observer les incessantes allées et venues de tout un petit peuple affairé.

Mais il n'avait point, hélas, le loisir de musarder. Il devait être efficace et rendre des comptes. Aussi, il se hâta, entra en rapport avec les grossistes avec lesquels, leur ayant expliqué qu'il était lorrain, il établit des relations privilégiées. Ils le plaignaient à mots couverts, n'hésitant pas pour autant à arrondir sans états d'âme leurs fins de mois avec l'occupant.

Un jour que Nicolas déjeunait dans un restaurant tenu par un Hollandais où l'on pouvait manger sans ticket, celui-ci lui proposa de lui livrer du bœuf pour la caserne.

— Je peux toujours en parler au responsable de la cantine, répondit Nicolas. S'il est d'accord, je vous le dirai. Mais cela dépendra de la quantité et de la régularité des livraisons.

— Ça pourrait être un bœuf par semaine, un bon bœuf venu directement de la ferme.

— De la ferme, vous voulez dire sur pied ?

— Ben oui, ça évite les intermédiaires. Il faudrait l'abattre et le découper vous-mêmes.

— Ecoutez, je ne vous dis ni oui ni non. Je vais me renseigner. Si c'est possible, je repasserai vous voir. Ensuite, il faudra étudier le prix que vous demandez.

— J'espère que ça marchera. Je me permets d'insister : tout le monde y gagnerait !

Nicolas examina son interlocuteur avec curiosité.

— Qu'entendez-vous par là ?

Les yeux glauques du Hollandais brillèrent.

— J'entends que vous auriez une commission pour chaque bœuf livré.

Le jeune homme haussa les épaules.

— C'est impossible. Je ne touche pas à l'argent. Pour le règlement, je me déplace toujours avec le trésorier payeur.

— Oui, mais rien ne vous empêche de repasser après lui pour encaisser un petit pourboire.

— Et si je me fais prendre ?

— Aucun risque, de la main à la main, rien que du liquide !

Le margoulin passa une main boudinée sur son front luisant de sueur. Il souriait. L'homme était charnu, épais, rebondi, en un temps où les Français se serraient la ceinture.

— Je ne peux rien vous promettre, je vais me renseigner, conclut Nicolas.

Il se renseigna. Le responsable de la cantine l'emmena voir le cuisinier.

— Ça ne pose aucun problème, déclara celui-ci. Je suis boucher de métier, ça me rappellera la vie civile.

C'est ainsi que Nicolas découvrit les méandres d'un trafic souterrain où les enveloppes circulaient avec des profits souvent douteux. La France s'adaptait aux pots-de-vin avec une souplesse écœurante. Le jeune Lorrain n'échappa pas à la norme. Peu à peu, sans qu'il s'en rendît vraiment compte, il se fit à sa nouvelle vie et, à une échelle bien modeste, se retrouva embrigadé dans le marché noir.

Après la vente de chaque bœuf, il poussait la porte du restaurant du Hollandais. Celui-ci l'accueillait d'un battement de cils discret, lui offrait un repas gratuit et cinq cents francs en liquide, l'équivalent de l'achat au marché noir d'un kilo de poulet, d'oie ou de pintade. Somme qui avait perdu toute signification en raison d'une économie parallèle qui avait fait augmenter les prix de près de cinq cents pour cent en quatre ans. Somme à laquelle le jeune homme refusait de toucher à titre personnel, et qu'il expédiait chaque mois à ses parents pour les aider à subvenir à leurs besoins, car ils subissaient de plein fouet, en cette année 1943, une terrible récession : un automne exécrable avait perturbé les récoltes, notamment celles des aliments de base comme les pommes de terre et les betteraves.

Les nombreuses allées et venues de Nicolas, destinées à améliorer l'ordinaire de la caserne, eurent pour effet secondaire de le placer devant les réalités quotidiennes des Français. Dès les premiers jours il fut frappé par les figures grises des passants qu'il croisait dans la rue. Ce qu'il n'avait pas remarqué à Epaignes le cinglait soudain en plein visage : les interminables queues devant une boucherie dans l'espoir d'acheter un dérisoire morceau de bœuf ou de cochon, des femmes munies de tickets d'alimentation devenus inutiles, bougonnant devant une boulangerie où le commerçant avait collé en vitrine un panneau sur lequel on lisait : « Plus de pain : manque de farine, pas de combustible. »

Un samedi après-midi, à la sortie d'une séance de cinéma, il vit brusquement la rue bouclée par des voitures allemandes. Accompagnés par des side-cars et des motos, des agents de la Gestapo organisaient une rafle. Cette horde sauvage bousculant les civils pour vérifier leur identité, n'hésitant pas à en embarquer quelques-uns sans ménagement, lui laissa un goût de cendres. Il demeura longtemps à l'écart, immobile, à observer la scène, des larmes rentrées au fond des yeux. Putain de guerre ! Il était du mauvais côté, et il n'y pouvait rien, à moins de mettre sa famille en péril en commettant une folie.

Sa famille... Sa mère avait répondu à sa dernière lettre. Son père était malade : la malnutrition, la poussière de la mine attaquant ses poumons, les conséquences d'un automne pourri où aux pluies diluviennes succédaient, en ce début décembre, la neige et le gel. Sans se plaindre – mieux vaut se méfier de la censure – sa mère soulignait qu'elle relevait d'une vilaine grippe et que, faute de combustible et de savon, elle assurait sa lessive avec de la cendre de bois et de la saponaire, une plante que l'on cueille le long des talus. Ses parents restaient sans nouvelles de leur fils Jean-Pierre, égaré quelque part sur le front de l'Est. Bref, même s'ils faisaient tous deux preuve de courage et de résignation, sa mère devait bien avouer que leur moral était en berne. Elle souhaitait que Nicolas se porte bien. Elle souhaitait surtout que la guerre s'achève bientôt et que le bien l'emporte définitivement sur le mal, phrase ambiguë pouvant être interprétée dans le bon sens par la censure allemande. Elle ne lui serrait pas la main, ne l'embrassait pas pour autant. Elle le pressait toutefois sur son cœur avant de signer sa lettre de son prénom, et non « maman » comme il aurait pu s'y attendre.

Ainsi, en quelques semaines, Nicolas avait beaucoup grandi. Il avait toujours dix-neuf ans, certes, mais bien des illusions s'étaient enfuies. A l'exception d'une pincée de mercantiles et de fanatiques, malgré les harangues du gouvernement de Vichy, la France ne collaborait pas massivement avec les occupants, et il était devenu un ennemi pour son propre pays. Ce n'était pas l'instauration, quelques mois plus tôt, du service du travail obligatoire qui avait amélioré le climat avec les boches avec lesquels il était à juste titre confondu.

Un matin, alors qu'il rangeait son vélo contre le mur du restaurant du Hollandais avec qui il avait rendez-vous, il aperçut une fillette ramassant dans le caniveau un papier à demi recouvert de feuilles mortes. Quand elle se redressa, il était debout devant elle, redoutable dans son uniforme noir. Elle ne vit pas le sourire retenu, ne remarqua que la main impérativement tendue.

— Donne-moi ça !

Elle s'exécuta en tremblant. Elle avait dix ans à peine, était vêtue à la diable de vêtements rapetassés, à la limite de l'usure. Quant à ses chaussures, le cuir étant réquisitionné par l'armée allemande, on y avait fixé des semelles de bois avec des clous dans l'espoir de les faire durer plus longtemps.

Il déplia le papier. Il savait ce qu'il allait y trouver. Les sirènes avaient sonné la nuit précédente. Des bombardiers de la Royal Air Force avaient survolé Laval, la gare SNCF et les lignes ferroviaires. Le courrier de l'air en avait profité pour inonder la ville de ses tracts. Jusqu'à l'aube, des patrouilles s'étaient chargées d'en ramasser le plus grand nombre avant que la population ne s'avise, à ses risques et périls, de vouloir en prendre connaissance. Celui que Nicolas parcourait d'un œil rapide était sans ambiguïté : « La BBC. Ecoutez les informations en français aux heures suivantes (heure française). » Suivaient les horaires et les longueurs d'ondes adéquates.

Nicolas regarda la petite fille. Elle le dévisageait, apeurée. Les flaques sombres de ses yeux flânaient au-dessus de ses joues creuses. Il fronça les sourcils, posa un doigt courroucé sur son joli front.

— Il ne faut jamais ramasser ces imprimés ! Tu pourrais t'attirer de terribles ennuis. Allez, file, et que je ne t'y reprenne plus !

Sans se faire prier, elle détala à vive allure malgré un début de verglas, sa jupe au vent dévoilant des jambes agiles et maigres.

Jamais Nicolas ne se sentit aussi bousculé dans ses choix que pendant cette période où la guerre n'existait que dans le ciel et hors des frontières. Durant son enfance, on lui avait dit le plus grand mal de l'ogre allemand. Il avait subi l'incorporation parce que ses parents eux-mêmes, habitués à supporter les tourmentes de l'histoire, avaient trop souvent changé de nationalité ; on l'avait obligé à saluer le drapeau nazi. Depuis, il avait appris à parler la langue de Goethe et à considérer les soldats de sa section comme des camarades. Certains même étaient devenus des amis. S'il se méfiait de Helmut, aussi fanatisé que les membres de troupes de choc de la Waffen SS, pour des raisons bien différentes il se sentait en communion avec Rudolf et le vieil Otto.

Rudolf affectionnait la culture française, et Nicolas l'écoutait évoquer des écrivains dont lui-même connaissait tout juste le nom. Parfois, il ignorait même leur existence. Avec Françoise, la petite institutrice d'Epaignes, Rudolf avait suivi quelques leçons de français ; depuis il mettait en pratique ce qu'il avait étudié auparavant de manière livresque, à l'école puis à l'université. Aujourd'hui, grâce à Nicolas qui lui avait été d'un grand secours, il s'exprimait dans un français encore balbutiant mais précis. Son oreille s'était libérée d'autant plus vite qu'avant son incorporation, il jouait régulièrement du piano. Il adorait d'ailleurs la musique. Se nommer Rudolf Wagner, ça ne s'invente pas !

De son côté, Otto tâtait à merveille du violon, et il aimait taquiner son camarade à ses moments perdus, car leurs goûts différaient.

— Comment peux-tu ne pas aimer un musicien dont tu portes le nom ? disait-il. C'est un comble, quand même !

Car, alors qu'Otto l'adulait, Rudolf n'appréciait pas beaucoup Richard Wagner. Il admirait son génie, mais lui reprochait son emphase.

— Il aurait dû percer son embonpoint d'un petit coup d'aiguille pour qu'il se dégonfle un peu, afin qu'on puisse mieux apprécier ses incroyables trouvailles musicales, affirmait-il d'un ton définitif.

En revanche, pour des raisons différentes, Mozart, Beethoven, Mahler, Bach, Liszt trouvaient grâce à ses yeux et, lorsqu'il les évoquait, son regard se voilait. Quelquefois, le soir, Nicolas écoutait les deux hommes se quereller ou tomber d'accord en parlant de leurs idoles, et il se sentait décalé. A l'opéra, aux concertos ou aux symphonies, il préférait « Robin des Bois » de Georges Guétary, « Paquita » de Tino Rossi, « J'ai pleuré sur tes pas » d'André Claveau, « De l'autre côté de la rue » d'Edith Piaf ou « La Fiesta gaucho » de Jacques Pills, tous vedettes en vogue du moment.

Ainsi, les meilleurs camarades de Nicolas ne se rejoignaient en apparence que sur un seul point : la passion de la musique. Le reste les séparait. Rudolf était un homme doux happé par la guerre, Otto, un baroudeur, sinon repenti, du moins assagi. Le front de l'Est avait été une révélation pour lui. Sans qu'il le dise – il ne tenait pas à s'attirer des ennuis – il avait compris avant beaucoup que Hitler échouerait en Russie, comme l'avait fait Napoléon avant lui. Et comme Napoléon, il en était convaincu, le Führer entraînerait son pays dans une déroute fatale. Cela excusait son goût récent et intarissable pour la mauvaise vodka, le schnaps, le cognac, le calvados, le pinard frelaté, tous les alcools passant à sa portée. Mort en sursis comme tous ceux qui l'entouraient et qui, douillettement casernés, ne réalisaient pas encore ce qui les attendait, il tenait à mourir heureux, c'est-à-dire en brandissant une bouteille millésimée plutôt qu'une baïonnette badigeonnée de sang. La bouteille était en effet devenue son emblème, son idée fixe. Il ne s'imaginait pas survivre sans elle, et elle devait l'amener à maintes reprises à des excès dont les conséquences, si elles furent quelquefois comiques, auraient pu tout aussi bien se terminer en tragédie.

Un soir, après avoir épuisé sa solde au bar de la cantine, il entra en tanguant dans le dortoir, s'échoua sur son lit et grogna :

— Fermez la lumière, sacré nom de Dieu !

Comme nul ne bronchait, il se dressa sur son séant, foudroya les occupants de la chambrée du regard, désigna d'un doigt tremblotant le fusil somnolant à son chevet et hurla :

— Je compte jusqu'à trois, ensuite je vous préviens, je l'éteins d'un coup de flingue !

— Tout doux, le calma Helmut, dans cinq minutes c'est l'extinction des feux.

— Un... deux... trois !

Il saisit son arme, visa posément. D'une seule balle il atteignit l'ampoule. La stupeur passée, chacun se précipita à tâtons vers son lit. Dans le corridor, on entendit des pas pressés, des poings cognant aux huis, la voix rude de l'officier chargé de la permanence interpellant les occupants de chaque dortoir dans l'espoir de découvrir d'où provenait le coup de feu. La porte s'ouvrit, une silhouette se découpa dans l'embrasure, bientôt suivie de celle de deux sergents en armes. La main de l'officier chercha l'interrupteur sans parvenir à allumer. Ses narines, éclairées par la lumière du couloir, palpitaient, flairant l'odeur de la poudre.

— Hum, c'est ici qu'on a tiré ! Qui a fait ça ?

Helmut se dirigea en pyjama vers l'officier, claqua des talons, les mains collées sur les cuisses.

— C'est moi, *Herr Leutnant*, *Gefreiter*[1] Helmut Becker, 3e compagnie, 2e section. J'ai heurté par mégarde mon fusil en me couchant, le coup est parti et a touché la lampe qui s'est éteinte.

— La balle, qu'est devenue la balle ? demanda l'officier d'une voix blanche.

Helmut exhala un grand soupir en signe d'impuissance.

— Je ne sais pas, *Herr Leutnant*, puisque la lumière s'est éteinte, mais je pense qu'elle a dû traverser le plafond…

L'officier recula d'un pas comme s'il avait été piqué par un frelon.

— Dans le plafond… C'est tout l'effet que ça vous fait ? Vous savez ce qu'il y a au-dessus de votre tête, espèce d'abruti ?

— Non, *Herr Leutnant* !

— Oh ! presque rien, juste un dépôt de munitions : des milliers de balles et de grenades !

— Eh ben ! marmonna Helmut.

— Comme vous dites ! On a eu chaud !

Il y eut un court silence. L'officier hésitait. Son visage avait repris des couleurs. Il observait Helmut d'un air perplexe.

---

1. Caporal.

— C'est une faute, une grave faute que vous avez commise là. Cependant, je suis étonné, le *Leutnant* Müller m'a parlé de vous. Il vous considère comme un bon élément.

— C'est un accident, *Herr Leutnant*, un simple accident, et j'en assume toute la responsabilité.

— Hum ! Bon, vous auriez pu faire exploser tout le bâtiment. Ce n'est pas arrivé. Restons-en là. Mais prenez garde à votre fusil. Il doit toujours être chargé à votre chevet, et ça exige de votre part de la vigilance !

— Oui, *Herr Leutnant*. Désormais, je serai encore plus attentif. Merci, *Herr Leutnant* !

L'officier parti, la porte refermée, le vieil Otto quitta pesamment son lit, s'approcha de Helmut dont il devinait la massive silhouette dans l'obscurité. Il s'accrocha à lui, posa sa tête sur son épaule, murmura :

— Pourquoi t'as fait ça ? Pourquoi t'as dit que c'était toi ?

Helmut tapota le dos de son copain.

— Parce que t'es un ignoble poivrot, parce que, avec l'alcool que tu as ingurgité, tu étais bon une fois de plus pour être dégradé et avoir les pires ennuis !

A demi dégrisé, Otto se hissa lourdement sur la pointe des pieds. L'autre était grand, vraiment très grand, costaud. Il appliqua un gros baiser mouillé sur une joue tirée au sort dans le noir.

— T'es un frère, je te revaudrai ça un jour.

Helmut se dégagea d'un geste brusque de l'étreinte de son camarade pour échapper à son haleine putride.

— Allez, file dans ton pieu. Tu as besoin de dessoûler !

Des murmures, des rires de soulagement, couverts par les incroyables ronflements du Vieux qui s'était endormi comme une masse, résonnèrent jusque tard dans la nuit.

Au matin, avec un effroi rétrospectif, les camarades de chambrée du poivrot apprirent que la balle qu'il avait tirée avait miraculeusement traversé plusieurs caisses de munitions avant de se loger paisiblement dans un mur.

6

— C'est ici, dit Nicolas.

Ils ralentirent devant une maroquinerie dont l'étroite devanture exposait sacs à main, portefeuilles, porte-monnaie, sacs de voyage, valises, parapluies et autres objets en cuir dont les prix avaient vertigineusement augmenté.

Helmut se pencha vers la vitrine.

— Celui-là me conviendrait !

Il désignait un parapluie noir.

— Alors, on y va ?

— Oui, répondit Helmut en jetant un regard reconnaissant à Nicolas.

Depuis qu'il était chargé d'améliorer l'ordinaire de la troupe, le Lorrain avait tout appris des bonnes et mauvaises adresses de la ville, des ruelles sans intérêt, des magasins huppés et des quartiers bien fréquentés. Les rives de la Mayenne n'avaient plus de secrets pour lui, et il était devenu un guide indispensable pour ses camarades. Rudolf, le vieil Otto et Helmut lui-même n'auraient jamais imaginé faire des emplettes sans demander conseil à leur précieux Allemand de l'extérieur.

Nicolas n'était pas insensible aux attentions que Helmut lui portait. Toutefois, de ses trois copains, c'était celui qu'il appréciait le moins. Pur produit des Jeunesses hitlériennes, prêt à tout pour servir son Führer, il aurait dû entrer dans la Waffen SS et Nicolas s'interrogeait, voire s'inquiétait de sa présence parmi eux. Peut-être était-il là pour les espionner, juger du moral des troupes, les dénoncer au besoin ? Jamais Nicolas n'avait fait part de ses soupçons aux autres. Après tout, il se trompait peut-être. Il avait été agréablement surpris par l'intervention de Helmut lorsque Otto avait signé d'une balle son dérisoire exploit dans la chambrée.

— Alors, allons-y ! dit-il.

Ils pénétrèrent dans la boutique. Une dame d'une cinquantaine d'années, au physique indéfinissable, au regard sévère, siégeait derrière la caisse. Un homme sec, les traits anguleux, la figure étroite, de rares cheveux encore noirs collés sur le crâne, s'avança vers eux, un mince sourire aux lèvres.

Un sourire de reptile ! nota Nicolas, soudain mal à l'aise.

— Bonjour, messieurs, puis-je vous aider ?

Il s'était arrêté devant les soldats, frottant ses mains l'une contre l'autre.

Nicolas désigna la vitrine.

— Mon camarade voudrait jeter un coup d'œil à ce parapluie.

L'homme hocha la tête.

— Vous faites un bon choix, enfin... si vous le prenez. Voyez, il est pratique et surtout très robuste. Les baleines sont solides. On pense à la pluie, et on oublie le vent ! Et observez la qualité du tissu !

Helmut tendit le bras pour l'examiner. La femme attendait, silencieuse, lointaine, morte depuis longtemps, diagnostiqua Nicolas dont le regard fouillait le magasin. Une pièce toute en longueur, sombre, déshumanisée, qui semblait s'enfoncer entre les deux boutiques voisines.

— Je le prends, dit Helmut.

— Il le prend, traduisit Nicolas.

Ils se dirigèrent vers la caisse pour régler. Le maroquinier les accompagnait. Ses yeux luisaient dans la pénombre.

— Vos uniformes, vous appartenez à un régiment panzer ?

— Oui, répondit Nicolas, le 24ᵉ régiment blindé.

— Une belle arme, apprécia l'autre.

Ses yeux brillaient toujours. Il reprit :

— Vous avez un petit instant à me consacrer ? Je voudrais vous montrer quelque chose. Vous réglerez ensuite.

Nicolas se tourna vers Helmut pour traduire. Celui-ci acquiesça d'un signe de tête.

— Suivez-moi.

Il les précéda d'un pas glissant dans l'arrière-boutique où régnait un impressionnant bric-à-brac. Ils s'immobilisèrent, stupéfaits. Une reproduction photographique agrandie et soigneusement encadrée d'un splendide croiseur allemand, bardée de drapeaux français et allemands et d'un fanion de la LVF [1], envahissait la moitié d'un mur.

— Magnifique, non ?

— En effet, dit Nicolas pour masquer sa gêne.

Helmut tapota l'épaule de son copain, pointa un doigt vers le bonhomme.

— Monsieur est un bon Français !

— Que dit-il ?

— Que vous êtes un bon Français, traduisit à regret Nicolas.

Le maroquinier se campa sur ses ergots. Un sourire irradiait son visage.

— Oh ! oui, que je le suis ! Nous sommes des patriotes de la première heure, mon fils Robert et moi. Vive Pétain et mort à tous ces salauds de communistes et de Juifs !

Il serra ses petites mains osseuses.

— Je me serais bien enrôlé dans la LVF, mais je suis trop vieux. Il faut du sang neuf, des guerriers affûtés pour protéger notre civilisation et lutter contre l'hégémonie bolchevique. Robert est parti, dès septembre 1941, pour affronter les hordes rouges. Il a été expédié dans un camp, en Pologne, pour y être formé. Avant ça, il a connu le Centre national de recrutement LVF de Versailles. Mais je vous embête peut-être avec mes histoires ? Pour me faire pardonner, je vous offre à boire ?

Nicolas résuma à Helmut les propos du maroquinier. Un rire satisfait éclaira les dents de l'Allemand.

---

1. Légion des volontaires français contre le bolchevisme.

— Vous êtes un bon Français, et comme vous dites, je boirais bien un petit coup !

L'homme s'éclipsa une minute, revint avec trois verres, une bouteille de piquette et une feuille imprimée qu'il tendit gravement à Nicolas avant d'expliquer :

— Aujourd'hui, mon fils porte l'uniforme allemand. Il appartient au 638e RI de la Wehrmacht. Vous voyez, ses camarades et lui ont tous reçu ce message du maréchal Pétain, qu'il m'a envoyé ensuite. Tenez, lisez-le et traduisez-le à votre ami, ça lui fera plaisir, ça lui montrera qu'il y a quand même des Français qui sont pour l'Allemagne et la grande Europe.

Nicolas parcourut rapidement la lettre avant d'en traduire l'essentiel : « Vous détenez une part de notre honneur militaire... En participant à cette croisade dont l'Allemagne a pris la tête, acquérant ainsi de justes titres à la reconnaissance du monde, vous contribuerez à écarter de nous le péril bolchevique. »

— Robert est un bon Français, conclut Helmut en lampant d'un trait le contenu de son verre avant de le tendre à nouveau vers le maroquinier.

Celui-ci se dirigea de son curieux pas glissé vers la bouteille qu'il avait posée sur un guéridon, remplit à nouveau les verres à ras bord.

— Ça fait deux ans que votre fils est parti, calcula Nicolas. Il est toujours vivant ? Parce que ça cogne là-bas.

Les prunelles du boutiquier se brouillèrent.

— J'espère, mais c'est vrai qu'il en a bavé. Il s'est retrouvé par moins quarante dans la région du lac de

Djukovo, et c'est le froid qui a été leur pire ennemi. Ils n'avaient pas d'équipement d'hiver. Ils ont été retirés du front en février de l'année dernière pour être regroupés et reformés près de Radom, en Pologne. Aux dernières nouvelles, Robert n'est plus affecté sur le front, il chasse les barbares soviétiques qui hantent les forêts derrière les lignes.

— *Prost !* Robert est un grand Français ! gronda Helmut en contemplant le maroquinier avec affection.

— Il faut qu'on y aille, dit Nicolas.

— Déjà ?

— On doit rentrer à la caserne.

D'un geste de la main, l'homme indiqua la direction de la boutique.

— Je vous en prie.

Il éteignit la lumière derrière eux, les suivit jusqu'à la caisse où ils s'étaient arrêtés pour payer le parapluie, regarda sa femme.

— Pour ces messieurs, ce sera gratuit.

— Pardon ?

Elle le fixait, étonnée, pas vraiment ravie. Les temps étaient difficiles.

— Ces messieurs sont des amis.

Il vérifia que le magasin était bien vide, se pencha vers une commode, jeta un œil de conspirateur autour de lui avant d'ouvrir un tiroir avec précaution.

— Voyez ce qu'on m'envoie !

Il leur montrait un cercueil miniature en bois, grossièrement façonné. Helmut et Nicolas le dévisagèrent sans comprendre.

— C'est un cadeau de la Résistance, expliqua-t-il. J'en ai reçu trois comme celui-là, avec à chaque fois un petit mot aimable qui disait : « Ton temps est compté. Tous les collaborateurs seront pendus. »

— Et vous n'avez pas peur ? s'étonna Nicolas.

Un rire sec secoua les frêles épaules du maroquinier.

— Peur, vous plaisantez ? On m'a déjà brisé une vitrine. Ils ne recommenceront pas. S'ils reviennent, j'ai une arme et je tirerai dans le tas !

— Vous tireriez dans le tas ?

— Sans la moindre hésitation. Je ne supporte pas cette racaille qui bafoue notre maréchal et la France en pactisant avec les bolcheviques, les Juifs et les ennemis de la nation !

— Dans ce cas… conclut Nicolas, soudain pressé de fuir la boutique.

Il s'inclina devant la femme figée, déçue sans doute de voir son parapluie la quitter gratuitement.

— Au revoir, madame.

— *Auf Wiedersehen*, madame.

Le maroquinier les raccompagna jusqu'à la porte, vérifia que personne ne se trouvait sur le trottoir, murmura :

— Ça m'a fait du bien de pouvoir discuter avec des gens qui partagent mes opinions.

Et, claquant violemment des talons, il exécuta le salut nazi. Helmut changea son parapluie de main avant de l'imiter.

— *Heil Hitler !*

Lorsqu'ils l'eurent quitté, Helmut questionna Nicolas avec humeur.

— Pourquoi n'as-tu pas répondu à son salut ?

— Parce que c'est un civil et que « Au revoir, monsieur » suffisait.

— Son fils est sur le front avec les nôtres ! Et il nous a offert un parapluie.

— Non, il t'a offert un parapluie.

Helmut pointa un doigt menaçant vers son camarade.

— Tu n'as pas de cœur. Cet homme est prêt à donner la vie de son fils pour la cause du Grand Reich, et tu le méprises ! Dis-moi, tu ne serais pas plus français qu'allemand ?

— Qu'est-ce que tu vas chercher là ? Consulte mon livret militaire, tu trouveras la réponse.

— Hum ! médita sombrement Helmut.

Son visage se dérida bientôt. Ils venaient de croiser une jeune fille. Il lui avait décoché un sourire, et il lui semblait qu'elle en avait ébauché un en retour.

— Jolie *fraülein* ! s'extasia-t-il.

Nicolas opina du bonnet. Comme Helmut, il était à l'âge des grandes passions amoureuses. Hélas, un redoutable rempart le séparait de la gent féminine : son uniforme ! Et il ne voyait pas comment, dans l'immédiat, il pourrait surmonter ce handicap. L'étau des Alliés se refermait peu à peu autour des forces de l'Axe et, à l'exception d'une minorité agissante, les Français, et par là les Françaises, étaient peu enclins à se compromettre avec des Allemands. Pour l'heure, Nicolas vivait éloigné du front. Il n'en oubliait pas pour autant qu'il appartenait à un régiment panzer et que, tôt ou tard, il serait confronté au fracas des armes.

Il regarda Helmut. Celui-ci exécutait des moulinets avec son parapluie tout en souriant aux anges. Il le revit effectuant le salut nazi avec le maroquinier. Il se souvint qu'il devait se méfier de lui. Quand les talons claquent, la raison s'efface.

7

Les mois s'écoulèrent. Février et mars 1944 se succédèrent, agrémentés d'un soleil timide et de promesses de printemps. Des fleurs surgissaient un peu partout ; primevères et fleurs des talus, indisciplinées et volages, tapissaient les berges de la Mayenne. Les températures demeuraient cependant fraîches le matin et les passants, circulant à vélo ou à pied, restaient prudemment emmitouflés dans des écharpes et des manteaux.

Tout en suivant l'entraînement physique militaire et la formation de télégraphiste à la caserne, Nicolas poursuivait sa mission destinée à améliorer l'ordinaire de la troupe. Un soir où il dînait avec Otto et Rudolf au Foyer du soldat, situé en centre-ville, Rose, une grande jeune fille brune à la saisissante silhouette de danseuse de flamenco, responsable du bar, lui demanda s'il désirait se procurer du jambon fumé. Après enquête auprès de ses camarades, du responsable de cantine et du lieutenant Müller, il accepta. Trop cher pour être servi à la troupe, le jambon fumé serait acheté pour les soldats partant en permission. Ce jambon eut le succès escompté et, une fois de plus, Nicolas reçut les encouragements du lieutenant Müller, encouragements qui se métamorphosèrent en félicitations quand il lui annonça qu'il pouvait se procurer par la même filière et à un prix abordable, en ces temps de folie, soixante litres d'un honorable calvados.

C'est ainsi qu'accompagné du trésorier-payeur, Nicolas se rendit un jour dans une bourgade proche de Laval, chez le boulanger qui lui avait fourni le jambon fumé. Celui-ci les attendait dans la salle à manger de son appartement, situé au-dessus de sa boutique. Il les invita à déjeuner, ainsi que le chauffeur de l'Opel qui les avait conduits jusque-là. Ils se régalèrent d'un rôti de porc grillé à point, de haricots blancs et d'un camembert exaltant toutes les subtiles odeurs du terroir de la Mayenne.

Afin de mieux séduire ses convives et de lutter contre la fraîcheur matinale, l'épouse du boulanger avait allumé la cheminée et un grand feu crépitait, lançant de joyeuses étincelles et des éclats de lumière dans la pièce.

Tout en mangeant et en dégustant le cidre du pays, Nicolas épiait les gestes de la maîtresse de maison. C'était une femme assez jeune, plutôt jolie, mince, aux hanches volubiles, aux cheveux châtain clair cascadant sur ses épaules, dont les yeux fureteurs et gourmands évoquaient des langueurs océanes. Une coquine, s'énervait Nicolas en imaginant son corps épousant celui de son hôtesse, et il pressait ses cuisses l'une contre l'autre pour endiguer sa jeunesse en émoi.

Alors qu'il laissait fondre avec délices une bouchée de fromage sur sa langue tout en dévorant la drôlesse du regard, il entendit le premier craquement. Il se retourna. Trois dames-jeannes de vingt litres chacune, remplies de calvados, patientaient devant la cheminée avant d'être chargées dans l'Opel.

— Vous avez entendu ? dit-il. Ce sont les dames-jeannes qui ont craqué.

Intrigués, ils se levèrent, s'approchèrent de la cheminée.

— Celle-là est fêlée, constata le boulanger en se penchant sur l'une d'elles. Ça doit être la chaleur.

Il se baissa pour l'écarter du feu puis ôta le bouchon. La dame-jeanne s'ouvrit en deux, et vingt litres de calvados se répandirent sur le carrelage de la salle.

— Merde ! fulmina le boulanger.

Il pivota vers sa femme.

— Vite, file chercher un seau et des serpillières !

Elle s'exécuta, revint presque aussitôt. Une minute plus tard, ils étaient tous à genoux à éponger l'alcool. Les visages fermés mesuraient la gravité de l'instant. Vingt litres de calva perdus, ce n'était pas rien ! Vingt litres réglés d'avance, rubis sur l'ongle, se baguenaudant sur le sol.

Cela n'empêchait pas la boulangère d'offrir à Nicolas des œillades friponnes quand son mari avait le dos tourné et qu'ils se trouvaient courbés en même temps, épaule contre épaule, au-dessus du seau d'où s'exhalaient d'entêtantes odeurs.

La tâche finie, Nicolas se tourna vers le chauffeur.

— Tu peux aller mettre le moteur en route, on arrive.

Celui-ci parti, Nicolas s'adressa au boulanger.

— Bon, qu'est-ce qu'on fait ? C'est votre faute si la dame-jeanne a éclaté.

L'homme poussa un soupir, tritura son gros nez entre le pouce et l'index afin de gagner du temps.

— Ma faute, peut-être bien que oui, peut-être bien que non. De toute façon, je n'en ai plus que deux litres en réserve, ça ne fait pas le compte.

— Oui, mais nous avons payé : il va falloir nous le rembourser.

Une hanche frôla celle de Nicolas, choisit de se souder contre elle.

— Il y a peut-être une solution, suggéra la boulangère.

— Laquelle ? chevrota Nicolas en dévorant le délicat regard châtaigne posté à deux doigts de son visage.

La belle marqua une savante hésitation avant de poursuivre.

— Pour arranger tout le monde, on pourrait vider le contenu du seau dans une autre dame-jeanne vide, et on n'y verrait que du feu.

— Quand même, protesta le trésorier-payeur en rajustant fébrilement ses binocles sur son nez maigre, des serpillières, un seau et un carrelage sales, ça fait beaucoup !

La boulangère gonfla sa gorge.

— Les serpillières sont neuves, rectifia-t-elle ; quant au carrelage, je l'ai lavé à grande eau hier !

— C'est exact, confirma son époux avec un sourire bonhomme, c'est du calva propre que vous avez là !

La jeune femme détacha comme à regret sa hanche de celle de Nicolas, s'avança vers le seau puis, empoignant un verre sur la table, se servit une rasade de calvados qu'elle porta à ses lèvres. Elle toussota un tantinet, fit claquer sa langue contre son palais. Ses yeux s'humectèrent, lancèrent de charmants éclairs.

— Il est fort, c'est vrai, mais il est goûtu ! Vous pouvez vérifier.

Ils tendirent leurs verres sans se faire prier.

— C'est vrai qu'il est bon, commenta Nicolas, ses prunelles rivées à celles de la femme.

Le trésorier-payeur toussa à son tour. L'alcool lui brûlait la gorge. Ses épaules menues secouées de frissons, il claqua son verre sur la table.

— Bon, je ne sais pas. En tout cas, c'est une boisson d'homme, et s'il y a des microbes dedans, sûr qu'ils ne survivront pas ! Alors, qu'est-ce qu'on décide ?

Nicolas cherchait une réponse dans le fascinant sourire de la boulangère. Il trancha enfin.

— Patron, vous remplissez une autre dame-jeanne avec ce qu'il y a dans le seau, vous complétez avec les deux litres qui vous restent, et on n'en parle plus.

Ayant dit, il jeta un ultime regard vers la femme. Elle ne le quittait pas des yeux. Il détourna la tête pour masquer son trouble et sa solitude. Tout cela n'était qu'un jeu destiné à le convaincre d'accepter le calvados, et il le savait. Mais durant quelques instants, il avait rêvé. La belle savait y faire, et longtemps Nicolas allait ressentir le poids de sa hanche brûlante, l'insistante pression de sa main, lorsqu'ils se quittèrent ce jour-là. Longtemps, il se souviendrait des yeux châtaigne sous-entendant qu'elle l'avait distingué dans la multitude et, qui sait, peut-être un peu désiré.

C'est ainsi que les bidasses fréquentant le bar de la cantine trinquèrent en sirotant sans sourciller un calva frelaté. Le vieil Otto remarqua cependant quelque chose. Un soir où il avait touché sa solde, il en avala plusieurs godets d'affilée afin de se faire une opinion. Un énorme point d'interrogation fiché dans ses yeux jaunis par l'alcool, il déclara enfin d'une voix pâteuse :

— Il est curieux, ce calva, il a un drôle de goût. Costaud, oui, ça, on peut pas dire le contraire, un goût de pomme, oui, mais aussi un goût de pierre ou quelque chose comme ça !

Un goût de carrelage, mon pote ! s'esclaffa intérieurement Nicolas affalé à côté de lui.

Puis les pensées du jeune homme s'envolèrent. Une hanche frôlait la sienne, un regard emprisonnait ses sens, une main étreignait sa main, une chaleur triste calcinait son corps, l'écrasait de solitude.

Cette guerre, cette putain de guerre, quand allait-elle finir ?

8

Un soir d'avril, ayant récupéré pour la énième fois l'étoile dans le V de son grade de caporal-chef, ravi de redevenir *Stabsgefreiter*[1] et surtout de voir sa solde augmenter, Otto convia ses amis à aller prendre un pot en ville au Foyer du soldat. Quand ils y entrèrent, la salle était bondée, et ils eurent du mal à se frayer un chemin jusqu'à une table disponible.

Autour d'eux, troufions et sous-officiers se régalaient, pour un prix convenable, d'un menu amélioré qui les changeait de l'ordinaire de la cantine. D'autres, comme le vieil Otto, étaient venus là pour trinquer avec des camarades, et oublier un moment les vicissitudes du quotidien.

Promotion oblige, Otto offrit la première tournée. Il nota la commande, se dirigea vers le bar, en revint bientôt avec un plateau sur lequel paradait une bouteille de muscadet encerclée par quatre verres. Quand ceux-ci furent remplis à ras bord, les mains

1. Sergent.

s'élevèrent vers le plafond puis un « *Prost !* » tonitruant, lancé par des gorges aguerries, couvrit le brouhaha de la salle.

Quelques minutes plus tard, la bouteille ayant rendu l'âme, Rudolf se dirigea à son tour vers le comptoir. Lorsqu'il fut de retour, il demeura un instant debout, immobile, à observer ses camarades. Tous semblaient pensifs. Depuis la veille, la rumeur courait à la caserne que leur régiment allait faire mouvement pour Mailly-le-Camp en Champagne, vaste zone d'entraînement et de manœuvres pour les unités blindées allemandes. Les hommes entreraient alors vraiment en contact avec les chars Panther et, bientôt, les réalités de la guerre. L'heure était donc à l'alcool et à la morosité.

— Eh ! grogna Otto en tendant son verre à Rudolf, si tu vidais la bouteille que t'as dans la main ?

— Excuse-moi, le Vieux, répondit Rudolf, j'arrive !

Il s'arrima devant Nicolas avant de servir ses compagnons. Ils s'enfilèrent le vin d'un trait, en silence. Helmut fit claquer sa langue, l'écouta religieusement tourner dans sa bouche avant de brailler, en écartant ses vastes bras :

— On va enfin bouger, voir autre chose. Je commençais à m'ankyloser ici !

Otto haussa les épaules. A trente-deux ans, il en paraissait davantage. La boisson, sans doute. Son visage était fripé, ridé, ses yeux glauques se noyaient dans des cernes immenses.

— Bouger, c'est sûr. Longtemps, c'est moins sûr. Tu regretteras peut-être d'avoir bougé.

Helmut toisa Otto avec agacement.

— Pourquoi je regretterais ? Si je suis là, c'est pour servir le Reich et le Führer, pas pour faire du tricot ou de la dentelle !

Le Vieux balaya d'un rapide regard les visages neutres de Nicolas et de Rudolf. Ils avaient raison, ne prenaient jamais parti devant Helmut, ne le contredisaient jamais. Il se demanda ce que pensait le petit Mosellan de cette guerre, de cette merde. Rien, peut-être. Il décida de jouer la prudence.

— C'est vrai qu'on est là pour que nos enfants connaissent un jour la Grande Allemagne.

Helmut ne discerna pas l'ironie du ton.

— Ah ! quand même ! dit-il.

Son regard, d'ordinaire inexpressif, s'était adouci d'une sorte de tendresse.

— Tu vois, finalement, je suis content de t'avoir évité d'être dans le pétrin l'autre jour avec ton coup de fusil !

Otto empoigna la bouteille, but au goulot sans respirer, essuya sa bouche d'un revers de manche.

— C'est sûr que si tu n'avais pas fait ça, on ne serait pas là à arroser mon nouveau grade ! Tu es un frère !

— Et bientôt un frère d'armes ! ronronna Helmut. Car on va enfin s'attaquer aux choses sérieuses !

— Si tu le dis, déclara Rudolf en caressant son front d'une main pensive. Dans ce cas, je n'en ai plus pour longtemps à vivre !

Tous le contemplèrent en souriant. Le pessimisme de Rudolf était devenu légendaire depuis qu'un rêve prémonitoire, un cauchemar plutôt, lui avait assuré qu'il serait tué dès son premier accrochage avec l'ennemi. Il s'était vu écrabouillé dans son char transformé en un amas de ferraille, et cette vision l'avait anéanti. Aux railleries de ses compagnons avait peu à peu succédé un silence poli, car il prenait ce rêve au sérieux, et nul ne voulait le peiner.

Ils en étaient à leur quatrième bouteille quand Rose, la serveuse, se campa devant leur table.

— Alors, ça va comme vous voulez ?

Ils levèrent la tête. Elle souriait, regardant Nicolas.

— Le calva que je vous avais conseillé est-il bon ?

— Très, répondit Nicolas, il n'y en a déjà presque plus.

— Ah ! vous voyez ! conclut-elle.

Puis elle s'échappa, offrant aux regards sa cambrure de danseuse espagnole, ses longues jambes dorées, son chignon noir qui la faisait paraître plus grande, femme, divine, bien qu'assez quelconque, parmi tous ces hommes qui ne pouvaient détacher leurs pensées d'elle.

— Dis donc, Nicolas, elle t'a drôlement maté, nota Helmut avec envie. Tu as une touche, pas vrai ?

— Je voudrais bien. Malheureusement, non. On est copains, c'est tout. Je prends souvent mon petit déjeuner ici avant de faire la tournée des fournisseurs, alors on cause. De toute façon, elle est fiancée.

Les coudes écrasés sur la table, le menton enfoui dans ses mains, le vieil Otto fixait son verre à demi plein. La jeune fille lui rappelait son épouse, Greta, tuée à Berlin alors qu'il était sur le front russe. L'une était brune, l'autre blonde tirant sur le roux, l'une était mince, l'autre plutôt opulente, portée sur la bonne bière, l'une était de taille moyenne, l'autre grande, presque aussi grande que lui, presque aussi large d'épaules, étrangement vivante, étrangement protectrice, tendre, complice et femme. Une copine, une mère et une irrésistible amante.

Brusquement, il éclata en sanglots ; de grosses larmes roulaient sur ses joues, s'égouttaient sur la table et sur ses doigts. Il saisit son verre, le liquida d'une seule lampée, le remplit à nouveau à ras bord.

— *Prost !*

Rudolf l'observait avec compassion.

— Il serait temps d'y aller, dit-il.

— Dix heures et demie, tu as raison, confirma Nicolas, on a passé l'heure du couvre-feu. Moi, j'ai un *ausweis*, mais pas vous !

Helmut empoigna le Vieux et le soutint sous une aisselle. Dehors, un ciel noir, menaçant, les accueillit. Les portes et fenêtres des maisons étant occultées, aucune lumière ne filtrait, susceptible de les aider à orienter leurs pas. Mais, pour l'avoir emprunté maintes fois, ils connaissaient par cœur le trajet conduisant du Foyer du soldat à la caserne Schneider. Ils enfilèrent quelques rues avant de se retrouver sur les rives de la Mayenne. Un bruit caractéristique les alerta.

— Une patrouille !

Ils s'engouffrèrent sous un porche, se coulèrent dans une petite cour ouvrant sur une demeure bourgeoise.

— On a eu chaud ! commenta sobrement Nicolas.

— Pffuh ! marmonna le vieil Otto.

Ils poursuivirent leur chemin. Le Vieux, qui avait quitté le bras de Helmut, marchait en zigzaguant à deux coudées derrière ses camarades. L'air frais avait un peu dissipé les méfaits de l'alcool et, la narine palpitante, il reprenait peu à peu conscience.

Ils parvinrent devant le pont enjambant la Mayenne, s'y engagèrent, riant et parlant fort.

Un quidam apparut.

— Merde, un *Kartoffel-offizier*[1] ! gronda Helmut brusquement dégrisé. Eh ben ! nous voilà dans de beaux draps !

C'était un *Kartoffel-offizier*, en effet, chargé de réquisitionner les bêtes et le grain dans les coopératives ou chez les gros cultivateurs. Il arrivait vers eux, droit dans ses bottes, figé, se différenciant des autres officiers de l'armée par la bande très étroite précisant le grade sur son épaule.

Il s'arrêta devant eux, leur barrant le chemin, et consulta ostensiblement sa montre.

— Halte-là ! Il est onze heures. Que fabriquez-vous dehors à cette heure ? Et quelles sont ces tenues débraillées ? Vous n'avez pas honte ?

Il pointait un index accusateur sur les uniformes déboutonnés, les bérets en goguette.

— Et l'image de l'Allemagne, que faites-vous de l'image de l'Allemagne ?

Ils se rajustèrent à la hâte, sanglèrent leurs ceinturons, se statufièrent au garde-à-vous.

Une pluie fine et serrée s'était mise à tomber. Ils ne distinguaient de lui qu'une mince silhouette campée

1. Littéralement : « officier pomme de terre ».

dans sa rigidité, une casquette à visière, l'éclat autoritaire d'un regard.

— Alors, qu'avez-vous à répondre ?

— J'ai un *ausweis* permanent, se défendit Nicolas en glissant une main dans sa poche pour en extraire le précieux laissez-passer.

— Et les autres ?

L'officier n'eut pas le loisir d'ajouter autre chose, sinon un long « Aaah ! ? » surpris.

Arrivé en dernier, Otto s'était porté vers lui d'un pas chancelant mais déterminé puis, sans un mot, se penchant brusquement, l'avait empoigné sous les jarrets et, sans autre formalité, l'avait balancé au-dessus du parapet. Ils se penchèrent sur les eaux sombres, assistèrent au plouf !, vérifièrent qu'il ressortait bien vivant de l'eau.

— Barrons-nous ! cria Helmut en se mettant à courir. Si on se fait choper, on est bons pour un régime spécial !

Ils l'imitèrent, silencieux, rasant les murs, pestant contre les imprévisibles frasques du Vieux, méditant sombrement sur l'avenir catastrophique qui les guettait s'ils étaient arrêtés. Tout en courant, Otto les rassura.

— Pas de panique, les gars ! Je ne suis plus pompette ! Je sais ce que je fais. Il pleuvait, il faisait noir, on le distinguait à peine, et lui non plus, il ne pourrait pas nous reconnaître !

— Tu sais ce que tu fais, ricana Helmut, ça oui ! Tu fais n'importe quoi ! Tu viens de retrouver ton grade et tu t'entêtes à vouloir le reperdre le jour même. Et tu nous embarques tous dans tes conneries de poivrot !

Tu es un vrai danger public, et l'officier avait raison : nous faisons honte à l'ordre, à l'Allemagne et à notre Führer ! Pour moi, c'est fini, je me chercherai des copains ailleurs !

Il ralentit, s'arrêta pour souffler, penché en avant, les mains posées sur ses cuisses musclées. Les autres l'imitèrent.

— Je n'aurais pas dû fuir, reprit-il, j'aurais dû lui porter secours, je lui aurais expliqué...

— Et tu nous aurais dénoncés, remarqua prosaïquement Rudolf.

— Tu te serais sans doute noyé, compléta Nicolas, l'eau est froide en cette saison et avec tout ce que tu as picolé...

Helmut ébaucha une grimace de dépit avant de conclure :

— Vous n'êtes que des irresponsables !

Ils regagnèrent la caserne sans encombre. Le lendemain, ils apprirent qu'une enquête militaire était ouverte. Il n'y avait pas eu mort d'homme. Le *Kartoffel-offizier* s'en était sorti avec un gros rhume et une belle humiliation. Seule sa casquette avait disparu, emportée par les eaux nonchalantes de la Mayenne.

Ils ne connurent jamais le résultat de l'enquête. Deux jours plus tard, ils quittaient Laval pour Mailly-le-Camp en Champagne.

TROISIÈME PARTIE

9

Un matin de cette fin avril, la 3e compagnie du 24e blindé descendit du train à Châlons-sur-Marne, où des camions devaient l'emmener à Mailly-le-Camp.

Quelques heures plus tard, les hommes découvraient le camp. Célèbre s'il en fut, situé à l'est du village de Mailly, celui-ci avait vu défiler en stage de nombreuses unités d'élite et de la Waffen SS. Sur près de quatorze kilomètres carrés s'étendaient des bunkers et des baraquements transformés en dortoirs pour la troupe, en entrepôts de pièces détachées et en ateliers de réparation. Une plaine immense, propice à l'entraînement des équipages, au tir réel des chars et au tir au fusil, encerclait leur nouvel univers.

Très vite, les soldats déchantèrent. Finie la vie de coq en pâte ! Durant trois semaines ils allaient absorber une nourriture insipide, inférieure aux rations journalières permettant de se maintenir en forme ; quant à l'eau, chichement acheminée par camions, il fallait à tout prix l'économiser.

Nicolas s'adapta rapidement aux conditions rigoureuses du camp et à ses servitudes. Lever tôt, entraînement au combat avec ou sans appui de l'infanterie, corvées de garde. Chez ses camarades, les figures s'étaient assombries. Seul Helmut resplendissait. Il observait avec envie un bataillon de la Waffen SS s'entraînant en même temps qu'eux. Ça, c'étaient des guerriers, s'émerveillait-il. Pris dans sa frénésie national-socialiste, il en oubliait la ronde des chasseurs alliés le jour, le survol des bombardiers la nuit à la recherche d'une proie : une gare, une usine, une caserne. Quelques jours auparavant, le camp avait subi des raids se soldant par plusieurs bombardiers abattus par les tirs de la flak[1].

Dès son arrivée à Mailly, la section du lieutenant Müller avait été organisée en cinq équipages blindés. Nicolas vécut assez mal cette répartition qui le séparait de ses camarades. Alors que Rudolf et Otto étaient versés ensemble dans le char du lieutenant et Helmut dans un autre équipage, le Lorrain devenait *Panzerfunker*, c'est-à-dire radio sous les ordres du chef de char, l'adjudant Erich Schmidt. Allaient appartenir à son équipe Max Becker, sergent et pointeur, Herbert Kunze, caporal-chef et chauffeur, Johann Hübner, soldat et chargeur.

Ensemble, ils s'initièrent aux tâches spécifiques qui leur incombaient et les unissaient en vue des batailles à venir.

1. Défense antiaérienne.

Les journées s'écoulèrent, denses, rudes, rythmées par les manœuvres effectuées avec les Panther, les tirs réels, les simulacres de combats, le tout accompagné par l'âcre poussière dégagée par les chenilles des blindés, déclenchant chez beaucoup de terribles démangeaisons.

En quelques jours, les hommes avaient perdu du poids. Leurs figures marquées par l'exercice et le soleil leur donnaient une mine redoutable et singulière.

Un matin de mai, le camp s'anima. Sur ordre du général Geyer von Schweppenburg, l'unité de Nicolas fit mouvement avec ses tanks vers les villages puis les futaies les plus proches et se retrouva à couvert, sous les tentes près de Sompuis. Les soldats s'interrogeaient. A quoi bon ces manœuvres supplémentaires ? A moins qu'il n'y eût autre chose ?

Muet comme une carpe, tapi à plat ventre à la lisière de la forêt, ses jumelles rivées sur son visage taillé à la serpe, le lieutenant Müller épiait le ciel. Parfois, il quittait son poste pour discuter avec les officiers des autres sections et écouter la radio. Vers vingt-trois heures cinquante, la nuit s'éclaira brusquement au loin avant de s'emplir d'un vacarme assourdissant. Les hommes se réveillèrent en sursaut et se précipitèrent hors des tentes.

— Ça va cogner à Mailly, messieurs ! diagnostiqua l'adjudant Schmidt en enfilant vivement ses bottes.

C'était là-bas, en effet, que des fusées éclairantes d'un jaune éblouissant illuminaient les ténèbres pour signaler les cibles.

— Les enfoirés, ils lâchent des bombes incendiaires et explosives ! s'indigna le vieil Otto qui s'était glissé auprès de Nicolas.

Pétrifié, les yeux fixés sur l'horizon, le jeune Lorrain observait ce déluge de feu avec une sorte de curiosité mêlée d'indifférence. Il ne réalisait pas qu'il assistait à un véritable et massif bombardement. Il ne réalisait pas non plus qu'il était dans ce camp le matin même, et qu'il aurait pu se trouver en ce moment sous ce tapis de bombes. Il rêvait. Il allait se réveiller, et ce ne serait plus qu'un vilain cauchemar. Avec une froide objectivité, il comptabilisa plusieurs appareils de la RAF explosant en plein vol, touchés par les flaks allemands.

Puis il n'y eut plus que la pleine lune et le silence. Les hommes se dévisageaient, mesurant la chance inouïe qu'ils avaient d'être là, en forêt, au lieu d'être enfouis sous les décombres fumants.

A l'aube, l'*Obersleutnant* Vogelsang von Trotha arriva du camp de Mailly pour rapporter aux officiers ce qui s'était passé. On informa ensuite les équipages. Le camp avait bien été bombardé. On dénombrait pour l'instant deux cent dix-huit Allemands tués ou disparus et cent cinquante-six blessés. Les soldats du 24e blindé pouvaient remercier le général Geyer von Schweppenburg, responsable du camp, d'avoir pressenti l'imminence d'un raid allié. Grâce à lui, dissimulés dans les forêts avoisinantes, les Panther et leurs servants étaient sortis indemnes du bombardement.

Une rumeur se répandit aussitôt : la veille de l'attaque aérienne, le général Geyer von Schweppenburg, en virée galante à Troyes, aurait reçu des confidences sur l'oreiller l'avertissant d'une attaque alliée imminente.

Une vision d'apocalypse attendait les équipages de la 24e DB quand ils retournèrent le lendemain dans le camp de Mailly. Près de quatre mille tonnes de bombes s'étaient abattues sur celui-ci, soufflant baraquements, végétation, matériel et soldats. Il n'y avait plus là que des amas de décombres entre lesquels, contournant les cratères, les survivants luttaient encore pour éteindre des incendies. Le quai de la gare avait été pulvérisé.

Un camarade d'Otto, appartenant à un autre régiment, lui résuma ce qui s'était passé. Vers minuit, des avions de reconnaissance avaient survolé le site pour clarifier la zone à bombarder avec des fusées éclairantes. Peu après, une énorme vague de Lancaster avait lâché des centaines de tonnes de bombes. Les soldats présents avaient jailli des camions où ils dormaient pour se réfugier dans les trous d'hommes, les baraquements et les bunkers, dans l'espoir d'échapper aux bombes incendiaires et à haute fragmentation.

Une seconde vague de bombardements avait suivi, achevant de semer la terreur chez les survivants. Malgré le chaos, les Allemands n'étaient pas restés inactifs. Les flaks avaient touché des appareils de la Royal Air Force et les chasseurs de la Luftwaffe étaient intervenus, semant la confusion parmi les Alliés. En définitive, la RAF avait subi pas mal de pertes, et il était peu probable qu'elle revienne avant longtemps, le bilan de son assaut étant mince. Seuls deux Panther, qu'on n'avait pu évacuer parce qu'ils étaient en réparation, avaient été détruits. Les autres avaient quitté le camp pour être dissimulés dans les règles de l'art.

L'heure, aujourd'hui, était au déblaiement, au comptage des morts et à la recherche de rescapés ensevelis dans les trous d'homme ou sous les décombres. Tout en dégageant les gravats d'un baraquement, Nicolas observait les survivants. Certains, choqués par l'effet du bombardement et la disparition de leurs camarades, se tenaient prostrés, assis ou allongés par terre, au milieu d'un enchevêtrement de poutres, de pierre, de tôle, de camions transformés en tas de ferraille. Les autres s'efforçaient de remettre de l'ordre dans l'indescriptible chaos. Vision surréaliste, deux soldats aidaient une femme à récupérer et enfourner dans des caisses les livres de la bibliothèque épargnés par les flammes.

Tous, en vérité, attendaient les engins promis pour déblayer ce fatras de manière efficace.

Pendant le frugal repas de midi – servi dehors, les cuisines et la cantine ayant été détruites – Rudolf vint s'asseoir près de Helmut et Nicolas installés sur une roue de camion couchée sur le sol. Il demeura silencieux un moment, promenant un regard rêveur sur les ruines environnantes et les figures émaciées de ses compagnons avant d'aborder son sujet favori.

— Si on était restés là, je serais mort aujourd'hui.

Nicolas se désintéressa du morceau de biscuit dur comme de la pierre qu'il croquait sans conviction, et haussa les épaules avec lassitude.

— Arrête, avec tes rêves prémonitoires, dit-il. De toute façon, tu n'étais pas là, d'accord ?

— Oui, mais n'empêche, tu verras, je mourrai à notre premier véritable accrochage !

— Ferme-la ! ordonna Helmut. C'est plus fort que toi ! Il faut que tu causes de ton nombril, même quand tu es cerné par des centaines de camarades tués par ces fumiers d'English !

Rudolf peigna ses cheveux blonds d'une main distraite.

— Excuse-moi, tu as raison, je ne suis qu'une chiure de mouche dans toute cette chienlit !

— De cette chienlit naîtra un ordre nouveau, prophétisa Helmut, et on verra alors qui sera le plus fort, de ces satanés Alliés ou de la grande Allemagne !

Il sentit une présence nouvelle auprès de lui. Levant les yeux, il découvrit Otto venu les rejoindre avec sa gamelle.

— Tu ne verras peut-être rien, déclara celui-ci en s'affalant lourdement sur la terre battue. Regarde autour de toi : tu seras peut-être mort avant.

D'un large geste de la main, il embrassait les décombres autour d'eux, les hommes prostrés.

Les joues de Helmut frémirent. Ses lèvres se pincèrent en une moue de mépris.

— Défaitiste tu es, défaitiste tu resteras. Je me demande ce qui me retient de te dénoncer !

— Vas-y, n'hésite pas ! Je me fous de ce qui peut m'arriver, riposta Otto. Ce que je sais, c'est que les forces de l'Axe reculent partout. On a capitulé en Afrique du Nord l'année dernière, et les Alliés ont débarqué en Italie et mis le pied sur le continent. Bientôt ils débarqueront en France, et ce ne sont pas nos défenses côtières qui les arrêteront. Dis-moi, il faudra encore combien de cadavres pour que tu comprennes que ton ordre nouveau n'est qu'une illusion ?

Helmut se redressa. La colère déformait ses traits. Il se pencha sur le Vieux qu'il dominait de toute son impressionnante carrure.

— Tu oublies que nos chercheurs ont mis au point de nouvelles armes, les V1, des bombes volantes à réaction sans pilote qui rayeront bientôt les îles Britanniques de la carte du monde ! Tu oublies que tu es allemand et que tu dois obéissance à notre armée et à notre Führer !

— Je sais tout ça. Comme tout le monde ici. On nous l'a assez rabâché. Mais j'attends de voir les résultats pour le croire. Oui, je suis allemand comme toi, mais j'ai passé l'âge d'avaler tout ce qu'on me dit. Ouvre les yeux, regarde tes copains autour de toi : ils sont las, désabusés, il n'y en a pas un sur dix qui croie encore aux vertus de la guerre et à la victoire !

Il se tut. Il savait qu'il risquait gros. Très gros. Il fixait Helmut sans colère, sans peur. Il ne tenait pas plus que cela à la vie. Il avait croisé trop d'atrocités, vu trop de ses compagnons mourir en appelant une fiancée, une mère, un enfant. Il savait que quoi qu'il arrive, ses nuits, toutes ses nuits, jusqu'à sa mort, seraient traversées de cauchemars et de cris d'agonie.

Une hésitation anima les prunelles de Helmut. Il n'eut pas à répondre. La terre tremblait. Dans un nuage de poussière, des engins à chenilles arrivaient pour accélérer le déblaiement et le nettoyage du camp. Le rappel sonna. Les hommes se levèrent, naviguèrent entre les décombres et les trous d'obus. La journée serait rude, lourde d'amertume et de tristesse.

Une semaine après ces événements, les membres de la 2e section de la 3e compagnie, à laquelle appartenait Nicolas Fischer, camouflèrent leurs chars sous de la végétation avant de les charger sur des plates-formes de la SNCF en gare de Mailly-le-Camp, afin de gagner le nord de Rouen.

Parvenus à Châlons-sur-Marne, on détacha la locomotive, et le convoi resta en gare de triage près d'autres trains qui y stationnaient déjà. Perplexe, le lieutenant Müller posta plusieurs sentinelles le long des voies puis, sa feuille de route en main, il s'éloigna pour entrer en contact avec les officiers des autres convois. Il revint presque aussitôt en courant et en hurlant des ordres.

— Planquez-vous où vous pouvez ! Cet arrêt n'était pas prévu. C'est un coup monté par la Résistance rail. Nous allons subir un bombardement !

Il avait à peine achevé sa phrase que, dans un vacarme assourdissant, des forteresses volantes assombrissaient le ciel. Les soldats s'étaient jetés sous les wagons. Le déluge dura quelques minutes puis il y eut un grand calme, interrompu seulement par les gémissements des blessés.

Nicolas rampa sur le sol pour sortir de sous le wagon qui lui avait sauvé la vie. Autour de lui, ses camarades se hasardaient à leur tour sur les voies afin d'établir le bilan des dégâts. Des incendies avaient éclaté un peu partout. Le train de la section du lieutenant Müller avait miraculeusement été épargné mais des tanks, des semi-chenillés, du matériel flambaient çà et là ; plusieurs blessés et des morts gisaient à terre.

L'adjudant Erich Schmidt, chef d'équipage du Panther de Nicolas, s'arrêta près de lui.

— Mais vous avez été touché !

— Moi ?

— Oui, à la jambe droite, ou plutôt à la cuisse et à la hanche.

Nicolas découvrit une plaie avec étonnement. C'était son premier accrochage et la tension, la peur, peut-être, avaient été si grandes qu'il n'avait rien senti. Il palpa son pantalon, ramena sa main poissée de sang.

— C'est rien, *Herr Wachtmeister.*

Des ambulances arrivaient. Avant de s'engouffrer dans l'une d'elles, Nicolas aperçut avec soulagement Rudolf et Otto, debout sur une plate-forme, occupés à inspecter leur char.

Ce sacré Rudolf, songea-t-il, lui qui était certain de mourir lors de son premier affrontement avec l'ennemi, il va être déçu.

Un instant plus tard, il entrait aux urgences où on examinait les blessés avant de les orienter vers des services adaptés à leur cas. Une infirmière entre deux âges, au regard désabusé d'une femme qui en a trop vu, s'approcha de lui et confirma son propre diagnostic.

— Ce n'est rien, de simples égratignures. Vous avez eu de la chance. Un nettoyage de la plaie et un bon pansement suffiront. Dans deux jours, vous serez sur pied.

Les soins terminés, Nicolas se leva pour rejoindre une salle où patientaient les blessés légers. L'infirmière le stoppa d'un geste, s'approcha de lui pour déchiffrer la plaque d'identité qu'il portait autour du cou.

— Vous êtes du groupe O universel, dit-elle, nous avons besoin de votre sang pour une transfusion. Suivez-moi.

Ils enfilèrent un couloir encombré de brancards chargés de soldats en attente d'une intervention, et pénétrèrent dans une vaste salle où s'alignaient une dizaine de lits. L'infirmière s'arrêta devant l'un d'eux.

— Cet homme a besoin de vous.

— Mon Dieu ! s'exclama Nicolas.

Le blessé tourna une tête entourée de pansements vers les nouveaux venus. Malgré les bandages, malgré la cage thoracique enfoncée et des éclats de verre dans les yeux bleus, il n'y avait pas l'ombre d'un doute.

— Helmut !

— Nicolas !

— On va te sortir de là, je vais te donner mon sang !

— Vous le connaissez ? s'étonna l'infirmière.

— Oui, il est de ma section.

— Bien. Installez-vous sur cette chaise près de lui, je vais vous brancher pour la transfusion. Vous voyez cette pompe ? Vous l'actionnerez à la main pour l'alimenter. Je m'absente, mais je n'en ai que pour deux ou trois minutes.

Nicolas acquiesça. Il y eut un silence, violé par la respiration douloureuse du blessé et les râles venus des lits voisins.

L'infirmière partie, tenaillé par l'émotion, Nicolas mit la pompe en route avant de se pencher vers son copain. Il revoyait Helmut, sa large poitrine, ses épaules d'éphèbe, le bleu intense de son regard, son port altier. Il n'avait plus devant lui qu'un homme presque aveugle, une immense poupée de chiffon recroquevillée sur elle-même, dont seule la respiration irrégulière indiquait qu'un filet de vie le parcourait encore.

— Est-ce que tu me vois ? osa Nicolas.

— Non, j'ai reconnu ta voix.

— C'est rien, ils vont te retirer les éclats de verre. Tu reverras bientôt !

Helmut étouffa un gémissement.

— Arrête tes conneries. Je suis fichu. Tout est en bouillie dans ma poitrine.

Il se tut, guettant une bouffée d'air pour respirer. Nicolas attendait, épiant le silence, dans l'espoir d'entendre à nouveau la voix hachée de son ami monter vers lui.

Helmut se mit à tousser, une toux sèche, rauque, lourde de sang.

— C'est la fin… J'ai peur.

— Peur de quoi ? Puisque je te dis que tu ne vas pas mourir !

Un rire saccadé rejeta le blessé à l'autre bout du lit.

— Pas cette peur-là, peur de ne pas voir le bout de mon rêve. Je ne verrai pas la victoire de notre Führer. Les V1, tu verras les V1, l'arme absolue !

Une minute s'écoula, interminable. Helmut s'était tu. Une sueur glauque perlait sur ses joues. Il tourna la tête vers Nicolas.

— Je souffre trop. Arrête de pomper. J'aimerais en finir vite.

— Je ne peux pas faire ça !

— Si. Je te dis que je suis foutu !

Une de ses mains rampa sur la couverture, prit celle de Nicolas qui serra les doigts glacés et cessa de pomper.

— On a le même âge, hein, Nicolas ?

— Oui.

— Vingt ans.

— Oui.

— C'est quand même jeune pour mourir.

Il y eut un dernier silence. Quand l'infirmière entra un instant plus tard pour examiner Helmut, celui-ci était mort et, le front posé sur la main de son ami qu'il serrait toujours, Nicolas pleurait sans pouvoir s'arrêter.

10

Nicolas arpentait un vaste terrain, situé près de Picqueville au sud du Tréport, où se dressaient les rampes de lancement des *Vergeltungswaffe*, les V1, ces fameuses bombes volantes dont, avant de mourir, Helmut prédisait qu'elles modifieraient radicalement le cours de la guerre. Répartis tous les cinq cents mètres, des Panther, sentinelles de métal, pointaient leurs canons sur la campagne alentour. Un soleil ardent réchauffait le site ; caressé par ses généreux rayons, Nicolas en aurait presque oublié qu'il montait la garde auprès de ces tanks et de ces rampes de près de quarante-cinq mètres de long, camouflées avec soin.

Depuis la mort de Helmut, Nicolas avait changé. L'insouciance de la jeunesse, le regard naïf qu'il posait sur la guerre, l'idée qu'il n'aurait jamais à tourner ses armes vers des Français commençaient à le tourmenter. Avec le temps, il s'était rendu compte que seule une faible proportion de la population collaborait avec les boches ou pratiquait le marché noir. En gare de triage de Châlons, il avait vérifié à ses dépens qu'une autre frange, peu nombreuse mais particulièrement efficace, opérait dans la Résistance, quand elle n'avait pas rejoint le général de Gaulle à Londres. Quant aux autres, même s'ils se taisaient par prudence, ils n'en détestaient pas moins les Allemands. Par la même occasion, ils le détestaient aussi parce qu'il portait le même uniforme. Contre son gré, certes. Mais ils l'ignoraient et, en cas de combat, les balles ne feraient pas le tri. Sa hanche et sa cuisse s'en souvenaient, provoquant parfois de piquants et douloureux élancements.

Et, de plus en plus souvent, Nicolas se demandait ce qu'il fichait là, alors qu'il aurait voulu être ailleurs. En vérité, il connaissait la réponse. Il avait évoqué avec Françoise, la petite institutrice d'Epaignes, l'histoire de Louis, un de ses camarades d'enfance d'Ottange, mobilisé dans la Wehrmacht en même temps que lui, qui avait déserté. En représailles, sa famille avait été arrêtée deux jours plus tard et emmenée dans un camp de concentration, et nul depuis n'en avait eu de nouvelles.

Déserter, Nicolas y songeait quelquefois, comme à une éventualité lointaine. S'il voulait préserver ses parents, il lui faudrait passer pour mort ou disparu ; or, pour l'heure, il n'avait toujours pas rencontré une opportunité susceptible de lui permettre de s'éclipser sans se faire remarquer.

Autre chose le tarabustait. Qu'adviendrait-il ensuite ? Dresserait-il les armes contre les Allemands ? Il songeait alors au fragile Rudolf, au pittoresque et anarchiste Otto, à ses nouveaux camarades d'équipage, dont la plupart n'aspiraient qu'à voir la guerre se terminer et rentrer chez eux. Alors une profonde tristesse, mêlée de colère, s'emparait de lui. Il se souvenait de Helmut le fanatique, de sa main rampant sur le lit à la recherche de la sienne, de cette jeunesse endoctrinée incapable de distinguer le bien du mal. Un homme dangereux, bien sûr, un homme cependant sur lequel il n'aurait jamais pu tirer. Ils avaient mangé, dormi, crapahuté, rigolé ensemble. Ils s'étaient engueulés quelquefois. Il lui avait offert son sang. Il avait accepté de l'aider à interrompre une vie devenue trop pesante pour lui. A cette pensée, des sanglots secs bousculaient la poitrine de Nicolas, qu'il arrêtait à la lisière de ses yeux pour ne pas se donner en spectacle.

En ce début de mois de juin 1944, Nicolas montait donc la garde. Son œil fouillait le ciel d'un bleu insolent. Il méditait sombrement. Des rumeurs circulaient, annonçant l'imminence d'une tentative de débarquement des Alliés, d'un tir prochain de V1 sur les îles Britanniques. Les officiers demeuraient muets. Les ordres, sans doute. Des avions rôdaient au-dessus de la région, déversant çà et là des tapis de bombes. Les sirènes hurlaient. La troupe était en alerte. Helmut était mort. Vingt ans. L'âge de Nicolas.

Quelques jours plus tard, sans plus de précisions, les hommes du 24e régiment blindé apprirent que les Alliés avaient débarqué en Normandie. Le 23 juin, on leur annonça qu'ils feraient mouvement dès le lendemain vers la région de Vismes-au-Val toute proche pour être rattachés à la 116e Panzerdivision. Le lieutenant Müller leur expliqua ensuite qu'ils remplaceraient le I/Pz. Rgt 16, parti en Allemagne pour être équipé de chars Panther. Seul le I/24, auquel appartenait Nicolas, était rattaché à cette unité, les deux autres bataillons étant renvoyés en Allemagne, à Grafenwöhr, où ils finiraient d'être équipés eux aussi.

Début juillet, le comte et général Graf von Schwerin, commandant la 116e division, passa les nouveaux venus en revue. Casque sur la tête, sanglé dans un uniforme taillé sur mesure, il marchait lentement, fichant son regard pénétrant dans celui de chaque soldat. Quand il dévisagea Nicolas, il sembla à celui-ci que le général fouillait son âme.

Le 19 juillet, l'ordre parvint enfin à la division de gagner le front d'invasion, direction le sud de Caen. Le bataillon franchit la Seine aux Andelys dans la nuit du 22 au 23 juillet. Dans la troupe, beaucoup étaient étonnés d'un engagement aussi tardif de la 116e sur le front de Normandie, ouvert depuis le 6 juin. Certains piaffaient d'impatience, désireux d'en découdre. Fatalistes, les plus nombreux attendaient la bataille.

Le char Panther devint l'univers de Nicolas. Un univers de près de neuf mètres de long hors tout, d'un poids de quarante-cinq tonnes, roulant à quarante-cinq kilomètres à l'heure sur route, vingt-cinq à vingt-neuf en vitesse de croisière, vingt-quatre en vitesse tout-terrain. Une vie de claustrophobe dans un espace intérieur réduit, dévoré par le bruit assourdissant des moteurs. Assis à droite à l'avant de la caisse, Nicolas servait une mitrailleuse MG.34, sous coupole blindée, avec laquelle il s'était familiarisé à Mailly-le-Camp, ainsi qu'un poste de liaison radio FU 5 installé dans un cadre métallique fixé au centre du poste avant, au-dessus des transmissions. A l'avant gauche de la caisse siégeait Herbert Kunze, le conducteur. Derrière, dans la tourelle à gauche de son canon de 7,5 cm, le taciturne pointeur Max Becker ; à sa droite, Johann Hübner, le chargeur ; enfin, en arrière et au-dessus de Max, Erich Schmidt, adjudant et chef d'équipage.

Une tension énorme régnait dans les bataillons de la 116e. Ils roulaient de jour comme de nuit, utilisant au maximum les régions boisées où l'on pouvait se dissimuler pour échapper aux harcèlements de l'aviation alliée.

Les blindés parvinrent enfin dans le secteur de Magny-la-Campagne Saint-Sylvain, situé entre Caen et Saint-Pierre-sur-Dives. Le bataillon de Nicolas apprit qu'il y resterait quelques jours en réserve de la 12e SS Panzerdivision.

A peine installés, le Panther de Nicolas eut un problème de chenille. L'adjudant Schmidt fit appel à un semi-chenillé de l'atelier de réparation pour changer quelques maillons. Manœuvre délicate s'il en fut ; il fallait faire avancer très doucement le char pour faciliter l'opération. Les servants du blindé étaient attelés à la tâche. Ils œuvraient depuis deux heures déjà quand trois soldats blessés de la 12e SS défilèrent à pied devant eux. L'un d'eux ralentit à leur niveau. Il était jeune, comme les deux autres, dix-sept ans tout au plus. Il tourna sa figure glabre vers l'équipage, pointa un doigt vers son épaule.

— Un trou, un simple trou. On rejoint l'hôpital de campagne pour être soignés. Ils vont nous réparer ça vite fait, et on y retourne !

Il souriait, ravi de sa blessure. Il leur adressa un petit signe amical de la main, puis se mit à trottiner pour rejoindre ses compagnons.

Johann Hübner, le chargeur du tank, se pencha à l'oreille de Nicolas.

— Tu as vu ce guignol ? Il plastronne ! Les Alliés ont débarqué, ils sont partout, leurs avions gouvernent le ciel, on est aux abois, et il croit toujours à la victoire du Führer !

Ils les regardèrent s'éloigner en haussant les épaules. Depuis plusieurs jours, la rumeur circulait que le Führer avait échappé à un attentat. Les officiers demeuraient muets à ce sujet. Les hommes s'interrogeaient. Cela expliquait peut-être le retard mis par la 116e Panzerdivision à s'engager sur le front de Normandie. Certains, comme Otto et Rudolf, pensaient que le comte von Schwerin, issu de la noblesse allemande, était au courant de cet attentat et que, nazi peu convaincu, il avait envisagé de tenir sa division en réserve afin, le cas échéant, de contrer la réaction des unités SS, fidèles au caporal Hitler. D'autres, plus prosaïques, en déduisaient que la division n'était pas encore prête.

Une heure plus tard, les trois blessés, pansés avec soin, repassaient devant le Panther, un sourire de vainqueur aux commissures des lèvres.

Johann Hübner tapota l'épaule de Nicolas agenouillé près de lui devant les maillons de chenille qui restaient à remplacer.

— Regarde-les, ils sont fiers comme des coqs !

Nicolas opina sombrement du bonnet avant de s'absorber à nouveau dans son ouvrage. Depuis l'attaque aérienne en gare de triage de Châlons-sur-Marne, son bataillon n'avait subi aucune attaque frontale. Tous, cependant, savaient que désormais la guerre était omniprésente en Normandie, et que demain ils seraient aux premières loges. Les jours précédents, ils avaient avec bonheur joué à cache-cache avec l'aviation alliée. Mais cela ne durerait pas éternellement. Ce calme relatif avait permis à Nicolas de mieux connaître les membres de son équipage. Le *Wachmeister* Erich Schmidt, tout d'abord. Agé d'une quarantaine d'années, l'adjudant était un homme direct, trapu, au visage anguleux, dont les yeux mélancoliques d'un bleu délavé laissaient supposer qu'il avait vécu bien des campagnes et bien des désillusions. Il était marié, père de deux filles, et affirmait sans honte que sa famille lui manquait.

Suivait ensuite le *Stabsgefreiter* Max Becker. Ce sergent pointeur de vingt-six ans, d'une maigreur à la limite du supportable, flottait dans son uniforme. Taciturne, il ne laissait guère deviner ses pensées. Son œil, d'un noir aussi profond que celui de ses cheveux, fixait Nicolas quand il le regardait. Jamais il ne donnait un avis, jamais il ne souriait, jamais il ne s'insurgeait. Ange de la mort, il était d'une redoutable précision. A l'entraînement, il engrangeait les meilleurs tirs du bataillon. Chacun savait que, le moment venu, il tuerait sans haine et sans passion. Il avait connu l'enfer du front de l'Est et Stalingrad. Il était militaire. Il n'éprouvait pas le désir de se hisser dans la hiérarchie, n'avait pas d'ambition personnelle. L'armée était sa famille. Il n'avait aucune attache dans le civil. Vivre, mourir lui importait peu. Il n'était ni nazi, ni antinazi. Il était ailleurs. Quel que soit le pouvoir en place, il était fait pour obéir, voilà tout.

L'*Obergefreiter* Herbert Kunze affichait ses vingt-deux ans avec bonheur. Ce caporal-chef était en effet ce que l'on pourrait qualifier, avec un zeste de jalousie, de bel homme. Mécanicien dans le civil, il avait pour lui la prestance, la sociabilité, et il avouait sans hypocrisie son goût prononcé pour les somptueuses voitures et les femmes. Passionné de mécanique, il couvait le Panther, tendait l'oreille pour en analyser les rugissements, les hésitations, les frémissements. Ce n'était pas l'arme de guerre qui le séduisait mais la prouesse technique de cet engin destiné à offrir la mort. Il savait tout sur les subtilités de sa conduite, bien sûr, mais il était également intarissable en ce qui concernait le fonctionnement du ventilateur d'évacuation des fumées et gaz de tourelle, du tourelleau et des épiscopes, de l'embrayage, du barbotin d'entraînement, du moteur, du train de roulement. Il pouvait expliquer des heures durant la meilleure façon de réaliser la suspension d'un char par barres de torsion doubles, traversant à deux reprises la largeur de caisse, améliorant ainsi leur flexibilité et leur pouvoir de résistance. Lorsqu'il évoquait tout cela, ses yeux s'illuminaient avec la même gourmandise que celle qu'il éprouvait quand, au détour d'une rue de sa Bavière natale, il croisait une jolie *fräulein*. Appelé dans la Wehrmacht, il remplissait son devoir, espérant une fin de guerre prochaine, à l'issue de laquelle il n'y aurait ni vainqueur ni vaincu, afin que chaque nation conserve sa dignité.

Tout autre était le chargeur Johann Hübner. Horloger dans le civil, ce simple soldat affectionnait l'ordre et la précision. Petit, frêle, il cachait ses yeux doux de myope derrière des binocles aux verres épais comme des loupes. L'armée et la guerre plus encore étaient pour lui une véritable punition. A ses rares moments perdus, il composait des poèmes et exécutait des dessins qu'il coloriait avec des crayons de couleur.

Un jour, il confia à Nicolas qu'il était fiancé à Ursula, la fille de son patron. Ils avaient prévu de se marier lorsqu'il serait démobilisé. Il lui écrivait à chaque instant de détente que Dieu lui offrait, car il croyait en l'Etre suprême, tout en reconnaissant qu'on pouvait lui reprocher d'avoir parfois de bien singuliers desseins.

Un soir, il montra à Nicolas d'autres dessins que ceux de Dieu. Des dessins saisissants. L'un d'eux esquissait la silhouette d'un servant recroquevillé dans l'ombre à l'intérieur d'un char, tendant son visage vers le tourelleau grand ouvert, par lequel on voyait planer des oiseaux dans un ciel éclaboussé de lumière.

— Tu vois, la silhouette, l'obscurité, c'est moi, les oiseaux, la lumière, c'est Ursula.

Un autre croquis représentait un soldat tapi derrière une meurtrière de bunker d'où surgissait une éblouissante clarté. Tous les dessins de Johann étaient ainsi conçus : ombre et lumière.

— L'ombre, c'est la guerre ; la lumière, l'espoir, la paix.

— Et elle ? questionna un jour Nicolas en découvrant une jeune femme allongée dans l'herbe, près d'un fauteuil roulant, dans un champ inondé de soleil et de coquelicots.

— C'est Ursula, ma fiancée.

— Oui, mais pourquoi ce fauteuil ? C'est bizarre comme idée.

— Ce n'est pas une idée. Ursula a été victime d'un bombardement, et elle a perdu l'usage de ses jambes.

— Ah ?

— Ça ne me dérange pas, cette infirmité. Ça me peine pour elle. Mais je l'aimerai plus encore.

Il baissa le nez.

— Si toutefois je survis à cette guerre.

Au même moment, les sirènes se mirent à hurler, annonçant un raid aérien. Autour d'eux, les soldats se hâtaient vers leur poste. Secondé par Nicolas, Johann ramassa ses dessins puis, ensemble, ils se précipitèrent vers leur char dissimulé sous les frondaisons.

— Je n'ai jamais parlé d'Ursula ni montré mes croquis aux autres, dit Johann. Ils ne comprendraient pas. Ce sont des guerriers. Toi, tu es différent. Je suis sûr que toi aussi, tu rêves d'amour et de lumière.

— Je rêve de tant de choses ! répondit Nicolas en se glissant prestement dans le Panther. Mais ce n'est pas le moment d'en parler, et de toute façon je préfère les garder pour moi.

11

Puis l'apocalypse commença. Le 27 juillet, l'ordre claqua : « *Panzer March !* » Dans l'impressionnant convoi qui les emmenait vers la Manche, le Panther de Nicolas suivait celui du lieutenant Müller.

Alors qu'ils parvenaient à Flers, des chasseurs-bombardiers P38, les doubles queues, survolèrent la colonne s'égrenant sur la route avant de l'attaquer. Réfugié le long d'un cimetière, planqué sous des tilleuls centenaires, le bataillon riposta. Une bombe explosa tout près, faisant trembler le blindé de Nicolas sans causer de dégâts.

L'alerte passée, le périple reprit en direction de Tinchebray. Deux jours plus tard, la bataille s'engageait dans le secteur de Villebaudon en soutien du Pz. Rgt 60 et, alors que combats de chars et d'infanterie, matraquage de l'artillerie adverse, raids aériens ininterrompus se succédaient sur les trois autres compagnies, celle de Nicolas, mise en réserve, n'essuya aucun assaut.

Le 1er août, toutes les compagnies se regroupèrent dans la forêt de Saint-Sever pour se réorganiser, panser leurs plaies et assurer leurs réserves de carburant. Jusqu'alors, la compagnie de Nicolas n'avait jamais été confrontée à un véritable affrontement, et Rudolf redoutait toujours de voir son rêve prémonitoire se réaliser. Il en parla à plusieurs reprises au vieil Otto qui haussait les épaules.

— Tu nous emmerdes avec tes idées fixes, disait-il, tu mourras dans ton lit comme tous les cinglés de ton acabit !

Il se confia aussi à Nicolas, lors d'une courte période de repos. Le Mosellan lui tint le même discours avant de conclure par un philosophique : « Qui vivra verra. »

Dans l'après-midi du 1er août, ils quittèrent la forêt de Saint-Sever pour se diriger vers Saint-Poix avec l'objectif de bloquer la progression américaine. La compagnie de Nicolas placée en tête du bataillon, ils s'engagèrent dans le secteur de Coulouvray-Boisbenâtre où la radio avait signalé une trentaine de véhicules US dont de nombreux Sherman. Les Panther se déployèrent pour leur tendre une embuscade. Et bientôt, l'enfer ouvrit ses portes.

Son œil noir scrutant les cibles, Max Becker actionnait son canon avec un calme absolu. Nicolas, les tripes nouées, guettait les appels de son poste de liaison radio leur enjoignant la conduite à suivre. Johann alimentait le pointeur en obus en pensant à Ursula et aux prochaines esquisses qu'il lui adresserait pour la rassurer si le Panther ne se transformait pas en tombeau. Quant à Herbert, ses mains crispées sur les commandes, les yeux soudés sur ses épiscopes, il réagissait à la seconde près aux directives lancées par Erich Schmidt.

Grâce à l'effet de surprise, treize Sherman furent rapidement mis hors de combat. A lui seul, Max en détruisit trois. L'accrochage dura longtemps. Les Américains s'étant ressaisis, quatre Panther explosèrent à leur tour. Partout alentour, la fumée, la poussière, les embrasements, les incendies, un bruit terrifiant. A la fin de la journée, malgré la vigoureuse réaction de l'artillerie américaine, le bataillon de Nicolas revendiquait la destruction de dix-neuf Sherman, quatre semi-chenillés et une vingtaine de camions, ainsi que la prise de nombreux prisonniers.

Le 3 août, le bataillon se retira du côté de Sourdeval pour établir un bilan, réviser le matériel, soigner les blessés et se réorganiser. Le lendemain, des informations signalant une percée de l'ennemi au sud de Saint-Sever parvinrent à l'état-major. Ordre fut alors donné de se porter sur le village de Champ-du-Boult, tenu par l'infanterie américaine.

Le 5 août, accompagnée par le I/156 Pz. Gr Rgt, la compagnie de Nicolas s'en alla affronter les nombreux antichars et bazookas américains. Le soir, le village était investi malgré les terribles tirs de l'artillerie adverse.

Quelques heures plus tard, la compagnie ayant été relevée par des éléments de la 84e DI, la section de Nicolas gagna l'arrière pour réapprovisionner.

Une nuit opaque régnait, transgressée çà et là par des tirs d'artillerie. Masqués par des branchages et une haie de chênes, les cinq Panther du lieutenant Müller étaient alignés, attendant leur tour pour remplir leur réservoir de carburant. Trappes levées, les servants étaient sortis des tanks pour respirer et savourer quelques précieuses minutes de repos. A quelques pas de Nicolas, perchés sur la tourelle de leur char, Rudolf et Otto grillaient une cigarette. Apercevant leur camarade qui se soulageait au pied d'un arbre, ils le hélèrent, lui adressèrent un signe amical de la main.

— Vous aviez raison, brailla Rudolf en pointant un pouce vers le ciel à son intention, j'ai eu mon baptême du feu, et je suis toujours là !

Nicolas se rajusta ; il allait se diriger vers eux quand un obus explosa tout près. Le jeune homme se jeta à terre. Quand il se releva, il vit Rudolf basculer et tomber lentement, la tête en avant. Il se précipita vers lui. Otto avait bondi près de son ami. Ils le retournèrent sur le dos, reçurent en pleine figure ses yeux bleus étonnés. Un éclat d'obus lui avait tranché la gorge.

— Saloperie de guerre ! gronda le Vieux en serrant convulsivement son copain contre sa poitrine. Il avait raison, il est mort à l'issue de son premier combat.

La disparition de Rudolf terrassa Nicolas. Des heures durant, il suivit le mouvement de sa compagnie et les ordres comme un automate. Son esprit était ailleurs. Il revoyait en boucle les moments vécus avec Rudolf, leurs simples rires, leur maigre passé. Un an ensemble, c'était tout, à ressasser le pourquoi et le comment de leur présence ici, à évoquer leur vie dans le civil, à évoquer demain. Mais ce 6 août 1944 était peu favorable au chagrin et à la méditation. Demeurés dans le secteur de Champ-du-Boult, le I/156 Pz. Gr. Rgt et la compagnie de Nicolas parvinrent à repousser une infiltration américaine. Cependant, malgré l'appui massif des chars, Champ-du-Boult allait être repris par l'ennemi ce jour-là.

Le lendemain, les 2e et 4e compagnies du bataillon joignirent le *Kampfgruppe*[1] de la 2e panzer et gagnèrent Le Mesnil-Adelée. Le reste du bataillon, dont la compagnie de Nicolas, demeura dans le même secteur pour faire face à des attaques américaines.

A l'aube de ce 7 août tomba l'ordre d'ouvrir le feu sur le bois situé en face des positions allemandes. Quatre-vingts canons envoyèrent simultanément une salve. A l'issue des premiers tirs, pris d'une courante subite, la peur, sans doute, de ne jamais revoir Ursula, Johann décida de se soulager dans une douille d'obus. Pas question, en effet, de quitter le blindé pour aller musarder dans un fossé sous un déluge de feu. Une odeur atroce monta alors dans l'habitacle, mêlée à celle de la poudre et à la chaleur épouvantable qui collait les uniformes sur le dos des membres de l'équipage. Un cri suivit presque aussitôt. Un hurlement, plutôt. La douille était brûlante, et Johann héritait d'un souvenir circulaire sur les fesses, ce qui ne fit pas rire ses compagnons, trop occupés à lutter pour survivre.

---

1. Groupe de combat préposé au nettoyage, formé avec des unités dispersées.

Dans la nuit du même jour, le chef de bataillon von Gunter fit mettre ses Panther en position, non loin de Périers-en-Beauficel, au sommet d'un verger en pente, avec silence radio. Vers cinq heures du matin, l'ordre éclata : « Feu ! »

Dès les premiers tirs, Nicolas entendit dans ses écouteurs un opérateur hurler :

— *Germany tanks !*

Les Américains étaient massés à quelques haies de là ! Les Panther décrochèrent un peu plus tard, roulèrent sur trois à quatre kilomètres en empruntant des chemins creux. A un carrefour, touché par un bazooka, le char éclaireur s'embrasa. Deux membres de l'équipage se jetèrent sur le sol. Avant même que les Allemands réagissent, les Américains les avaient capturés.

Il sembla alors que la situation devenait totalement surréaliste. L'ennemi était là, tout près, au détour d'un mur, d'un bosquet, tapi dans le creux d'un fossé. Nicolas continuait pourtant de transmettre à Erich Schmidt les ordres et contrordres émanant de l'état-major. L'artillerie du Ier bataillon du 24e régiment blindé poursuivait à l'aveuglette son œuvre de destruction sous un tapis de bombes de l'aviation alliée.

Le 8 août, après des heures de combat, la section du lieutenant Müller reçut l'ordre de décrocher. Ses Panther se réfugièrent derrière une haie, le long de laquelle coulait un paisible et clair ruisseau. Autour d'eux, la région tout entière était la proie des tirs d'artillerie, des bombardements et des flammes. Le lendemain, le lieutenant annonça à sa section que von Gunter, leur chef de bataillon, était mort criblé d'éclats d'obus. En apprenant la nouvelle, l'adjudant Erich Schmidt haussa ses robustes épaules.

— Ça lui pendait au nez, confia-t-il aux membres de son équipage, il était claustrophobe. Un officier claustrophobe chez les panzers, c'est fort, ça ! Vous l'avez tous vu, il guidait les assauts du bataillon en évoluant à pied auprès des chars !

Et c'était vrai. Ses hommes laissèrent néanmoins échapper un soupir de compassion. Von Gunter était un officier soucieux des vies humaines. Mais les vies, il y en avait déjà tellement de perdues ! Et tellement de plus importantes pour eux ! Nicolas songea à ses camarades disparus et, risquant sa tête au-dehors, il se pencha pour vomir.

Le 10 août, la 116e Panzerdivision se replia vers l'est, avec pour mission de s'opposer aux forces américaines se dirigeant vers Alençon.

Le premier et violent accrochage avec les Américains eut lieu le 12 août, dans le secteur de Mortrée. Ce jour-là, le I/24 perdit deux Panther, détruisit treize Sherman, puis recula vers Argentan pour en assurer la défense. La colonne roulait dans un décor hallucinant. Camions, semi-chenillés et autres véhicules détruits ou en panne, lignes téléphoniques brisées encombraient fossés, routes et chemins. Malgré les attaques incessantes des Jabos, des civils aux yeux hagards, chargés de couvertures, de sacs, poussant des brouettes ou tirant des charrettes bourrées du nécessaire, fuyaient en groupes dispersés les villes et villages du secteur, rasés ou en passe de l'être. Autour d'eux, des véhicules en flammes, la fumée, le grondement sourd de la colonne et la poussière, une poussière âcre, épaisse, surgissant sous les chenilles des chars et les roues des camions.

Nicolas contemplait ces pauvres gens et avait du mal à contenir sa rage. Ils n'avaient plus rien. Et lui, indirectement, en luttant contre les Alliés, il participait à leur malheur. Pire, il avait appris que, face aux canons allemands, se trouvaient des soldats de la 2e DB Leclerc, tous français comme lui.

Mais l'heure n'était pas aux états d'âme. La mort triomphait partout. Les hommes étaient épuisés. Ils réagissaient aux ordres, luttaient pour survivre, obéissaient comme des automates, sans chercher à comprendre.

L'état-major demeurait silencieux sur sa stratégie. Erich Schmidt confia cependant à son équipage quelques informations glanées auprès du lieutenant Müller qui les avait lui-même reçues de son supérieur, le *Rittmeister* Schölz.

— Si j'ai tout compris, leur dit-il, le major Guderian, chef d'état-major de notre *Generalleutnant* von Schwerin, veut établir une large ligne de défense pour préserver Argentan. Laquelle, je n'en sais rien. Ce que je sais, c'est que le *Hauptmann* Pfannekuche soutiendra notre division avec son bataillon, et que notre régiment couvrira la ville et toutes les routes qui y conduisent.

Ces relatifs éclaircissements ne clarifièrent en rien la confusion qui régnait. Durant près d'une semaine, regroupé avec quelques autres chars dans le centre de la ville, le Panther d'Erich Schmidt contra avec succès de nombreuses attaques alliées. Nicolas éprouva un certain soulagement en apprenant que la Kommandantur avait ordonné aux habitants de quitter la ville afin qu'ils ne se trouvent pas coincés sous les bombardements. Des patrouilles de deux hommes circulaient dans chaque quartier pour vérifier qu'il ne restait plus de civils dans les rues et les maisons. Le *Rittmeister* Schölz ne faisait pas pour autant preuve d'humanité, il cherchait surtout à protéger ses troupes des saboteurs et des résistants. Et ce fut une bataille ininterrompue, titanesque. Pilonnages d'artillerie, bombardements aériens, nettoyage au lance-flammes, corps-à-corps acharnés au hasard des trous à hommes, des tranchées, des barbelés, dans les ruines fumantes, dans les rues dévastées, dans les entonnoirs joliment dessinés par les bombes, parmi les pierres des maisons éventrées.

Le 20 août, à deux pas de l'église Saint-Germain décapitée, alors que Nicolas recevait par radio l'ordre de se replier, en raison de la menace d'encerclement de la ville par les Américains et les Britanniques, deux Sherman prirent son Panther en chasse. Après vingt minutes de jeu au chat et à la souris, pilote émérite, Herbert parvint à leur échapper et, sortant de la ville, fonça vers la forêt de Gouffern toute proche pour y rejoindre les forces du *Rittmeister* Schölz.

Ce trajet de quelques kilomètres dura une éternité. Pilonnés par l'aviation et l'artillerie, asphyxiés par la présence toute proche des Alliés, semi-chenillés, camions chargés d'explosifs et chars s'efforçaient de se frayer un passage. Après avoir tant bien que mal dissimulé son blindé derrière des haies ou sous des arbres, l'équipage de l'adjudant Schmidt se réfugia à plusieurs reprises dans les champs de blé longeant la route avant de remonter dans son tank resté miraculeusement indemne. Partout, les bas-côtés de la chaussée étaient encombrés de chevaux au ventre gonflé, aux intestins éparpillés sur le sol, aux pattes raidies par la mort, mais aussi de cadavres de soldats allemands, de carcasses de véhicules de tous gabarits, automobiles ou hippomobiles.

Enfin, après plusieurs heures d'angoisse et sous une pluie battante, Nicolas et son équipage s'engouffrèrent dans la forêt où leur régiment s'était réfugié. Des nuages bas masquaient le faîte des arbres. Autour et au-dessus d'eux, les rugissements continus du ciel. L'humidité et la chaleur achevaient d'anéantir les hommes. L'heure n'était pourtant pas au repos. Des soldats à la chaîne remplissaient les Panther à l'aide de jerrycans. D'autres les ravitaillaient en munitions. Erich Schmidt protesta vivement en constatant que le plein de son char en carburant était incomplet. Le lieutenant Müller lui répondit avec humeur qu'il en était de même pour tous : les réserves étaient insuffisantes.

Pour dîner, les rations étant épuisées, les équipages se contentèrent de quelques biscuits durs et de pain noir agrémenté de confitures.

La nuit tombée, Nicolas s'approcha de Herbert Kunze. Profitant d'une lune timide, celui-ci s'était accroupi au pied d'un arbre pour se raser. Il contemplait son menton dans un mauvais miroir de poche quand Nicolas s'arrêta près de lui.

— Tu crois vraiment que c'est indispensable en ce moment ? s'étonna celui-ci.

Herbert plongea son blaireau dans l'eau de pluie qu'il avait récoltée dans son casque, savonna méticuleusement son beau visage.

— Oui, c'est indispensable, dit-il en haussant le regard vers son camarade.

Il balaya l'espace avec son rasoir.

— Regarde autour de toi. L'ennemi est partout. Nous sommes aux abois. Demain, beaucoup d'entre nous seront morts. Il me reste un peu de temps et pas mal de dignité, alors je tiens à être présentable si je dois bientôt comparaître devant le Seigneur !

— Tu gobes toutes ces fumisteries inventées par les curés ? questionna une voix.

Ils se retournèrent. Otto se dressait devant eux. En quelques semaines, il avait vieilli de dix ans. Des cheveux gris avaient remplacé d'un seul coup sa chevelure brune et son front, barré d'une ride profonde, semblait s'être définitivement assombri.

— Oui et non, répondit posément Herbert. Oui, parce que le monde ne s'expliquerait pas sans Lui, non quand je vois ce qui se passe autour de nous. Je préfère donc être prudent.

Otto leva la tête pour contempler le ciel. Déchirés par la cime des arbres, les nuages déversaient des trombes d'eau.

— Putain de flotte, dit-il, elle ne s'arrêtera donc jamais !

Il fixa Nicolas avant de poursuivre.

— Je voulais t'avouer quelque chose. Tu te souviens, à Laval, une de tes chemises avait disparu, une bleue ?

— Je me souviens. Je n'ai d'ailleurs jamais compris qui me l'avait fauchée. Elle est revenue deux jours plus tard, impeccablement repassée.

— C'était moi. J'avais fait connaissance de Roberte, une petite Française, une jolie brunette. Je tenais à ne pas rater ma chance.

Un grondement sourd, caractéristique d'une escadrille, interrompit leur conversation.

— Je venais te souhaiter bonne chance, cria Otto en se précipitant sous l'abri des arbres, j'ignore si nous nous reverrons vivants !

— Bonne chance à toi, riposta Nicolas, et cesse de tout voir en noir, pense à Rudolf, ça porte malheur !

— Bonne chance à nous, conclut Herbert, philosophe, en vidant l'eau de son casque avant de les imiter. Je crois qu'on va vraiment en avoir besoin !

12

Les Panther de l'unité du *Rittmeister* Schölz repartirent vers sept heures, ce matin du lundi 21 août, espérant profiter de la brume pour échapper à l'étreinte des Alliés. La colonne stoppa derrière le champ de tir de Fel, où un Tigre de la Waffen SS se trouvait en position. Nicolas et ses équipiers sautèrent de leur blindé pour se dégourdir les jambes. Une pluie tiède tombait à seaux, noyant la nature autour d'eux.

Un ordre lancé par le chef d'équipage du Tigre raya soudain l'espace. La tourelle pivota sur elle-même, s'orienta vers un Sherman engagé sur la route de Trun-Saint-Lambert à près de deux kilomètres de là. Puis son canon de 8,8 cm tonna, laissant abasourdi et stupéfait l'équipage de Nicolas devant la flamme, la puissance de la déflagration et du déplacement d'air. C'était la première fois que le jeune Mosellan découvrait un char de ce type en action. Là-bas, le Sherman avait explosé, ne laissant aucun survivant.

Puis les portes de l'enfer s'ouvrirent à nouveau. La colonne se fraya un passage à travers un amoncellement indescriptible de véhicules en feu, de cadavres de chevaux et de soldats. Pris sous les tirs de l'artillerie alliée, des Panther sautaient littéralement, désarticulés, éjectant leurs servants dans l'espace.

Les écouteurs collés aux oreilles, Nicolas transmettait ses informations au chef de char. L'ordre de repli arriva : prendre la direction du moulin de Saint-Lambert, traverser la Dives, gagner Coudehard pour sortir de l'encerclement allié puis foncer vers Vimoutiers. Ils s'exécutèrent aussitôt, mais déchantèrent un peu plus tard en apprenant que la passerelle du moulin de Saint-Lambert était tombée aux mains des Canadiens.

Les yeux écrasés sur ses épiscopes, Erich Schmidt commenta la situation d'une voix brève.

— Dans ce cas, il n'y a plus qu'une solution, gagner le gué de Moissy. Nicolas, prévenez le *Leutnant* Müller de notre intention et demandez-lui si elle est recevable.

— A vos ordres, *Herr Wachtmeister* !

Nicolas s'affaira sur son poste de liaison ; au bout d'un moment, il leva deux mains impuissantes au-dessus de lui.

— Le Panther du *Leutnant* Müller ne répond pas. Il a peut-être été détruit !

— Il a peut-être été détruit ? Essayez autre chose, que diable, tonna Schmidt, tentez de joindre le *Rittmeister*, par exemple !

— Il ne répond pas non plus, notre radio est en panne !

L'adjudant s'affaissa sur son siège.

— Nous sommes dans le pétrin. Avec ce merdier, nous avons perdu notre unité. A nous de nous débrouiller pour survivre. On fait comme j'ai dit : Kunze, direction le gué de Moissy, c'est notre dernière chance. Coupez à travers champs. Par la route, on n'y arrivera jamais !

— A vos ordres, *Herr Wachtmeister.*

Ils traversèrent des herbages, se faufilant derrière les haies, sous des arbres, comme ils pouvaient, étonnés d'être toujours en vie. Herbert pilotait le char avec aisance et détermination. Ils regagnèrent la route, débouchèrent devant le gué. Le lit de la Dives était au plus bas, des semaines ensoleillées ayant précédé la pluie omniprésente depuis la veille. L'après-midi s'avançait. Hagards, spectres dans un paysage semblant surgi du néant, des soldats allemands franchissaient à pied une passerelle ne menant nulle part.

Avec la bénédiction d'Erich Schmidt, Herbert engagea le Panther dans la rivière, écrasant au passage des véhicules abandonnés, transformés en tas de ferraille. Un moment plus tard, alors que le char parvenait au carrefour de Moissy, sanglé dans un uniforme couvert de poussière, un officier SS se dressa soudain devant lui, l'arme au poing, un bras brandi vers les nuages. L'adjudant Schmidt hasarda la tête hors du tourelleau.

— Halte ! Vous empruntez ce chemin-là, à droite, vociféra le SS. Vous y trouverez une épave d'autocar qui empêche nos convois de passer. Dégagez-la par n'importe quel moyen ! C'est la seule voie par laquelle on peut encore se replier ! Exécution !

Le char s'engouffra alors dans ce que l'histoire nommerait bientôt le « Couloir de la mort », un étroit chemin de terre bordé de haies qui avait dû subir un déluge de feu, car une indescriptible pagaille y régnait : voitures et semi-chenillés calcinés, cadavres d'Allemands dont certains avaient été écrasés par des véhicules de leur armée en déroute.

Des soldats zigzaguaient au milieu des débris en direction de Coudehard. Depuis peu, tombé du ciel, le pilonnage s'était atténué. Importunés par des nuées de mouches accourues se repaître des entrailles des morts, livrés à eux-mêmes, ignorant que leur état-major venait de capituler en cet endroit, des hommes ayant perdu leur unité enjambaient des monceaux de ferraille, piétinaient des débris humains.

Mais le pire pour l'équipage du Panther fut de stopper devant le car qu'il devait dégager. Mitraillé par les chasseurs alliés, celui-ci recelait une multitude de corps carbonisés, recroquevillés sur eux-mêmes, réduits à la taille de poupées. La plupart étaient enveloppés de pansements, laissant supposer que le véhicule avait servi d'ambulance pour évacuer des blessés.

Le cœur au bord des lèvres, Herbert Kunze repoussa la carcasse de métal dans un pré, puis le char reprit sa route en direction de Coudehard. Juché sur le tourelleau, Nicolas hurlait des ordres à l'intention des soldats afin qu'ils livrent passage au blindé. L'un d'eux, trop épuisé pour se ranger, disparut sous les chenilles sans un cri. Nicolas sentit ses entrailles se nouer. Plié en deux, les yeux emplis de larmes de rage, il arrosa le blindé d'une bile amère, car il n'avait pas fait de vrai repas depuis deux jours.

Devant La Cour-du-Bosc, l'équipage découvrit dans un champ voisin le remue-ménage d'un hôpital militaire de campagne allemand pliant bagage pour fuir. Un officier SS s'en détacha, le revolver à la main. Parvenu devant le Panther, il ordonna d'une voix rude au chef d'équipage de se poster derrière une haie, canon orienté vers Saint-Lambert pour protéger leur retraite, avant de conclure par un vibrant : « *Deutschland, über alles*[1] *!* »

L'adjudant acquiesça machinalement d'un dodelinement de tête avant de marmonner entre ses dents :

— Pauvre type, il y croit encore !

Un moment plus tard, le Panther se mettait en position derrière une haie de frênes miraculeusement indemne.

La nuit tomba. Tous feux éteints, dissimulé sous des branchages, le char se confondait avec la campagne environnante. Des milliers d'Allemands, gradés et soldats, continuaient de s'égrener devant lui. Rivé aux commandes, l'équipage contemplait la déroute. Profitant de l'obscurité, quelques semi-chenillés et des voitures hippomobiles chargées de canons et de munitions glissaient comme des ombres sur le chemin.

N'ayant plus à surveiller les messages de son poste de liaison tombé en panne, Nicolas s'était adossé contre un arbre pour prendre l'air. Un silence relatif régnait, interrompu çà et là par quelques tirs isolés.

1. « L'Allemagne par-dessus tout ! »

Des images fulgurantes, de sombres pensées traversaient son esprit. Depuis plus d'un mois, il était sans nouvelles de sa famille. Que devenaient-ils ? Subissaient-ils eux aussi la fureur des bombardements ? Son frère était-il toujours vivant ? Et Otto ? Il n'avait pu obtenir de contact avec le Panther du lieutenant Müller : peut-être étaient-ils morts ? Rudolf, Helmut, Otto ?

Autour de lui, ses nouveaux camarades obéissaient aux ordres avec de moins en moins d'enthousiasme. Comme le Vieux qui ne s'en était jamais caché, ils commençaient à prendre leurs distances avec une guerre dont le but leur échappait de plus en plus. Dans sa section, la troupe était loin d'aduler le Führer et d'applaudir à toutes ses décisions. Tous ou presque n'aspiraient plus qu'à une chose : laisser les SS défendre seuls une cause perdue. En même temps, l'orgueil d'une nation était en jeu, et ils n'admettraient pas de capituler sans honneur. Seul, Erich Schmidt se singularisait. Bien que chef de char censé donner l'exemple, il n'hésitait pas à répéter à son équipage qu'il rêvait de revoir sa femme et ses deux filles. « Elles doivent se demander si je suis encore de ce monde », disait-il. Sa figure de baroudeur désabusé s'assombrissait alors, un gros doigt effaçait une larme furtive.

Quant à Nicolas, il ne pensait plus qu'à déserter. La Normandie était jonchée de cadavres. Le Panther dans lequel il se trouvait était égaré dans le chaos. Nul à présent, s'il disparaissait, ne pourrait dire s'il était mort ou vivant. Ainsi, sa famille serait épargnée. Restait à choisir le moment propice, afin que l'équipage ne puisse le dénoncer.

Un sifflement léger le tira de ses pensées, bientôt suivi par le grondement du moteur du Panther que l'on remettait en marche. La tête de l'adjudant émergea du tourelleau.

— Fischer, magnez-vous !

Nicolas grimpa prestement sur le char, se faufila dans l'habitacle.

— Trois heures du matin, lança Erich Schmidt en guise d'explication, tout paraît à peu près calme. On ne sert à rien ici, j'en ai plein le dos, on démarre et on rentre chez nous !

Un sourire élargit les figures émaciées. Fuir ce chaudron, rejoindre la Seine puis l'Allemagne, retrouver les leurs pour certains, reprendre le combat dans de meilleures conditions pour les autres, tous étaient d'accord.

— Nous roulerons tous feux éteints pour ne pas nous faire repérer, enchaîna l'adjudant. Fischer, remontez sur le rebord de votre trappe pour dégager la route. On a déjà écrasé un soldat, je ne tiens pas à ce que ça se reproduise. Un char de quarante-cinq tonnes, ça ne se manie pas comme une voiture, et les pauvres bougres sont tellement épuisés qu'ils risquent de ne pas nous entendre arriver.

— A vos ordres, *Herr Wachtmeister*.

La pluie avait cessé, remplacée par une bruine légère. Le blindé avait exécuté un demi-tour pour emprunter la côte menant à la route de Vimoutiers. Çà et là, une brume indécise s'effilochait dans les haies. Plus une détonation ne transgressait le silence, il n'y avait aucune circulation. Soldats et véhicules semblaient s'être volatilisés.

Devenu inutile au-dehors, Nicolas regagna son siège. Par prudence, le pilote conduisait toujours feux éteints.

Soudain, alors qu'ils gravissaient la côte de Boisjos à la hauteur de la route de Champosoult, un choc violent secoua le Panther.

— Bon sang, fulmina Erich Schmidt, il faut qu'on s'arrête !

— A vos ordres, *Herr Wachtmeister*, précisa Herbert occupé à déchiffrer les pièges de la route, mais seulement quand on aura dégotté un abri sûr. Le manomètre d'huile baisse à vue d'œil, le carter a dû être touché !

Un instant plus tard, parvenu en bas d'une côte dans un virage, il dissimula le blindé derrière un bouquet d'arbres. Tous bondirent du char pour juger des dégâts. Il ne fallut pas longtemps pour repérer le point d'impact et comprendre ce qui s'était passé. Un obus antichar de 7,62 cm avait touché le carter de quatre-vingts litres d'huile situé au-dessus du moteur.

— On a été repérés par les flammes qui sortent des pots d'échappement à chaque changement de rapport, expliqua froidement Max Becker, le pointeur. On aurait tous pu y rester !

Il promena un œil placide autour de lui avant d'ajouter :

— Et maintenant, qu'est-ce qu'on fait ?

— On répare, répondit Herbert Kunze.

— Et comment ? s'étonna Erich Schmidt.

— Avec du pain noir, minauda Herbert en examinant le trou avec une curiosité gourmande. Le pain va durcir avec la chaleur et tout colmater.

Il cligna des paupières avec un sourire amusé.

— Vous voyez, ça peut être utile d'avoir un petit mécanicien avec soi !

— Kunze, arrêtez avec vos recettes de cuisine à la noix, l'interrompit l'adjudant Schmidt, et grouillez-vous ! Il faut filer d'ici au plus vite !

— J'entends bien, *Herr Wachtmeister*, j'entends bien. Nicolas, passe-moi une miche, je n'en ai pas pour longtemps.

Kunze saisit le pain que le Mosellan lui tendait, le trempa dans une flaque d'eau puis, l'ayant malaxé avec soin, il boucha le trou.

Une demi-heure plus tard, le char repartait. Ils traversèrent La Bruyère-Fresnay, Roiville, Orville, privilégiant les petites routes beaucoup moins surveillées par les Alliés. Ils arrivèrent au Sap vers dix-huit heures, ce mardi 22 août, sous une pluie battante.

Herbert, le visage soudain tendu, déclara à ses équipiers qu'il restait moins de vingt litres d'essence dans le réservoir. La panne sèche guettait. Vingt litres, c'était ce qu'il fallait pour faire simplement démarrer le blindé.

L'adjudant Schmidt repéra un préau recouvert d'un toit de tôle, près d'une maison aux abords du village.

— Nous allons nous planquer là. Becker, Kunze, Hübner, vous prenez les bidons et vous suivez la route en direction d'Orbec pour essayer de dégotter du carburant. Je garde Fischer avec moi. Il parle français et il sera utile pour nous trouver de quoi manger. Je crois qu'on commence tous à avoir sérieusement la dalle !

13

Les trois hommes partis, Erich Schmidt et Nicolas se dirigèrent vers le centre du Sap. Ils débouchèrent bientôt sur la place. Tous les magasins, y compris la pharmacie et les bistrots, étaient fermés, les rues avoisinantes désertes. Même si un calme relatif y régnait, même si le village avait échappé aux destructions, on sentait que la guerre était passée par là.

Une dizaine d'officiers de la Waffen SS, sales et dépenaillés, épiloguaient sans doute sur la défaite et les décisions à prendre à grand renfort de gestes et de voix. Deux d'entre eux soutenaient un officier supérieur blessé au visage, tandis qu'un troisième lui calait la nuque pour lui faire boire du lait.

Nicolas et l'adjudant s'approchèrent d'eux pour décliner leur identité, prendre des nouvelles du front, et éventuellement savoir ce qu'était devenue leur unité. Ils n'avaient pas fait dix mètres qu'un capitaine accourut vers eux.

— Allez-vous-en, nous n'avons pas besoin de vous !

Fichez le camp ! hurla-t-il, les repoussant d'un geste véhément du bras.

— Filons, dit Erich Schmidt. Si j'ai tout compris, désormais, c'est chacun pour soi ! Je pense avoir reconnu cet officier supérieur.

— Qui est-ce ? questionna Nicolas en réglant son pas sur celui de l'adjudant.

— Le *SS Oberstgruppenführer*[1] Paul Hausser, chef de la VIe armée.

— Vous êtes sûr, *Herr Wachtmeister* ?

— Je l'ai vu en photo, et j'en donnerais ma main à couper.

— Si vous le dites, douta Nicolas.

Erich Schmidt haussa des épaules désabusées.

— Paul Hausser ou non, on s'en fout ! C'est un gros poisson en tout cas, et tout *Oberstgruppenführer* qu'il est, il a dû prendre le même itinéraire que nous, sauf qu'il a dû le prendre à pied, avec une partie de son état-major. Pour le moment, on a d'autres chats à fouetter. Il faut absolument qu'on trouve quelque chose à manger, et de préférence quelque chose de chaud. J'en ai marre des rations de campagne !

Ils se remirent en marche, s'éloignèrent du village. Devant eux, les portes se fermaient. Ils s'engagèrent sur la route de Ticheville. En traversant un herbage, ils aperçurent une jeune fille et un gamin occupés à rameuter trois cochons pour les enfermer dans leur soue. En découvrant les Allemands en uniforme, la jeune fille se figea avant de s'écrier :

---

1. Général de corps d'armée.

— Attention, en voilà d'autres ! Surtout, ne bouge pas ! Tu vois, je te l'avais dit que j'en avais vu d'autres, tout à l'heure !

— Ne craignez rien, les rassura Nicolas en français en s'approchant d'eux.

Il désigna les cochons.

— On ne va pas vous les manger !

Il se campa devant elle. Elle l'observait avec méfiance. Il lui décocha un sourire aimable, pointa son menton vers le garçon.

— C'est votre frère ?

— Non, c'est notre *goujart*, enfin notre commis.

— Vous habitez donc une ferme ?

— Une petite.

Nicolas hésita. Il était heureux de parler français, pressé en songeant à demain. Derrière lui, l'adjudant Schmidt demeurait à distance pour ne pas effaroucher la jeune fille.

— Voilà, ça fait deux jours que nous sommes en campagne et que nous n'avons pas mangé chaud.

La jeune fille recula d'un pas, ses mains tremblantes posées à plat sur sa robe grise.

— Nous n'avons plus rien, vos camarades ont tout pris en passant !

Nicolas étouffa un soupir contrarié.

— Tant pis. Au revoir, mademoiselle.

— Vous parlez bien notre langue !

Elle n'avait plus peur. Il n'était pas menaçant. Il était épuisé, jeune, inquiet.

— Je suis français.

Ils s'en allèrent tandis qu'à nouveau, elle sifflait pour rameuter ses cochons.

Ils rebroussèrent chemin vers le village. Erich Schmidt frappa à la porte d'une maison. Une petite grand-mère aux cheveux poivre et sel coupés à la Jeanne d'Arc, toute vêtue de noir, apparut dans l'embrasure, et leur assura d'une voix chevrotante qu'elle n'avait plus rien à leur donner ou à vendre.

— Merci quand même, dit Nicolas.

Alors qu'ils poursuivaient leur route, la jeune fille qu'ils avaient croisée dans l'herbage accourut vers eux. Elle s'arrêta tout essoufflée, les joues rosies par l'effort.

— Ma mère a trouvé un poulet, dit-elle. Vous pouvez venir chez nous, elle va le cuire pour vous.

— *Vielen Dank, Fraülein*[1] *!* s'exclama Erich Schmidt avec un large sourire quand Nicolas lui eut traduit ces propos.

Ils la suivirent vers la ferme qu'elle habitait. C'était une maison de pierre à colombages, de plain-pied, au toit de chaume. Une écurie, une étable, un hangar servant de grange et de rangement du matériel agricole, ainsi qu'un joli petit bâtiment utilisé comme laiterie l'encadraient, en un U protégeant l'exploitation des vents dominants. Ils pénétrèrent dans la salle à manger. Habitué au déracinement, au casernement, Nicolas dévora la pièce du regard et, bien que l'intérieur n'eût rien de comparable avec les intérieurs lorrains, il eut l'impression, le sentiment, soudain, de

1. « Merci beaucoup, mademoiselle ! »

rentrer dans son pays. Loin des tourments de la guerre. Loin de folies qui le dépassaient.

C'était une salle comme on en rencontrait beaucoup en Normandie, ornée d'une majestueuse horloge à balancier, d'une armoire normande finement ciselée et d'un imposant vaisselier où paradaient assiettes décorées, verres en cristal, tout ce qui pouvait agrémenter un charmant festin. Une longue table de chêne, orientée parallèlement aux petites fenêtres de la façade, encerclée par de solides chaises et deux bancs munis d'un dossier, remplissait le centre de la pièce.

Encastrée dans le mur, une vaste cheminée courait sur un pignon. Fixé à une robuste crémaillère, un chaudron était suspendu, et sur un trépied disposé sur le foyer, divers récipients attendaient qu'on fît appel à leurs services. Sur un côté, un bûcher exhibait un fagot et une provision de bois. Mais on était en été, et l'âtre était éteint.

Sur la tablette de la cheminée reposaient objets usuels et souvenirs d'une vie : chandeliers, lampe à pétrole, pipes, blague à tabac, images de la Vierge, photos de mariage, et le portrait de l'enfant qu'avait dû être la jeune fille de la maison.

Sur les murs blanchis à la chaux, entre deux placards encastrés dans la pierre et clos par des portes en bois, se poursuivait l'histoire de la famille, dans de grandes photographies ovales encadrées avec soin, évoquant les anciens campés dans une pose avantageuse, traits figés et port altier.

Fasciné, Nicolas retrouvait toute une ambiance familiale qu'il avait perdue. Il frissonna, secoua les épaules pour ne pas se laisser submerger par l'émotion. Le temps n'était pas à la nostalgie. Une dame surgie d'une pièce voisine pénétra dans la salle. Assez grande, osseuse, vêtue d'une robe noire descendant jusqu'à ses sabots de bois, elle s'arrêta devant les deux soldats. Un bonnet blanc masquant des cheveux longs ramenés en chignon et un tablier bleu sanglé à la taille adoucissaient la sévérité de sa tenue et de son visage.

— Bonjours, messieurs, dit-elle, ma fille m'a dit que vous vouliez manger ?

Elle pivota vers Nicolas.

— C'est vous qui parlez français ?

— Oui, madame. Mademoiselle nous a dit que vous alliez nous préparer un poulet, ça nous fera plaisir, ça fait plusieurs jours que nous n'avons presque rien absorbé.

La femme esquissa un sourire résigné.

— En ce moment, les vôtres arrivent de partout. Ils entrent dans toutes les maisons, prennent tous ce qu'ils peuvent emporter, si on ne le leur donne pas. Alors, j'aime autant que ce soit vous qui en profitiez, parce que vous au moins, vous connaissez notre langue.

Nicolas lui adressa un regard étonné.

— Votre fille ne vous a rien dit ? Je suis français.

Ce fut à la fermière d'être étonnée.

— Un Français avec les Allemands, c'est pas commun, ça !

— Je suis lorrain. Engagé de force dans la Wehrmacht. Mais je n'ai qu'une hâte, retrouver ma véritable nationalité.

La jeune fille l'interrompit.

— Et votre camarade, vous n'avez pas peur qu'il vous dénonce ?

Erich Schmidt souriait.

— Il n'y a pas de danger, il ne comprend pas un mot de ce que je dis, et de toute façon, il ne pense qu'à une seule chose, lui aussi : rentrer chez lui et retrouver les siens.

Une bonne odeur de poulet se faufilait par la porte entrouverte de la pièce voisine. La cuisine sans doute, jugea Nicolas, les narines frémissantes.

— Vous pouvez aller vous laver dans la cour, reprit la femme, il y a une pompe à eau.

Elle se tourna vers sa fille.

— Marie-Rose, dresse la table, moi je m'occupe des frites.

Puis, s'adressant aux soldats :

— On mange dans quelques minutes.

Ils sortirent, se dévêtirent jusqu'à la taille, s'aspergèrent à grande eau. Pendant un moment, ils s'empiffrèrent de silence. Plus un vrombissement d'avion, plus un roulement de chenilles, plus de hurlements de soldats s'étripant, plus de plaintes, plus de mouches agglutinées sur les agonisants et les morts. Un beau silence de campagne, doucement troublé par le vol furtif d'un oiseau, le froissement du vent dans une haie, le claquement léger du linge flottant sur des fils tout près d'eux.

Le chien de la maison, un corniaud noir et blanc, les avait accompagnés. Il humait avec dégoût les uniformes posés sur une grosse pierre.

— T'as raison, mon vieux, approuva Nicolas, nous nageons dans notre jus, nous puons autant que les morts, nous ne sommes plus des hommes.

De retour dans la salle, ils se mirent à table. Un poulet cuit à point, soigneusement découpé, et un grand saladier rempli de frites dorées les y attendaient.

— Vous ne mangez pas ? demanda Nicolas en remarquant que seuls deux couverts avaient été dressés.

Marie-Rose s'était installée dos à la cheminée, dans un fauteuil, afin de pouvoir observer les nouveaux venus. Dissimulée derrière les rideaux d'une fenêtre, sa mère semblait surveiller les environs.

— On n'a pas faim, déclara la jeune fille, on a déjà soupé.

Nicolas acquiesça poliment. Elles mentaient. Pas question pour elles de dîner avec des Allemands. Des Allemands en déroute, de surcroît, détalant pour ne plus revenir. Leur manière de résister. Que pouvaient-elles faire d'autre ? Deux femmes isolées. Il s'étonna. Il avait remarqué sur la cheminée une photo représentant un homme de petite taille, campé dans une tenue de jockey, flattant le cou d'une jument prête à être montée.

— Votre père est absent ?

— Il est décédé, il y a un an.

— Excusez-moi.

Ils se turent. Il n'y eut plus alors que le crissement caractéristique des mandibules en action et le glouglou de l'eau dévalant dans les gosiers.

— Fischer, dites à ces dames que c'est très bon,

déclara Erich Schmidt au bout d'un moment, remerciez-les bien mais dites-leur aussi qu'un peu de vin serait le bienvenu.

Nicolas traduisit, ajouta avec un clignement d'yeux complice que l'adjudant était un gaillard peu commode, et qu'il valait mieux obtempérer.

La fermière haussa les épaules avec lassitude avant de se tourner vers sa fille.

— Tous pareils ! Nous n'avons pas de vin, mais nous avons du cidre. Va en chercher une bouteille à la cave.

Marie-Rose s'éclipsa. Elle réapparut bientôt avec un cidre dur de l'année précédente que les deux hommes engloutirent avec délices.

— *Boudiou !* s'exclama soudain la mère en se précipitant vers le seuil de la maison. Il y a deux soldats de chez vous à cheval dans le pâturage ! Ils tournent autour de ma jument ! Ils vont sûrement me la prendre ! Dites-leur que c'est une poulinière, et pas un cheval de selle !

— Qu'est-ce qu'elle dit ? questionna Erich Schmidt, surpris par le comportement agité de la fermière.

Nicolas traduisit. L'adjudant récupéra son blouson posé sur le dossier de sa chaise et le lui tendit.

— Tenez, enfilez-moi ça, faites-vous passer pour moi et faites-leur comprendre que cette jument ne leur serait d'aucun secours ! Exécution !

Se précipitant au-dehors, Nicolas se dirigea vers l'enclos où s'ébattaient une poulinière et sa pouliche sous le regard de deux sergents allemands à cheval. Plantés derrière la fenêtre, les autres l'observaient. La conversation allait bon train. Finalement, les cavaliers repartirent sans l'animal.

Quand ils eurent disparu, la fermière se précipita sur le seuil.

— Merci, monsieur, dit-elle à Nicolas quand celui-ci fut de retour, sans vous ils embarquaient ma poulinière et ma pouliche ! Que leur avez-vous donc raconté pour qu'ils repartent bredouilles ?

— Ce que vous m'avez dit, qu'elle était faite uniquement pour la reproduction.

Il tapota ses galons.

— Et puis, j'ai joué de ma nouvelle promotion ! J'avoue que ç'a été déterminant !

Ils rentrèrent dans la maison. Marie-Rose alla chercher une seconde bouteille de cidre. Les deux femmes s'assirent autour de la table, cette fois, pour trinquer avec leurs singuliers hôtes.

— Dites-moi, demanda Nicolas, si vous nous avez invités, ce n'était pas dans l'espoir d'être protégées des Allemands ?

— Si, avoua Marie-Rose. Comme ma mère vous l'a expliqué, des soldats ont défilé toute la journée dans les environs, et exigé ou dérobé de la nourriture et tout ce qui pouvait leur être utile. Un seul a proposé de payer. Et vous, comme vous parlez français, on a pensé que si vous étiez là, ce serait moins pire que les autres.

— Vous aviez raison. L'adjudant Schmidt n'est pas un mauvais homme. Quant à moi, je vous le répète, je suis français.

La jeune fille l'observait d'un regard hésitant.

— Français, vous comprenez ?

Elle leva ses mains devant elle dans un geste d'apaisement.

— Oui, oui, j'ai entendu.

Il fixait la pendule devant lui.

— Ce serait trop long à expliquer. Il est tard, nous allons vous quitter. Trois de nos camarades sont partis chercher de l'essence pour notre char en panne. Ils sont peut-être déjà revenus, et ils doivent se demander ce que nous fabriquons.

Ses yeux balayèrent la table.

— Pouvons-nous emporter le reste du poulet pour eux, avec une miche de pain et ces poires qui restent ?

— Oui, dit la mère, je vais même y ajouter quelques mesures de lait et une bonne bouteille de cidre. Une façon de vous remercier d'avoir sauvé mes bêtes.

— Vos bêtes, si j'étais vous, je les cacherais dans l'écurie, sinon ça risque de se reproduire.

Elle soupira.

— Oh ! vous savez, ça ne servirait à rien. Rien ne les arrête, ils fouillent partout. Pour vous donner un exemple, j'en ai trouvé plusieurs fois dans l'étable occupés à traire nos vaches pour leur compte sans rien demander à personne !

— Bonne chance, alors !

— Bonne chance, monsieur.

Il s'inclina devant elle. Erich Schmidt l'imita avec un claquement des talons solennel.

— *Wieviel bin ich Ihnen Schuldig ?*

— Que dit-il ?

— Combien vous dois-je ?

— Rien.

Un sourire éclaira la figure émaciée de l'adjudant. Il rassembla les deux seuls mots de français qu'il connaissait.

— *Danke*, charmante madame.

Marie-Rose s'approcha de Nicolas, lui tendit la main. Il la prit dans sa paume carrée, la serra avec précaution. Elle le fixait, immobile, du rose aux joues, lui sembla-t-il. Il remarqua ses yeux pour la première fois. Ils étaient beaux, un peu tristes, un peu comme si elle regrettait qu'il s'en aille.

— Je me nomme Nicolas, osa-t-il.

— Moi, c'est Marie-Rose.

— Je sais, j'ai entendu votre mère vous appeler ainsi.

Ils quittèrent la maison, s'engagèrent dans les pâturages, emportant avec eux de précieuses provisions pour leurs camarades et leur peur des lendemains. Nicolas emportait autre chose avec lui, le regard d'une jeune fille qu'il ne reverrait jamais.

Lorsqu'ils arrivèrent au Panther, les autres membres de l'équipage les attendaient, assis près d'une charrette à main qu'ils avaient réquisitionnée dans une ferme afin de ramener leurs bidons riches de deux cents litres de carburant.

Après avoir transvasé l'essence dans le réservoir, tous s'installèrent sur un talus. Nicolas narra leur odyssée pendant que les autres se régalaient des restes de poulet accompagnés d'une lampée de cidre. Chacun demeurait soucieux. Les yeux agrandis par les loupes de ses binocles, Johann guettait les environs comme s'il craignait d'en voir surgir une nuée de soldats alliés. L'angoisse, la fatigue accusaient ses traits. Depuis leurs combats dans Argentan, il n'avait pas eu une minute de libre pour écrire à sa fiancée. Il murmura son inquiétude à l'oreille de Nicolas, le seul, pensait-il, qui sût l'écouter et le comprendre.

— J'ai peur, lui avoua-t-il alors que les autres se levaient pour préparer le départ ; nous sommes complètement paumés et nous allons finir par nous faire descendre avec ce foutu char qu'on repère à des kilomètres, qui bouffe des tonnes de carburant qu'on a un mal fou à dégotter, et qui pourrait nous laisser bientôt en rade.

Nicolas opina du bonnet. Il aimait bien Johann, sa fragilité, son goût pour la poésie, sa délicatesse. Il faillit se confier, lui avouer qu'il attendait la première occasion pour prendre la poudre d'escampette. Il se contint. On ne sait jamais. Il allait se lever pour rejoindre les autres quand Johann l'agrippa par la manche.

— Regarde, en vous attendant, j'ai fait un dessin, mais je n'ai plus d'inspiration.

Il avait exhumé de son blouson une feuille de papier pliée en quatre. Il la tendit à Nicolas. Tracé à la hâte, un croquis représentait un soldat réfugié dans un grenier à grain plongé dans l'obscurité, contemplant par une étroite lucarne un ciel gris et noir dans lequel vacillait miraculeusement une unique étoile.

Nicolas frissonna.

— Oh ! là, là, Johann, arrête de dessiner, tu vas finir par nous coller la poisse !

Et il se leva pour participer aux préparatifs du départ, ignorant que les jours suivants allaient modifier définitivement le cours de son existence.

QUATRIÈME PARTIE

14

Continuant de rouler tous feux éteints afin de ne pas se faire repérer, ils contournèrent Monnai, Broglie, Bernay, visant la Seine. Le sang coulait plus paisiblement dans leurs veines. Il semblait que les hostilités s'étaient arrêtées. Ils arrivèrent à Brionne vers cinq heures du matin et, alors qu'ils déambulaient dans la ville dans l'espoir de trouver de l'essence, la guerre revint vers eux. Un officier d'un commando SS les prit à partie, leur ordonnant de circuler d'un ton rogue parce que ses hommes allaient faire sauter des ponts.

L'équipage remonta dans le Panther et poursuivit sa route en direction de Rouen. A la sortie de Brionne, alors que le blindé gravissait une côte, des habitants de la ville sortirent des champignonnières où ils s'étaient réfugiés pour les regarder passer. Certains d'entre eux saluèrent le char, les autres le sifflèrent en proférant des injures.

— Il faut faire la part des choses, commenta sombrement Erich Schmidt, nous ne laisserons pas que de mauvais souvenirs derrière nous.

Tout en pilotant, Herbert Kunze surveillait les niveaux, et il annonça bientôt ce que tous redoutaient :

— Nous allons tomber en panne sèche !

Une sueur froide se mit à couler sur toutes les échines. Le tank acheva de monter la côte sinueuse, bordée de bois, menant au village de Bosrobert. Parvenu à hauteur de l'église, Herbert bifurqua à gauche, ralentit devant une ferme à colombages, stoppa le blindé le long d'une haie et se tourna vers l'adjudant Schmidt.

— Qu'est-ce qu'on fait, *Herr Wachtmeister* ?

Tous échangèrent des regards. Il fallut quelques secondes pour qu'Erich Schmidt desserre enfin les lèvres.

— On ne peut pas continuer comme ça. Avec le char, on est vite repérés. On a un mal fou à trouver du carburant. Il faut être réaliste, il n'y a plus qu'une solution : il faut s'en séparer et tenter notre chance à pied en évitant les grands axes.

Les hommes acquiescèrent d'un hochement de tête.

— Avant ça, il faut planquer le tank, remarqua Max Becker en enfournant un index pensif dans une de ses narines, on ne peut pas le laisser ici.

— Il a raison, confirma timidement Johann, c'est comme si on signalait qu'on vient de passer et qu'on est dans le coin !

Ils quittèrent le blindé pour inspecter les environs.

— Regardez, dit Max Becker, on a de la visite !

Un paysan vêtu d'une blaude bleue, d'un pantalon de serge gris et de sabots de bois se dirigeait vers eux d'un pas égal mais décidé. Il s'arrêta devant l'équipage.

— Vous cherchez votre route ? s'enquit-il.

— Non, répondit Nicolas. On cherche un endroit pour cacher notre Panther.

— Et ensuite ?

— Ensuite, on continuera à pied.

— Vous parlez rudement bien français.

— Je suis français.

L'homme haussa des sourcils étonnés.

— Demandez-lui s'il a une grange ou un coin quelconque où on pourrait dissimuler le char, s'impatienta l'adjudant Schmidt.

Nicolas traduisit.

— Derrière ma maison, il y a bien un préau où on range le matériel agricole, confirma le fermier d'un ton réticent, mais en ce moment ça défile beaucoup et la maison est remplie de vos soldats en fuite.

— Et les Alliés, questionna Herbert, vous en avez vu par ici ?

L'homme hésita.

— Pas encore. On dit que les Britanniques ne sont pas loin et qu'ils devraient arriver bientôt. Mais ce ne sont que des rumeurs.

Max Becker riva ses yeux froids dans ceux du chef d'équipage.

— On ne peut pas laisser notre Panther tomber entre les mains de l'ennemi avec toutes ses munitions, *Herr Wachtmeister*. Le haut commandement exige qu'en cas de panne ou d'abandon, on le détruise.

— Je sais. Je répugnais à envoyer à la casse une si belle machine, mais vous avez raison, c'est ce que nous allons faire, Becker, nous allons y foutre le feu. Fischer, demandez à ce monsieur s'il y a d'autres personnes dans la maison.

Quand Nicolas résuma au fermier la décision prise par l'équipage, celui-ci changea brusquement de couleur.

— Bien sûr, répondit-il, il y a ma femme, la bonne, mon fils et une douzaine de vos soldats en train de manger des marmites de pommes de terre et de vider mon cidre avant de reprendre la route.

— Bien, allez leur dire de s'éloigner et conseillez-leur de coincer un bouchon entre leurs mâchoires pour leur éviter de s'esquinter les tympans au moment de l'explosion.

Un tremblement courut sur la figure du fermier.

— Vous êtes vraiment obligés de faire ça ? Et ma maison ?

— L'explosion va attirer l'attention sur nous, remarqua Johann d'une voix éteinte, et signer notre arrêt de mort !

Nicolas observait le paysan avec compassion.

— Il y a peut-être une autre solution, dit-il : planquer le Panther comme prévu au départ sous le préau avec le matériel agricole, le bâcher et le rendre ensuite inutilisable en bousillant le maximum de manettes de commande et de pièces vitales. Avant qu'il soit découvert et réutilisé par les Alliés, nous serons loin et la guerre sera finie depuis longtemps !

Le paysan jeta un regard reconnaissant à Nicolas.

— Si je peux me permettre, dit-il, c'est une excellente idée, j'ai des draps pour recouvrir le char et on pourrait entasser du matériel devant. Ça éviterait de bousiller ma ferme et de nous ruiner !

Les hommes se consultèrent à voix basse.

— Entendu, conclut l'adjudant Schmidt, on fait comme ça. Kunze, amenez le Panther dans l'arrière-cour.

— A vos ordres, *Herr Wachtmeister* !

Un instant plus tard, le blindé reculait pour gagner son refuge. Il n'alla pas au terme de son voyage. Après avoir failli accrocher un pignon de la maison, il s'adossa à un pommier et tomba en panne de carburant sous les yeux des soldats allemands qui s'apprêtaient au départ après s'être restaurés.

— Nom de Dieu, rugit Erich Schmidt, il ne manquait plus que ça ! Placé là, il sera vite repéré par les Alliés !

— Non, tempéra Nicolas, de la route, on ne le voit pas, et si on le recouvre comme prévu, tout le monde comprendra que nous avons filé et qu'il n'y a plus de danger.

— Surtout si vous détruisez ses pièces motrices, renchérit le fermier soucieux de préserver son bien. J'ai autant de draps que vous voulez pour poser dessus.

Schmidt jeta un dernier regard au char avant d'ordonner :

— Allez, au boulot, bousillez-moi les manettes de commande, le carburateur et le réservoir de cette petite merveille de technologie !

Les hommes s'exécutèrent. Une demi-heure plus tard, le Panther avait disparu sous un linceul blanc. L'adjudant s'adressa alors au paysan.

— Monsieur, traduisit Nicolas, nous vous remercions. Nous allons vous quitter. Avant cela, nous voudrions nous désaltérer et emporter quelques provisions. Est-ce possible ?

Le fermier esquissa un sourire. Il en avait vu passer, des boches, en quatre longues années d'occupation. Depuis quelque temps, ils se servaient chez lui avec ou sans permission. Ceux-là, au moins, étaient polis.

— Suivez-moi.

Il les entraîna vers la maison, les invita à entrer dans la salle à manger où, une heure auparavant, on avait allongé des blessés allemands sur la table pour les soigner. Comme dans la demeure de Marie-Rose et de sa mère, deux minuscules fenêtres dispensaient une lumière rare, et une pénombre légère adoucissait les contours de la pièce.

Debout, alignés sur un banc près de la cheminée, une jeune femme, une domestique, reconnaissable à ses larges mains calleuses rougies par le labeur, et un garçonnet d'environ cinq ans attendaient, résignés, la suite des événements. Ils avaient observé, à travers les vitres, les manœuvres du Panther, et ils appréhendaient la venue de ces hommes arborant des têtes de mort sur leurs blousons noirs.

— Ne craignez rien, mesdames, déclara l'adjudant, nous ne vous voulons aucun mal.

— Merci, monsieur, murmura la jeune femme, déconcertée par l'aisance de Nicolas occupé à traduire.

— Notre adjudant a raison, compléta celui-ci, il ne vous arrivera rien !

L'atmosphère se détendit un peu. La jeune femme et la servante s'empressèrent pour servir les moques de cidre et préparer des casse-croûte à emporter avec un sac rempli de pommes de terre en robe des champs encore tièdes.

Tout en se désaltérant, l'équipage du char lançait des regards inquiets alentour. Johann contemplait la maîtresse de maison, le gamin curieux qui ne les quittait pas des yeux, et il songeait à Ursula, aux enfants qu'il aurait voulu partager avec elle, s'il survivait à cet enfer.

Profitant que ses camarades s'entretenaient sur leur proche avenir, Nicolas entraîna le fermier à l'autre bout de la pièce.

— Voilà, comme je vous l'ai dit, je suis français, mosellan, pour être plus précis. En 42, j'ai été enrôlé dans la Wehrmacht sous prétexte que nous étions redevenus allemands.

Le paysan dévisagea Nicolas avec curiosité. C'était un homme assez grand, vigoureux, habitué aux travaux de la terre, aux mâchoires carrées, au regard direct souligné par d'épais sourcils.

— Enrôlé de force, qu'est-ce que vous me racontez là ?

Isolé dans son bout de campagne, lecteur et auditeur peu assidu d'une presse aux informations tronquées et d'une radio inexistante, il savait que l'Alsace et la Moselle étaient rattachées au Grand Reich mais ignorait le sort réservé à la jeunesse refusant d'être incorporée dans l'armée allemande.

En quelques mots, Nicolas lui expliqua sa situation

et les dangers courus par sa famille en cas de refus d'obéissance.

— Pourquoi me racontez-vous tout ça ? conclut le fermier quand Nicolas eut terminé.

— Parce que je voudrais déserter. C'est le moment ou jamais. Il y a des dizaines de milliers de cadavres et de prisonniers partout. Les soldats fuient en désordre. Plus personne ne sait qui est mort ou vivant. Si je déserte, nul ne saura ce que je suis devenu. Et demain, si ça continue ainsi, les Allemands auront perdu la guerre.

La figure du paysan s'adoucit.

— Que voulez-vous au juste ?

Nicolas glissa un regard rapide vers l'équipage qui, absorbé dans une discussion animée, ne prêtait point attention à lui.

— Je voudrais que vous me cédiez des vêtements civils et m'hébergiez un jour ou deux.

Ayant achevé de servir les soldats, la maîtresse de maison s'était approchée de Nicolas et de son époux pour suivre leur conversation.

— Ah ! non, Daniel, souffla-t-elle d'une voix tremblante à son mari en entendant les propos du jeune Mosellan, c'est trop dangereux, on pourrait se faire arrêter !

— C'est un Français, trancha le fermier. Il est jeune. Il faut lui donner une chance d'avoir une vie devant lui. Avec cet uniforme, on peut le prendre pour cible à tout moment. Et puis, c'est grâce à lui qu'ils n'ont pas fait sauter notre maison avec leur tank !

— J'ai peur, reprit la jeune femme, le front baissé, en se tordant les mains, mais tu as raison, c'est notre devoir.

Nicolas se retint pour ne pas laisser éclater sa joie. S'il n'y avait pas eu ses camarades, il aurait serré la jeune femme dans ses bras. Il la contemplait. Elle était brune, menue, offrait aux regards des yeux marron pleins de douceur et de grands lobes d'oreilles, symboles indubitables, affirmait le père de Nicolas quand il était enfant, de générosité et de bonté.

— Merci, madame, merci beaucoup. Je vais prévenir les autres que je reste ici.

Il s'avança vers ses compagnons qui poursuivaient leur conversation, hésitant toujours sur la marche à suivre. Se séparer ou rester ensemble ? Se rendre aux Alliés ou tenter leur chance de rejoindre l'Allemagne ou une unité en retraite ? Ils étaient exténués, hagards. Seul Max, le pointeur, rêvait de reprendre du service pour en découdre à nouveau et vérifier son habileté en éliminant le maximum de Sherman.

— Finalement, qu'est-ce que vous avez décidé ? demanda Nicolas.

— On va se séparer en deux groupes et tenter notre chance, répondit Erich Schmidt. On se fera moins remarquer qu'à cinq.

— C'est juste, admit prudemment Nicolas. Moi, je viens de discuter avec les fermiers. Ils veulent bien me prêter des vêtements civils.

Il marqua une pause avant de mentir pour ne pas dresser l'équipage contre lui.

— Comme je parle français, je passerai inaperçu pour regagner l'Allemagne.

— Ah ! gronda Erich Schmidt, dans ce cas, je reste avec vous. Vous parlez français, c'est vrai ! C'est un atout !

Masquant sa contrariété, Nicolas pointa le menton en direction des fermiers.

— Oui, mais je ne sais pas s'ils vont être d'accord, il faut d'abord le leur demander.

Le visage buriné d'Erich Schmidt se crispa. Il tapota ostensiblement la gaine de son revolver fixée à son ceinturon.

— Ils n'ont pas le choix, c'est un ordre ! Dites-le-leur !

— Oui, *Herr Wachtmeister* !

Le fermier avait entendu les éclats de voix. Il vit avec inquiétude Nicolas et Erich Schmidt revenir vers eux.

— L'adjudant veut rester avec moi.

— Impossible, protesta la jeune femme, c'est trop dangereux !

— C'est un ordre, insista Nicolas. Si vous refusez, vous risquez votre vie !

Le fermier jaugea la figure fermée du sous-officier.

— Je crois qu'on n'a pas le choix. Bon, dites-lui que c'est d'accord. Cette nuit, on le cachera dans le grenier. Quant à vous, je vous fournirai des vêtements quand vos camarades seront partis.

Nicolas se retourna vers l'adjudant.

— C'est d'accord, *Herr Wachtmeister*, vous restez avec moi.

Erich Schmidt remercia ses infortunés hôtes d'un tonitruant « *Vielen Dank*[1] *!* » avant de rejoindre ses hommes.

Dix minutes plus tard, le pilote, le pointeur et le chargeur faisaient de brefs adieux à leurs compagnons avant de s'éclipser silencieusement dans le jour finissant.

1. « Merci beaucoup ! »

15

Erich Schmidt et Nicolas restèrent seuls un moment. Le fermier avait accompagné les Allemands jusqu'au bord du chemin afin de s'assurer qu'ils partaient définitivement. Il revint quelques minutes plus tard en se massant la nuque d'un air soucieux.

— Je viens de bavarder avec mon voisin, dit-il. Il affirme que les Britanniques sont à Brionne et que de nombreux mouvements de troupes ont lieu dans la région. La chasse a commencé. Ils ratissent les environs pour ramasser les fuyards. Il faut que votre copain monte tout de suite dans le grenier pour se planquer. Nous avons une cache sous un matelas. Quant à vous, je vais vous chercher des habits, et je vous retrouve dehors. Je voudrais vous montrer la tranchée que nous avons creusée pour nous abriter en cas de bombardement.

Il pivota vers sa femme.

— Léone, peux-tu emmener l'adjudant là-haut ? Au moindre bruit, il faudra qu'il se camoufle sous le matelas.

Il les regarda gravir les marches de l'escalier de chêne avant de disparaître dans une pièce de l'étage. Nicolas gagna la sortie et se dirigea vers la tranchée située à quelques pas de là. Le fermier le rejoignit presque aussitôt avec les vêtements. Nicolas posa son blouson par terre, enfila une veste de chasseur et un pantalon de treillis par-dessus le sien, puis suivit son hôte qui l'invitait à visiter son abri. Ils y descendirent par une petite échelle. C'était une tranchée de deux mètres sur quatre, pour une hauteur de un mètre quatre-vingts. Son propriétaire avait installé sur le sol un caillebotis de bois destiné à se préserver de l'humidité et de la boue.

— Pas mal, hein ?

— Pas mal, apprécia Nicolas. Vous vous en êtes beaucoup servis ?

— Plusieurs fois, mais en fait ce n'étaient que de fausses alertes, ce n'était pas nous qui étions visés.

Nicolas rebroussa chemin le premier. Arrivé en haut de l'échelle, il se figea, les mains appuyées sur le bord de la tranchée.

— Aïe ! souffla-t-il.

Une vingtaine de soldats, baïonnette au canon, encerclaient l'abri. Penché au-dessus de lui, un officier souriait devant son air stupéfait.

— Pas boches, pas boches ! Pas peur !

Il recula pour les laisser sortir. Le fermier remarqua un écusson cousu au sommet des manches des uniformes sur lequel était inscrit : « Canada ».

— Des Canadiens, dit-il pour rassurer Nicolas, mais apparemment ce ne sont pas des Québécois !

— Boches, ici ? reprit l'officier.

— Non, répondit le fermier, nous français. Merci d'être là. Vive le Canada, vive la France !

— Vive le Canada, vive la France ! renchérit Nicolas d'une voix tendue.

— Vive la France ! conclut l'officier en souriant. D'autres que vous, ici ?

— Oui, deux femmes et mon fils.

— Bien.

— Allemands partis, compléta le fermier. Laissé tank. Cassé là-bas, derrière.

Le Canadien fronça les sourcils, se tourna vers ses hommes, donna des ordres en anglais. Les soldats s'égaillèrent, entrèrent dans les dépendances et la maison.

— Boches peut-être encore cachés, expliqua l'officier en guise d'excuses.

Le petit Guy, Léone et la bonne apparurent sur le seuil de la maison avant de venir vers eux.

— Ma femme, mon fils, Marie, dit le fermier.

Il pointa un pouce vers sa bouche, leva le coude.

— Vous voulez boire quelque chose ?

— Oui, acquiesça le Canadien, comprenant sans peine ce langage universel.

— Marie, allez chercher des moques et quelques bouteilles de cidre. On va les servir ici. Ils sont trop nombreux pour qu'on les invite à entrer.

Il pivota vers Nicolas.

— Cousin, tu peux lui donner un petit coup de main ?

— Bien sûr, s'empressa celui-ci.

Il s'éloigna avec Marie, d'un pas qu'il espérait naturel, avec l'impression que tous les regards convergeaient vers lui. Les soldats furetaient alentour, l'arme au poing. Certains avaient soulevé les draps recouvrant le char pour l'inspecter et vérifier qu'il était bien hors d'usage. Nicolas pensa un instant s'éclipser, se jeter à corps perdu dans les champs, mais il y renonça aussitôt. Il serait repris incontinent et, partant, mettrait en évidence la complicité de ses hôtes. Une autre idée lui effleura l'esprit : le fermier l'avait peut-être éloigné pour mieux le dénoncer. Malgré la chaleur, un frisson le parcourut. Il chassa cependant cette vilaine pensée. L'homme l'avait accueilli sous son toit et ses yeux pénétrants disaient la franchise et la clarté.

Il revint vers les Canadiens, poussant devant lui une brouette chargée de bouteilles. Lorsqu'il arriva près d'eux, il manqua défaillir. L'officier inspectait son blouson de tankiste qu'il avait oublié sur le bord de la tranchée.

— Je lui ai affirmé qu'il avait été abandonné par un fuyard, expliqua le fermier. Je ne suis pas certain qu'il ait tout compris.

Le Canadien retournait le blouson en tous sens. Il arracha les insignes sur les manches et dit :

— Souvenir !

Puis, fouillant dans les poches intérieures, il en exhuma le livret militaire de Nicolas et l'éplucha attentivement.

Je suis cuit ! pensa ce dernier en lui tournant le dos afin que l'autre ne distingue pas son visage. Une main agrippa son épaule. L'officier l'observait, un sourire énigmatique au coin des lèvres. Il lui tendit le livret, souligna d'un doigt insistant la photo de Nicolas.

— Parti ! dit-il.

Le jeune Lorrain hocha la tête.

— Oui, il doit être loin maintenant.

— Loin, compléta le Canadien, vroutt ! Parti avec les autres !

Ses hommes avaient fait leur rapport. Pas un Allemand en vue, et le char était inutilisable. Des ordres fusèrent. Les soldats abandonnèrent à regret leurs verres, empoignèrent les fusils qu'ils avaient posés près d'eux, s'alignèrent, baïonnette au canon.

— Partir, plus de boches ! reprit l'officier.

Il balayait l'espace environnant dans un ample geste de la main.

— Au revoir.

— *Good luck !* dit Nicolas qui ne connaissait qu'une dizaine de mots d'anglais.

L'officier le fouilla d'un dernier regard dubitatif.

— Vous, bien parler anglais… pour un Français !

Ils s'éloignèrent, s'engagèrent sur le chemin conduisant au village. Quand ils eurent disparu, Nicolas s'affaissa sur le bord de la tranchée, les jambes coupées par l'émotion.

— Ouf ! dit-il. J'ai cru que ça y était !

— Moi aussi, dit Léone.

Elle contemplait la route vide, les bras croisés devant la poitrine, les doigts vissés sur les épaules, dans l'attitude de quelqu'un qui lutte contre le froid.

— Qu'est-ce que j'ai eu peur ! conclut-elle.

— J'aurais dû me débarrasser de mon uniforme au lieu de le laisser en pleine vue, s'excusa platement Nicolas.

— J'aurais dû y penser aussi, dit le fermier, mais je n'imaginais pas qu'ils étaient aussi près, qu'ils allaient arriver aussi vite ! Des Britanniques, m'a dit mon voisin, et voilà que ce sont des Canadiens !

Le petit Guy tournicotait autour d'eux. Il leva les yeux, tiraillа la manche de son père, pointa un index en direction de Nicolas.

— Pourquoi les soldats, ils ont pas emmené le monsieur allemand ?

Le fermier se frappa le front du plat de la main, caressa la nuque innocente.

— Parce que le monsieur est français. Il parle comme nous.

Debout près de son mari, Léone avait repris des couleurs. Elle tritura rêveusement un de ses vastes lobes d'oreilles avant de remarquer :

— Tu vois, Daniel, on ne pense jamais à tout. Guy aurait pu vendre la mèche sans penser à mal. Et alors, je ne sais pas ce qu'on serait devenus.

Nicolas réprima un frisson rétrospectif.

— Vous avez vu leur chef, dit-il, il m'a montré ma photo sur mon livret militaire. Je suis sûr qu'il m'a reconnu. Pourtant, il ne m'a pas embarqué !

Daniel hocha la tête.

— Il vous a peut-être jugé trop jeune, trop français. Il a peut-être estimé qu'il y avait une simple ressemblance ou que vous n'étiez plus dangereux pour eux, et qu'un peu de bonté ferait du bien à cette guerre. En tout cas, une chose est certaine, vous avez de la chance ! Mais vous êtes tout pâle. Vous avez besoin de reprendre vos esprits. On va rentrer à la maison boire un coup. Je crois qu'un bon calva sera le bienvenu !

16

Ils dînèrent tard, d'une soupe aux poireaux suivie de rutabagas, de pommes de terre en robe des champs, de jambon fumé et d'un fromage blanc produit à la ferme. Marie, la bonne, assise en bout de table, allait et venait entre deux bouchées pour assurer le service. Guy s'était installé entre Nicolas et Erich Schmidt. Il les observait tour à tour avec de grands yeux étonnés, et jetait des regards de convoitise sur le fusil que l'adjudant avait posé sur le banc, à portée de main. En face d'eux, Léone et le maître de maison.

Avec la nuit, le départ de l'équipage et le silence revenu, la jeune femme semblait plus détendue. Pas tout à fait rassurée cependant, car n'importe qui – un voisin, des Alliés – pouvait survenir et découvrir l'adjudant en uniforme. Il avait été décidé entre-temps que si quelqu'un tambourinait à l'huis, on présenterait Nicolas comme un cousin de Brionne venu donner un coup de main pour les travaux de la ferme. Afin de paraître naturels, chacun déclina son identité ; on s'appela Léone, Daniel, Nicolas, et on convint de se tutoyer si quelqu'un arrivait à l'improviste. Les rideaux occultaient bien les fenêtres, la porte était fermée à clef afin qu'Erich Schmidt puisse descendre du grenier et dîner avec les autres. En cas de danger, il filerait se réfugier sous le matelas comme il l'avait fait lors de l'intrusion des Canadiens. S'il était surpris dans la salle à manger, on pourrait toujours dire qu'il s'était imposé dans la maison en les menaçant avec son fusil.

Erich Schmidt avait accepté ce scénario. Il mangeait, buvait, le regard perdu dans le vaisselier situé en face de lui, observant les cuivres, les poêlons, les cannes à lait entretenues avec soin, les assiettes de collection exposées sur toute une rangée. Quelquefois, il fixait le petit Guy, lui souriait, et une ombre glissait sur son visage obscurci par une barbe de plusieurs jours.

Autour de lui, sachant qu'il ne les comprenait pas, les autres discutaient librement.

— Quel est votre nom de famille ? demanda Daniel à Nicolas.

— Fischer.

— Ça fait boche. Si on a de la visite, il vaudrait mieux en trouver un autre.

Nicolas s'agita sur son siège.

— Je ne suis pas boche.

— Je sais, mais vous êtes mon cousin, et vous habitez en Normandie. Si on vous le demande, vous vous appelez Marie, d'accord ?

— Nicolas Marie, entendu. Et vous, votre nom, c'est quoi ?

— Delaporte. Mais il vaudrait peut-être mieux qu'on s'habitue à se tutoyer ?

Nicolas se gratta la joue d'un air perplexe.

— Ça me serait très difficile. Je le ferai le moment venu.

Un sourire éclaira la figure de Léone. Elle observait le jeune homme. Depuis qu'il avait troqué son uniforme pour des vêtements civils, elle l'avait adopté. Daniel avait raison, il fallait aider cet infortuné garçon, pris dans le piège d'une guerre qui ne l'avait pas épargné. Et puis, en le regardant dans cette veste de chasseur que Daniel ne portait plus depuis longtemps, elle se revoyait au début de son mariage. Nicolas avait vingt ans, l'âge de son mari le jour de ses noces. Ils se ressemblaient un peu, à ceci près que les traits du soldat étaient burinés, marqués par l'insomnie et les privations qu'il avait endurées ces derniers mois.

Ils en étaient au dessert ; la cuiller dressée, les coudes écrasés sur la table, les yeux mi-clos, Nicolas savourait le fromage blanc maison qui glissait lentement dans sa gorge. Il avait abondamment expliqué sa situation de Mosellan enrôlé de force, son intégration dans la Wehrmacht, sa façon de supporter le quotidien en attendant l'occasion de déserter sans nuire aux siens.

— Et quels étaient vos rapports avec les fridolins ? questionna Daniel.

Nicolas reposa sa cuiller près de son assiette.

Le fermier serrait son menton carré d'une main tout en jaugeant son interlocuteur.

— Mes rapports avec mes camarades de section ?

— Oui.

— Plutôt bons.

— Ils ne vous ont jamais reproché d'être français, ni tenu à distance ?

— Jamais. Ils me considéraient comme un des leurs, comme un Allemand de l'extérieur qui rentrait dans la grande famille allemande après une longue absence.

— Ah ?

— Ça peut vous paraître curieux, mais c'est ainsi. Vous savez, mon régiment est un régiment de tradition, un régiment de cavalerie, ce n'est pas la Waffen SS. Plus de la moitié des bidasses sont des gens comme tout le monde qui subissent les événements et obéissent aux ordres parce qu'ils n'ont pas d'autre alternative. Tenez, prenez l'exemple de mon adjudant, ici présent. Est-ce qu'il a une tête d'assassin ? En ce moment, il pense à ses proches, et il se demande s'il les reverra un jour.

Nicolas baissa la voix, désigna d'un léger signe de la main le petit Guy qui luttait vaillamment contre le sommeil.

— Vous savez, depuis deux mois, j'ai vraiment vécu la guerre. J'ai eu une formation de télégraphiste et j'avais un poste de radio mitrailleur sur notre char. Je ne vous raconterai pas ce que nous avons vu devant le gamin, mais nous avons connu l'enfer, surtout ces dernières semaines, et je crois que même si je vivais cent ans, je ne pourrais jamais effacer ces souvenirs de ma mémoire. Quand ma radio est tombée en panne, j'ai dû utiliser ma mitrailleuse. Alors, j'ai tiré au-dessus des cibles alliées qui venaient délivrer mon pays, et chaque fois je me disais : Je les évite, mais eux ne vont pas me rater ! C'est un miracle si je suis encore en vie.

Je le dois sans doute au reste de l'équipage, qui n'avait pas mes états d'âme et tuait pour ne pas être tué.

Marie avait apporté du café. Ils le savourèrent en silence pendant que Léone allait coucher l'enfant.

— Et vous, monsieur Delaporte, reprit Nicolas quand la jeune femme fut de retour, vous avez été mobilisé ?

Le fermier leva les yeux vers le plafond. Nicolas l'observait, fasciné. Jamais il n'avait croisé un regard aussi pénétrant.

— J'ai vingt-huit ans. J'ai bien sûr été mobilisé. J'ai eu un bras cassé pendant la bataille de la Somme. J'ai été fait prisonnier, mais j'ai réussi à m'enfuir et je suis revenu ici.

Daniel Delaporte s'interrompit un instant pour regarder son épouse avec tendresse avant de poursuivre :

— Vous savez, ç'a été une évasion pittoresque, je dirai même bon enfant. Quand j'ai eu le bras cassé, les boches m'ont expédié à l'hôpital d'Amiens. Léone est venue me voir, on nous a autorisés à aller nous promener en ville. Elle était accompagnée en voiture par un cousin muni d'un laissez-passer. Nous avons filé sur-le-champ. Malheureusement, près de Pont-Audemer, nous sommes tombés en panne d'essence, et c'est là que l'histoire devient savoureuse : nous avons été secourus par un Allemand qui nous a cédé du carburant en échange de viande ! Vous voyez, c'est en définitive grâce à ma petite femme et à un Allemand que je suis là aujourd'hui !

— Vous avez de la chance, dit Nicolas.

— Ça, c'est bien vrai, intervint Léone, les yeux brillants. De la chance, il en a. Parce qu'il lui en est arrivé d'autres, des histoires. Qu'est-ce qu'il a pu me faire peur ! Allez, raconte !

— Ce qui m'est arrivé après, c'est rien à côté de vous.

— Raconte quand même, insista Léone.

— Si tu veux, mais avant ça, Marie, allez nous chercher du calva à la cave, ça m'éclaircira les idées.

Un sourire de circonstance agrippé à ses pommettes, le visage tendu, Erich Schmidt écoutait la conversation dans l'espoir d'en saisir des bribes. Quelquefois, Nicolas lui traduisait une phrase quand il jugeait que ça pouvait l'intéresser, occultant tout ce qui risquait de le contrarier ou le fâcher. L'adjudant guettait aussi et surtout le moindre bruit suspect venu du dehors. La guerre était loin d'être terminée. Le danger pouvait surgir à tout instant. La France occupée était devenue un territoire où les Alliés étaient désormais les rois, et le prédateur s'était métamorphosé en proie. Il regardait Nicolas avec envie. Le jeune homme conversait, souriait, se fondait dans le paysage. Depuis qu'il avait troqué son uniforme pour des vêtements civils, il ne dépendait plus du Grand Reich, il était à nouveau français, et il semblait qu'il ne pourrait rien lui arriver. Mais lui, Erich Schmidt, se savait traqué.

Un vrombissement d'avion, un avion de reconnaissance sans doute, lui fit dresser l'oreille. Une escadrille pouvait suivre, des bombardements étoiler la nuit. Il se dressa d'un bond, fit quelques pas, trébucha avant de s'échouer dans l'âtre de la vaste cheminée ; repoussant un trépied sur lequel trônait un chaudron, il y resta assis, trop saoul pour se relever, la tête emmitouflée dans son blouson de tankiste.

Entre-temps, la bonne avait apporté une bouteille poussiéreuse qu'elle posa sur la table.

— Du 1930, vieilli en fût, ronronna Daniel en versant une rasade du précieux breuvage dans les tasses. Du respectable. Pour en revenir à ce que demande Léone, mes aventures ne se sont pas terminées après mon évasion. Un jour, un voisin, requis dans un entrepôt où les Allemands stockaient du ciment servant à construire des pistes de décollage pour les V2, m'a proposé de m'en vendre vingt sacs à bon prix. Je n'en avais pas vraiment besoin, mais l'idée d'acheter un matériau fauché à ceux qui passaient leur temps à nous réquisitionner m'a excité et j'ai dit oui. Malheureusement, mon voisin s'est fait prendre la main dans le sac, a dénoncé « ses clients », et on m'a embarqué à la prison d'Evreux. J'y ai pris pension pendant un mois et demi, jusqu'au jour où elle a été bombardée. Les Allemands ont alors ouvert la porte et nous ont laissés partir. C'est comme ça que je me suis coltiné le trajet Evreux-Bosrobert à pied. Quarante-cinq kilomètres, ce n'est pas rien !

Il pivota vers Léone.

— C'est depuis ce temps-là que ma femme a peur. Elle craint toujours que je commette une sottise avec les boches !

Il eut un petit rire, contempla Erich Schmidt tassé dans la cheminée, sirotant, l'œil glauque, le calva que Marie lui avait apporté.

— C'est pour ça qu'elle est inquiète de votre visite. Vous, ce n'est pas trop grave, mais votre adjudant est facile à repérer !

Léone se tortilla sur sa chaise.

— En parlant de lui, il ne va pas prendre racine dans la cheminée toute la nuit. Où va-t-on le mettre ?

— Il couchera dans le grenier, après on verra. En attendant, ce serait peut-être l'heure de la *rinchett'*, remarqua Daniel en versant une seconde ration de calvados dans les tasses encore tièdes pour les nettoyer du sucre qui pouvait y rester.

Il se leva, alla servir Erich Schmidt.

— Ça va ? lança-t-il.

Nicolas traduisit.

L'adjudant opina du bonnet d'un air lugubre avant d'avaler d'un trait le contenu de sa tasse. Puis, rajustant son blouson sur sa tête, il cala son front sur ses genoux.

— Il n'est pas très bavard, plaisanta le fermier en revenant s'asseoir.

— Et monsieur Nicolas, où va-t-il dormir ? questionna Léone.

— Dans la chambre du curé !

Nicolas le dévisagea sans comprendre.

— Pierre, si vous préférez. C'est mon frère. Il est curé, mais il est surtout prisonnier en Allemagne. Sa chambre est donc disponible.

Les joues de Daniel Delaporte riaient. Léone ne put s'empêcher de l'admirer. Elle l'avait choisi, il y avait de cela plus de dix ans. Ils s'étaient fiancés puis mariés après son service militaire. Elle était enceinte de Guy quand il avait été rappelé sous les drapeaux en septembre 1939. De retour de captivité, il s'était replongé dans les travaux des champs avec une sorte de fièvre coléreuse. Jamais il n'avait accepté la cuisante défaite et la présence des bottes allemandes. S'il n'avait eu femme et enfant, il aurait tout quitté pour rejoindre la Résistance et se battre.

Mais il était là, résigné et le cachant, gérant avec une belle sérénité les situations les plus difficiles. Et Dieu sait si celle qu'ils rencontraient tous deux aujourd'hui en était une. Deux fuyards dans la maison, les Alliés autour qui pouvaient les prendre à partie à tout moment sans réaliser qu'ils étaient en quelque sorte pris en otages.

Léone regretta ce mot qui lui était venu à l'esprit. Elle était catholique. Profondément. Dans le sens pastoral du terme. Ils n'étaient pas otages. Ils auraient pu refuser. Or, par un penchant naturel, Daniel était à l'écoute d'autrui. Il avait écouté sa conscience. Il fallait sauver ce jeune homme, lui rendre ce qu'on lui avait dérobé : sa fierté. Elle glissa sur le banc pour se rapprocher de son mari, posa, elle d'ordinaire si pudique, sa joue sur l'épaule rassurante, passa un bras autour de sa taille.

Daniel Delaporte déposa un baiser léger sur le front de sa femme, regarda Nicolas et dit :

— Maintenant que le petit est couché, si vous nous parliez de vos dernières batailles ?

La figure de Nicolas s'assombrit. Son œil s'attarda sur Erich Schmidt endormi dans la cheminée avant de se ficher dans le mur opposé. Puis, d'une voix hachée, il conta sa guerre, celle qu'il connaissait, les batailles de chars, de haies, les villes et villages dévastés, les gerbes de fumée, les lance-flammes, les perforants, les explosifs, les routes et les chemins minés, les trous d'hommes, les barbelés, les tranchées, la DCA, le déluge de feu surgi du ciel et de la terre, l'exode des civils, les longues cohortes en fuite, les ruines, toujours les ruines, les pierres vivantes des maisons, les toitures courant sur le sol, les milliers de morts, le Panther traçant sa route à travers la ferraille et les corps disloqués, et l'odeur, la terrible odeur dégagée par les cadavres en décomposition sur lesquels d'énormes mouches composaient un funèbre et grouillant ballet.

Nicolas contait. Daniel écoutait, le visage grave ; une main masquant d'un mouchoir sa bouche agrandie par l'horreur, Léone pleurait.

Assise en bout de table, Marie hochait la tête, pinçait les lèvres, étreignait le bout de ses doigts, murmurait en boucle :

— Sont-y fous, tous ces hommes ! Sont-y fous !

17

— Non ! hurla Nicolas.

Il se réveilla trempé de sueur, tout son corps fébrile rejeté à la diable au-dessus des couvertures. Il avait rêvé de Johann. L'Allemand fuyait dans la nuit, ombre furtive rasant les haies. Parfois, il se retournait, décochait un misérable sourire à Nicolas, accusait d'un geste l'obscurité autour de lui.

— Tu vois, disait-il, c'est comme dans mes dessins, tout est sombre !

Puis il reprenait sa course, ses frêles épaules secouées de terreur. Il était parvenu dans des marais et soudain le sol se dérobait sous lui. Il se mettait à rire.

— Regarde, je suis tombé dans les sables mouvants. Je m'enlise. Ursula, c'est la lumière. Je rêvais de lumière. Je voulais la revoir et je vais connaître les ténèbres !

Et il s'enfonçait, s'enfonçait. On ne voyait plus que sa tête ; un gargouillement sinistre, une main adressant, espiègle, un petit signe d'adieu. Et les binocles qui s'entêtaient à ne pas vouloir disparaître.

On frappa à la porte.

— Ça va ?

Nicolas reconnut la voix de Daniel Delaporte.

— Oui, oui, ça va, juste un cauchemar, je me lève !

Il écouta les pas décroître dans le couloir, s'effacer dans l'escalier. Il passa ses doigts sur son front. Encore un rêve prémonitoire, se dit-il, il est arrivé quelque chose à Johann ! Et Rudolf, pauvre Rudolf ! La pensée de l'un le ramenait à l'autre, convaincu qu'il mourrait dès le premier affrontement avec les Alliés.

Il repoussa ses couvertures, la bouche amère, se dirigea vers une table où une cuvette, un broc rempli d'eau et un miroir l'attendaient. Sa brève toilette finie, il retapa son lit, s'habilla, promena un regard circulaire pour vérifier qu'il n'avait rien oublié, puis descendit au rez-de-chaussée. Dans la salle à manger, la grande horloge marquait sept heures trente. Juchée sur un tabouret, Marie pourchassait les toiles d'araignée entre les poutres du plafond à l'aide d'un balai confectionné avec des brindilles de bouleau.

— Vous avez bien dormi, à c'que j'vois, dit-elle.

Nicolas sentit percer un reproche dans sa voix.

— Euh, oui, vous savez, ces derniers temps je n'ai guère eu le loisir de me reposer. Monsieur et madame Delaporte sont là ?

Marie sauta lourdement de son perchoir. C'était une petite femme râblée, au menton rayé par une fossette, à la moustache fournie et grise, au sourire rare.

— Ben non, ils sont à l'ouvrage depuis longtemps. Madame Delaporte m'a aidée à la traite des *vaqu's*.

Elle est à la laiterie à c't'heure, et monsieur Delaporte vient de partir aux champs.

Elle s'éloigna vers la cuisine.

— Installez-vous, je vais vous réchauffer un peu de chicorée.

Quand elle réapparut un instant plus tard avec une cafetière fumante, Nicolas dévorait une large tartine de pain fait maison, couverte de confiture de prunes. Il leva les yeux vers elle.

— Et l'adjudant Schmidt, il n'est pas encore descendu ?

— Monsieur Delaporte l'a emmené à l'aube se cacher dans une grange qui lui appartient dans un champ à côté de la ferme. Il a dit que le garder ici, c'était trop risqué, et je suis bien de son avis. Si les Alliés le trouvaient, on aurait les pires ennuis.

— Et le petit Guy ?

— Il est à la laiterie avec sa mère. On se lève tôt à la campagne !

Son petit déjeuner terminé, Nicolas se dirigea vers la porte d'entrée et s'adossa contre le chambranle pour observer les alentours. Tout était calme. Quelques poules, canards et pigeons déambulaient de leur pas de notables en quête de nourriture. Certains se baladaient sur les fagots recouvrant la tranchée creusée dans la cour. Un soleil pâle commençait à éclairer un ciel déterminé à rester bleu pour la journée.

C'est alors que Daniel Delaporte apparut au bout du chemin. Il s'approcha de Nicolas, le salua puis lui déclara, un peu gêné, qu'il avait dissimulé Erich

Schmidt dans la paille d'une grange, le temps qu'il juge le moment propice pour s'éclipser.

— Vous avez bien fait, dit Nicolas, il aurait fini par nous faire repérer.

L'avenir allait lui donner raison. Le lendemain, en fin d'après-midi, Daniel Delaporte revint de la grange où séjournait l'adjudant.

— Il a disparu, dit-il. Il s'est enfui ou il a été arrêté. Tenez, j'ai trouvé ça caché dans le foin.

Il tendit à Nicolas un 7,65 que celui-ci identifia immédiatement.

— C'est son revolver. Il ne serait pas parti sans lui. Ça veut dire qu'il a été capturé. Au moins, comme ça, il aura peut-être une chance de revoir sa famille un jour.

Le surlendemain, la nouvelle courut qu'à la tête de la 2e division blindée, le général Leclerc était entré dans Paris et que la capitale était enfin libérée.

— C'est le commencement de la fin pour les fridolins, pronostiqua Daniel Delaporte en se frottant vigoureusement les mains.

— Et un nouveau départ pour moi ! s'exclama Nicolas.

— Comment ça ? s'étonna Léone.

— J'ai un CAP de coiffure. A Paris, je trouverai facilement du travail.

Une grimace dubitative altéra la figure du fermier.

— Sans papiers, vous serez arrêté aussitôt. Dans ce cas, comment voulez-vous être embauché ?

— Je n'en sais rien, je verrai sur place. Et puis, Paris, c'est grand, je m'y ferai oublier en attendant que la guerre se termine et que je puisse enfin rentrer chez moi. Là-bas, je pourrai me faire refaire des papiers, et je redeviendrai français comme avant.

— Il y a peut-être une autre solution, suggéra Daniel Delaporte. Je peux vous mettre en contact avec un réseau de résistance. Vous exposerez votre situation, et ils vous engageront pour lutter à leurs côtés.

Nicolas hocha négativement la tête.

— Ça, c'est impossible. J'ai été soldat dans la Wehrmacht. Parmi les militaires, il y avait des salopards, mais aussi des braves types qui m'ont aidé à supporter mon triste sort. Je ne lèverai jamais les armes contre eux, de même que je tirais au-dessus des cibles quand on affrontait les Alliés.

Il brandit les bras vers le plafond dans un grand geste d'impuissance.

— Que voulez-vous, je ne suis ni un guerrier ni un assassin, je suis simplement un homme bien tranquille !

Ils étaient assis autour de la table de la salle à manger. Le soir était tombé, le frugal souper achevé. Marie alla se coucher après avoir desservi car, comme à l'accoutumée, elle serait debout aux aurores pour s'occuper de la traite des vaches et de la laiterie.

Immobile, pensif, Daniel Delaporte inspectait ses ongles.

— Et si vous restiez travailler avec nous, le temps que tout cela s'apaise ? dit-il. Je ne suis pas bien riche, mais vous auriez la sécurité, le gîte, le couvert, un peu d'argent de poche, et vous nous rendriez service. Les boches ont réquisitionné nos deux chevaux et nous avons vraiment besoin de main-d'œuvre.

Nicolas tambourina sur la table avec ses doigts.

— C'est gentil de me le proposer. Mais, comment vous dire, j'ai été embrigadé, obligé d'obéir à des ordres qui m'empêchaient de dormir, alors j'ai besoin de bouger, de voir ce qui se passe dans mon pays, d'expliquer aussi que je ne suis pas un pestiféré si on me questionne.

La figure carrée de Daniel Delaporte s'éclaira.

— Vous êtes quelqu'un de bien.

— Je ne sais pas. Ce que je sais, c'est que je me sens libre pour la première fois depuis deux ans. Cette Occupation, ç'a été terrible pour nous, les Mosellans et les Alsaciens, bien plus encore que pour les autres Français.

— Comment allez-vous vous rendre à Paris ? demanda Léone. Les routes sont sûrement bourrées de gendarmes, d'Alliés, de résistants. Vous serez arrêté ou abattu si vous tentez de fuir.

— Je ne fuirai pas, quoi qu'il arrive. J'expliquerai mon cas au besoin ou j'inventerai quelque chose, qu'on m'a volé mes papiers, par exemple, et que je retourne chez moi pour en faire refaire.

Un rire gai éclaira ses traits juvéniles.

— Comment je vais aller à Paris ? En stop, probablement, parce qu'à pied, c'est vraiment très loin !

Il y eut un silence. Léone souriait, les yeux dans le vague. Elle avait eu peur à l'arrivée de ce jeune Allemand qui, finalement, n'en était pas un ; elle avait été terrorisée quand le Canadien avait découvert son blouson de tankiste et le livret militaire, rassurée ensuite. Depuis, elle s'était habituée à lui. Par ailleurs, les boches avaient quitté la région, ils n'étaient pas près d'y revenir, et tout danger semblait écarté. Le jeune Mosellan n'avait pas la langue dans sa poche, il était débrouillard, et elle savait à présent qu'il pourrait s'en tirer. Cependant, Bosrobert-Paris en stop, c'était quand même multiplier les risques.

Alors, elle se tourna vers son mari.

— Je pensais : le vieux vélo, si tu le lui prêtais, ce serait plus facile pour lui ?

Le fermier mesura Nicolas du regard.

— Lui prêter, non ; lui donner, oui. On en rachètera un autre. Avec toute cette pagaille, Dieu seul sait s'il arrivera à Paris un jour ! Autre chose, jeune homme : vous ne pouvez pas aller à Paris avec une veste de chasseur et un pantalon de treillis usagés, on vous prendrait pour un braconnier, il vous faut d'autres habits. Je vais vous passer mon costume. Je suis un peu plus grand que vous mais avec une retouche aux jambes, il devrait vous aller. Mon épouse va s'occuper de ça.

— Ton costume ? protesta sans illusion Léone, mais tu n'en as qu'un, et c'est ton costume de mariage !

— Je sais, mais c'est pour la bonne cause, nous devons sauver ce garçon.

Elle soupira.

— Bien sûr, mais ton costume de noces, quand même...

Nicolas se leva. L'émotion bouleversait son visage.

— Je ne peux pas accepter, vous avez déjà tant fait pour moi !

— Dans le cas inverse, le coupa Daniel Delaporte, vous en auriez fait autant, n'est-ce pas ?

Nicolas baissa les yeux.

— Je ne sais pas. Je ne me suis pas posé la question. Tout ce qui m'arrive est venu si vite. Et puis vous êtes si bons, tellement formidables !

— Nous ne sommes ni bons ni formidables, trancha le fermier avec une grosse voix. Vous étiez en péril, vous êtes français comme nous, cela nous suffit. Nous remplissons notre devoir de chrétiens, voilà tout.

Un petit rire cascada sur ses lèvres.

— Suivez-moi, je vais vous montrer le vélo. Il est dans la soupente. C'est une antiquité, vous savez. Comme on ne trouve plus de caoutchouc, j'ai confectionné des pneus pleins avec des morceaux de pneus de camions !

18

Nicolas se retourna dans son lit. Il se sentait bien. Une main légère effleurait son front, s'aventurait sur ses joues, contournait ses pommettes, redessinait l'ourlet de ses lèvres, tandis qu'une petite voix avide lui avouait :

— Depuis que je vous ai vu, je pense sans cesse à vous ! Je me demandais où vous étiez, ce que vous faisiez, si on ne vous avait pas arrêté, jeté dans un camp de prisonniers ou bien fusillé !

— Et cela vous faisait de la peine ? questionna-t-il d'un ton badin, tout en conservant les paupières closes pour mieux savourer l'ineffable douceur de l'instant.

Il ouvrit les yeux, surpris par la franchise de la réponse. Elle était là, assise sur le bord du lit, penchée au-dessus de lui. Elle avait cessé de lui caresser le visage. Elle lui souriait d'une façon tendre, comme lorsqu'il l'avait quittée sur le seuil de sa maison, quelques jours auparavant.

La veille, il ignorait son existence, aujourd'hui, elle habitait sa vie. Elle n'était pas bien grande, pas exceptionnellement séduisante. Elle avait juste un beau front lisse, une jolie bouche, une taille élégamment dessinée, des jambes galbées qu'il aurait suivies jusqu'au bout du monde, et surtout, ah ! surtout, ce regard noisette, pailleté d'or, qui l'observait avec une surprenante voracité ! En vérité, Marie-Rose était belle, belle de toute sa jeunesse et de l'intérêt qu'elle semblait lui porter.

Nicolas soupira. Grâce à elle, il n'était plus un matricule, un animal dressé à tuer. Tout à coup, il existait.

— Mademoiselle...

La main de la jeune fille serra la sienne, chaude, communicative.

— Appelez-moi Marie-Rose.

— Justement, je voulais vous demander, si ça ne vous ennuie pas, j'aimerais mieux Rose-Marie. C'est plus musical, plus féminin.

La main s'alanguit un instant dans la sienne.

— Marie-Rose, Rose-Marie ? C'est vrai, je n'y avais pas pensé. Eh bien ! oui, appelez-moi comme ça si vous préférez.

— Merci, Rose-Marie.

Il marqua un silence, promena son regard sur la figure si proche.

— Dans Rose-Marie, il y a « rose ». Ça vous va bien, vous êtes jolie comme une rose, Marie.

Elle pouffa, enfouit son front dans l'oreiller, tout contre sa joue.

— Celle-là, on me l'a déjà faite. Vous n'êtes pas le premier !

La main libre de Nicolas pressa doucement la nuque de la jeune fille.

— Oui, mais les autres ne vous ont pas dit qu'ils vous aimaient. Moi, je vous aime !

Elle se redressa, le considéra un moment, la gorge sèche.

— Vous êtes sérieux ? Vous ne mentez pas ?

— Non.

— Alors, on peut s'embrasser ?

— Oui !

— Comment vous appelez-vous ?

— Nicolas.

— Nicolas, c'est pas mal, ça fait peut-être un peu vieux jeu. Voilà, maintenant on peut y aller. Si vous ne m'aviez pas dit votre prénom, j'aurais eu l'impression de flirter avec un inconnu !

Ils se mirent à rire, s'esclaffèrent plutôt, emportés par leur désir. Elle écrasa ses lèvres contre les siennes. Leurs langues s'affrontèrent dans un délicat duel.

— Rose-Marie !

Nicolas se réveilla en sursaut. Il avait crié. Il regarda fiévreusement autour de lui en quête de son rêve déchiré.

— Rose-Marie...

Ses doigts palpèrent les draps.

— J'ai rêvé. Sacré rêve ! C'est idiot, les rêves. Je rêve beaucoup en ce moment. Je n'arrête pas !

Il voulut oublier, replonger dans le présent. Impossible. Son corps en émoi lui rappelait qu'il avait vingt ans. Il contempla les solives du plafond, les compta, les recompta jusqu'à ce que son pouls retrouve un rythme apaisé. L'aube s'était levée, une aube grise. Une pluie diluvienne ruisselait sur les vitres des fenêtres, masquant le jour.

— C'est cette foutue flotte qui m'a réveillé. La garce !

Il regrettait son délicieux songe interrompu.

— Tout ça, c'est du vent. Moi, je ne suis pas comme Rudolf, je ne crois pas aux prémonitions.

Il se leva, s'habilla en hâte, descendit à pas de loup. Les marches de l'escalier le trahirent en craquant. Dans la salle à manger, debout devant un miroir, Marie ajustait sur sa tête un bonnet de coton blanc.

— C'est-y aujourd'hui que vous vous en allez ?

— Oui.

Elle lui sourit avant de lui tourner le dos.

— Alors, je vous dis bonne chance. Vous ne me reverrez point, j'm'en vas traire les *vaqu's* !

Bosrobert, Brionne, Bernay, Broglie. Nicolas pédalait sous une pluie torrentielle qui avait duré toute la journée. Il était parti aux aurores, non sans avoir remercié ses hôtes pour tous leurs bienfaits et leur avoir promis de revenir les voir plus tard, la guerre finie et sa situation stabilisée.

Courbé sur sa bicyclette, les jambes rompues, les épaules et les reins couverts de sueur malgré les trombes d'eau, il allait, les joues creusées par la fatigue, le regard rivé sur la route. A midi, il avait déjeuné d'une épaisse tranche de pain, d'un oignon et d'une portion de camembert offerts par les Delaporte. La veille au soir, il avait décidé d'aller à Paris mais, poussé par la fougue de la jeunesse, il avait changé d'avis et se dirigeait aujourd'hui vers Le Sap. Ce qui couvait dans ses pensées, sans qu'il y prêtât attention tant il était tourmenté par la précarité de sa situation, lui paraissait désormais évident. Marie-Rose et sa mère l'avaient bien reçu. Il les revoyait sur le seuil de leur maison lorsqu'il leur avait dit au revoir, s'imprégnait du regard triste de la jeune fille. Il se souvenait surtout de son rêve, de son émotion, de sa fébrilité lorsqu'il s'était réveillé. Il ne devait pas se leurrer, il était amoureux et il lui semblait que Marie-Rose l'était aussi. Il fallait en tout cas qu'il vérifie. En même temps, il s'inquiétait. En allant au Sap, il se rapprochait de Coudehard, de Moissy, du sinistre champ de bataille qu'il avait traversé presque sans égratignures, et par là des forces alliées déployées dans cette région, multipliant ainsi les risques d'une arrestation possible.

Il allait donc, métamorphosé par sa liberté nouvelle, ses vêtements civils, l'intrépidité et le culot de ses vingt ans. Vers dix-sept heures, au carrefour de Monnai, il adossa son vélo contre un arbre pour profiter d'un bosquet sous lequel il pourrait s'abriter et se reposer. Il avait roulé torse nu pour éviter de tremper ses effets. Il fouilla dans une sacoche accrochée à son porte-bagages, en retira sa chemise, sa veste et une serviette avec laquelle il se tamponna le torse avant de s'habiller.

La pluie avait cessé. Tout en se peignant, Nicolas surveillait la route. Durant son voyage, il avait croisé des convois alliés, des Canadiens surtout, moins nombreux que ce qu'il appréhendait. Nul ne l'avait arrêté pour lui demander des comptes ou ses papiers. Rassuré par sa tenue civile, il leur avait adressé des signes auxquels ils répondaient avec bonhomie.

Cinq kilomètres encore, et il serait au Sap. Brusquement, il s'inquiéta. Et s'il était mal reçu ? Et si elles le dénonçaient ? Depuis qu'il avait quitté Bosrobert, il n'avait pas entendu une seule détonation. La région paraissait pacifiée, vidée des dernières poches de résistance des soldats du Reich, prisonniers ou en fuite. Elles n'avaient plus besoin de lui pour les protéger du pillage.

Il s'était assis sur le talus. Perplexe, indécis, il se massait l'arête du nez avec l'index. Quelques voitures à gazogène conduites par des Français, quelques vélos, un petit convoi militaire canadien se croisèrent sur la chaussée. Venant de Broglie, un gros semi-remorque américain ralentit avant de stopper devant lui. Nicolas se releva, inquiet.

Une tête ronde, joviale, surgit par une vitre de la cabine du chauffeur.

— *Hello, Pariss, please ?*

Nicolas avait remarqué le mot « Paris » inscrit en lettres capitales sur la remorque.

Il traduisit.

— Paris ?

— *Yes !*

Il indiqua la direction de L'Aigle, observa la mine réjouie de l'Américain puis, pris d'une inspiration subite, pointa un doigt sur son vélo, sa poitrine, et demanda :

— Paris ? Avec vous ?

L'autre se mit à rire.

— *Yes, with pleasure !*

Un instant plus tard, la bicyclette chargée à l'arrière, Nicolas grimpait dans la cabine et s'installait près de l'Américain. Le camion démarra, tourna à gauche, prenant la route de L'Aigle. Il y eut un moment de silence, transgressé seulement par le grondement du moteur. Nicolas fixait le paysage, perdu dans ses pensées. Il songeait à Marie-Rose, à Johann, aux carnages dont il avait été le témoin, au chauffeur près de lui qui était à mille lieues d'imaginer que son voisin avait servi dans la Wehrmacht, et une sorte d'amertume s'infiltrait peu à peu en lui. N'avait-il pas agi sur un coup de tête ? Aurait-il dû se diriger vers Le Sap comme il l'avait envisagé auparavant ?

Séparés par le barrage de la langue, les deux hommes continuaient de se taire. Ils se dévisageaient parfois en souriant. L'Américain prit finalement le parti d'engager la conversation.

— Chewing-gum ?

— Je ne connais pas.

L'autre haussa des sourcils étonnés, en prit un dans un paquet, le mâchouilla un moment, puis, le saisissant entre deux doigts, fit mine de l'expédier par la fenêtre avant de le remettre dans sa bouche.

— *After*, dit-il en guise d'explication.

— O.K.

Nicolas goûta un chewing-gum, trouva ça agréable.

— Cigarette ?

— Volontiers !

Le chauffeur extirpa de sa poche un paquet de Chesterfield, en offrit une à son voisin, l'alluma avec un briquet.

— Merci.

— *Good ?*

— *Good*, répondit Nicolas, surpris par la saveur étrange du tabac blond.

Ils arrivaient à Villers-en-Ouche. L'Américain immobilisa le semi-remorque sur le bas-côté, indiqua une petite auberge située en retrait de la route, agita une de ses mains devant sa bouche dans une mimique universellement connue, et convia le Lorrain à le suivre.

— Je n'ai pas d'argent mais j'ai un casse-croûte, expliqua Nicolas en désignant la remorque où on avait remisé son vélo.

Puis, se souvenant de deux mots d'anglais traînant dans sa mémoire, il ajouta :

— *No money !*

Le chauffeur acquiesça, ouvrit la portière arrière, sortit la bicyclette avant de se diriger seul vers l'auberge.

Un bien brave type, songea Nicolas en le regardant s'éloigner. Il se demanda une fois encore par quel incroyable et mystérieux mécanisme on parvenait à déclarer des guerres entre des gens qui, de toute évidence, s'en seraient volontiers passés.

La pluie avait repris, à flots, inhumaine. Sympathique mais prudent, l'Américain avait refermé son camion à clef, et Nicolas se réfugia sous un arbre pour grignoter une tranche de pain et son dernier oignon. Il lui restait deux pommes et un peu d'argent que les Delaporte lui avaient donné afin qu'il puisse tenir deux jours de plus en cas de nécessité.

C'est alors qu'il aperçut, recroquevillée sur son vélo, gravissant la côte venant de L'Aigle, une jeune fille roulant dans sa direction. Il la contempla de plus en plus attentivement au fur et à mesure qu'elle s'approchait. Quand elle fut presque à son niveau, il quitta l'abri des frondaisons, s'avança vers la chaussée pour s'assurer qu'il n'était pas victime d'une hallucination.

La bicyclette ralentit, freina, s'arrêta. Une voix juvénile, stupéfaite, retentit vers lui.

— Vous ?

19

Nicolas la dévisageait, pétrifié. C'était elle en effet. Celle qu'il désirait revoir avant de renoncer venait vers lui, alors que sur un coup de tête il avait choisi de partir pour Paris. C'était incroyable, inimaginable, ce concours de circonstances. S'il était allé au Sap, il ne l'y aurait pas trouvée. Il aurait seulement vu sa mère qui l'aurait probablement envoyé balader, et il aurait repris la route, le moral en berne.

Or elle était là, bien là. La pluie ruisselait sur ses longs cheveux châtains, dégoulinait sur ses épaules. Elle avait mis pied à terre et, ses petites mains crispées sur le guidon de son vélo, cambrait ses jolis reins devant lui.

— Mais, qu'est-ce que vous faites là ? enchaînait-elle. Vous êtes fou ! Vous allez vous faire fusiller !

Il y avait de la crainte, presque de la peur dans cette voix, et Nicolas exultait. J'avais raison, elle s'intéresse à moi ! Elle ne m'a pas oublié, elle a pensé à moi, je ne lui suis pas indifférent !

— Où vouliez-vous aller ? insistait-elle.

La pluie glissait sur sa figure figée par l'angoisse. Il empoigna son vélo, lui prit la taille pour la guider à l'abri de l'arbre.

— C'est compliqué. Je voulais aller chez vous, et puis au dernier moment je n'ai pas osé.

— Pourquoi ?

— Parce que j'avais peur de vous déranger, de vous créer des ennuis, de me faire mettre à la porte.

— Je n'aurais pas fait ça !

— Oui, mais votre mère...

— Ma mère non plus !

— Comment pouvez-vous affirmer ça ?

— Elle me l'a dit.

— Elle vous l'a dit ?

Il recula d'un pas, l'observa sans comprendre. Elle le regardait aussi. L'angoisse sur son visage avait fait place à une sorte de soulagement et, malgré la pluie, elle souriait un peu.

— Oui, parce que je lui ai dit que depuis votre départ je ne pense plus qu'à vous !

Il écarquilla les yeux, désarçonné par le culot de la jeune fille. Elle est incroyable, elle sait ce qu'elle veut. Moi aussi, je sais ce que je veux ! Il s'approcha d'elle, l'enlaça. Elle s'emboîta contre lui.

— Marie-Rose ?

— Oui ?

— Je peux vous appeler Rose-Marie ?

— Euh, pourquoi ?

— Je trouve ça plus doux, plus féminin.

— Si vous voulez.

— Merci.

Il se pencha vers elle, l'embrassa. Il lui sembla que le ciel s'embrasait. L'ouragan passé, ils s'écartèrent un peu, se tenant par les mains, se dévisagèrent.

— Quelle touche on a, dit-elle, on est tout trempés !

— Je n'ai pourtant jamais eu aussi chaud de ma vie !

Ils éclatèrent de rire, s'embrassèrent derechef.

Un camion bourré de Canadiens dévalait la route en pente devant eux. Le chauffeur klaxonna joyeusement tandis que, alignés sur des bancs à l'arrière, les soldats applaudissaient en s'esclaffant. Une voix, celle d'un Québécois sans doute, lança :

— Ah ! ces sacrés cousins, rien ne les arrête !

Ils se séparèrent en gloussant.

— Au fait, questionna Nicolas, je ne vous l'ai pas demandé : vous, qu'est-ce que vous fichez sur cette route ? Vous revenez d'où ?

— De Paris.

— De Paris, c'est drôle, c'est là que je voulais aller. Et si ce n'est pas indiscret, qu'est-ce que vous êtes allée y faire ?

— J'y travaille. Enfin, j'y travaillais dans une société d'assurances, la Providence. Malheureusement mes patrons étaient juifs, et ils ont fui à Bordeaux quand les Allemands ont rendu l'étoile jaune obligatoire. Je ne sais pas s'ils ont échappé aux rafles, je n'ai plus de nouvelles. Et comme les Allemands ont ensuite occupé la zone libre, j'ignore s'ils reviendront un jour. Je suis montée à Paris à tout hasard pour savoir s'ils étaient de retour et si j'allais retrouver mon emploi.

— C'est encore tôt. Paris est tout juste libéré. Il faut laisser du temps au temps.

Il contempla le ciel où se bousculaient d'énormes nuages gris.

— A propos de temps, qu'est-ce qu'on fait maintenant ?

— Je t'emmène à la maison.

Elle avait dit tu. Son ton était ferme, sa bouche gourmande de baisers à venir.

— D'accord, dit-il.

Elle enfourcha son vélo, tourna le guidon en direction du Sap.

— Tu me suis ?

— Oui, mais je voudrais attendre l'Américain qui m'a pris en stop pour le remercier.

Elle haussa des épaules qu'il jugeait de plus en plus ravissantes, ajusta un fichu sur ses cheveux.

— T'inquiète pas, il a l'habitude, il comprendra.

Elle appuya sur les pédales. Il l'imita, se demandant ce que l'Américain comprendrait.

Le soir s'annonçait quand ils parvinrent au Sap. Le ciel avait cessé de leur tomber sur la tête. La cour luisait comme un lac. Ils posèrent leurs bicyclettes contre le mur de la maison. Dans la salle à manger, le chien se mit à aboyer.

Un doigt sur les lèvres, Marie-Rose pivota vers Nicolas.

— Attends un moment, maman ignore que tu es là.

Elle frappa à la porte. La mère ouvrit.

— Ah ! c'est toi, Marie ? Je ne t'attendais pas si vite !

Elle embrassa sa fille sur le front, s'effaça pour la laisser entrer tandis que, avide de caresses, la queue frétillante, le chien se frottait joyeusement contre les jambes de sa jeune maîtresse.

— Dick, pousse-toi, le gronda Marie-Rose. Maman, j'ai une surprise pour toi.

— Une surprise ?

— Oui, je ramène quelqu'un.

— Qui ?

— Viens, Nicolas !

Le jeune homme sortit de l'ombre, s'encadra dans l'embrasure de la porte. La mère fronça les sourcils.

— Ça, pour une surprise, c'est une surprise, dit-elle. Entrez vite et refermez derrière vous. J'espère qu'on ne vous a pas vus ensemble ?

— Si, répondit Marie-Rose, quand on a traversé le village, mais il est habillé en civil et personne ne nous a rien demandé.

Une mare d'eau se dessinait sur la terre battue de la salle sous les pieds des nouveaux venus.

— Vous êtes tout trempés, dit la mère, il faudrait vous sécher et vous changer. Marie, va enfiler d'autres habits et rapporte une serviette pour ton invité. Il est trop grand et trop fort pour que je lui prête des vêtements de mon défunt mari.

— Ce n'est pas la peine, madame, dit Nicolas, on est encore en août, et ils sécheront bien sur moi.

— Je vais quand même faire une flambée dans la cheminée, comme ça vous vous réchaufferez en attendant que je vous prépare un petit quelque chose. Vous devez avoir faim.

Nicolas opina du bonnet.

— Ce ne sera pas de refus. J'ai eu une rude journée et votre fille aussi.

— Vous repartez quand ?

La question était franche, précise.

— Maman, protesta Marie-Rose en pénétrant dans la pièce, laisse-lui quand même le temps d'arriver !

La mère fixa le jeune homme de l'œil aigu d'une personne habituée à mesurer les êtres et les choses. Ses joues maigres se délièrent dans un sourire amusé.

— Ce que j'en dis, ce n'est pas pour vous chasser, c'est simplement parce que j'imagine que vous avez envie de retourner chez vous, de revoir les vôtres.

Nicolas essuya ses cheveux, sa figure et ses mains avec la serviette que lui avait donnée Marie-Rose avant de répondre.

— La guerre n'est pas finie, dit-il. Les Allemands peuvent se réorganiser et reprendre le dessus. Je ne peux pas rentrer chez moi pour le moment. On me croit sans doute mort. Si je réapparaissais, on m'arrêterait comme déserteur et on me fusillerait.

Marie-Rose entraîna Nicolas vers la cheminée où crépitaient des brindilles de bouleau et de frêne sur lesquelles sa mère avait couché une bûche. Ils s'assirent côte à côte sur un banc pendant que la mère s'activait à la cuisine.

Nicolas vérifia qu'il était bien seul avec la jeune fille, picora un baiser sur un coin de ses lèvres.

— Je ne suis pas sûr d'être le bienvenu ici, souffla-t-il.

Marie-Rose lui décocha un léger coup d'épaule.

— T'inquiète pas. Elle est rude comme ça, mais elle a un cœur d'or, et elle sait que tu me plais !

— Au fait, je ne connais même pas votre nom de famille. Comment vous vous appelez ?

— Leroy.

— Et le prénom de ta mère ?

— Marguerite. Et toi, ton nom, c'est quoi ?

— Fischer.

La mère revenait de la cuisine avec des haricots verts, cuits la veille, qu'elle avait réchauffés, et une assiette de charcuterie dans laquelle, tradition normande oblige, voisinaient pâté de campagne, boudin noir, jambon, andouillette et saucisson à l'ail. Une fête pour un Nicolas affamé qui pensait que de telles agapes n'existaient plus.

— Oh ! là, là, c'est trop, protesta-t-il, vous allez me rendre malade !

Madame Leroy éclata de rire.

— A votre âge, ça m'étonnerait, on a de l'appétit. Vous avez de la chance, on vient de tuer le cochon. Et puis quand on est amoureux, il faut bien se nourrir !

Nicolas resta sans voix. Les amoureux ! Ses propres hésitations sur la route. Paris, pas Paris. Ira-t-il ? N'ira-t-il pas ? Sa rencontre avec Marie-Rose, Le Sap ensuite. Comme si tout était décidé sans lui, écrit à l'avance sur le grand rouleau de la vie, et qu'il n'y pouvait rien. Etait-il prisonnier à nouveau comme il l'avait été dans la Wehrmacht ? Prisonnier d'une femme et de sa trop charmante fille ?

— Alors, vous ne mangez pas ? reprit madame Leroy.

Ils s'étaient installés autour de la table, la mère au bout, Marie-Rose et Nicolas face à face. Ayant soupé depuis longtemps, la maîtresse de maison n'avait dressé que deux couverts.

Nicolas s'exécuta dans un rêve. La faim lui tiraillait l'estomac. Il n'avait plus froid. Ses vêtements avaient séché sur lui. L'ayant adopté, Dick, le chien, s'était couché sur ses pieds, lui dispensant une chaleur réparatrice.

Madame Leroy contemplait son invité surprise. Châtain, presque blond, carré et mince, privations dues à la guerre obligent, regard franc, mignon, affirmait sa fille qui n'avait pas tort, anxieux – il tournait sans cesse sa tête en tous sens comme s'il s'attendait à voir surgir le malheur à tout instant –, touchant lorsqu'il coulait un œil vers Marie-Rose ou qu'il engloutissait sans la mâcher une énorme bouchée de haricots verts ou de pain, il ne manquait pas d'attraits. Elle eut un petit sourire intérieur. Elle songeait à Victor, son époux, si menu, si fragile, si... obéissant ! C'était elle qui portait la culotte lorsqu'il était encore de ce monde. Il adorait se plier à ses ordres, courber le front, subir ses foudres. Des foudres bien aimables. Elle aimait dominer mais avec discernement. Homme de bien, Victor appréciait d'être canalisé, de ne pas prendre de responsabilités qui auraient pu nuire à sa sérénité. Quand Marie-Rose lui demandait quelque chose, il répondait : « Va voir si la patronne est d'accord ! » En dehors du cercle familial, dans son métier notamment, il savait trancher et choisir les meilleures décisions. Marguerite Leroy soupira. Victor lui manquait. Elle regarda à nouveau Nicolas. Lui, c'est pas pareil. Il saura ce qu'il veut. Mais il est encore jeune, si jeune. Il cherche à séduire pour l'instant, mais il se méfie de moi. Faut dire aussi qu'il en a vu...

— Maman ?

— Oui ?

— Ça t'embête si Nicolas m'appelle Rose-Marie ?

— Pourquoi il t'appellerait Rose-Marie ? Ton prénom de baptême, c'est Marie-Rose.

— Oui, mais il préfère, il trouve que Rose-Marie, c'est plus féminin.

— Plus féminin ? En voilà une idée !

— Allez, maman !

Un sourire dérida la figure ingrate de madame Leroy. Elle contemplait sa fille. Vingt-quatre ans bientôt, et elle minaude comme une gamine. « Gna, gna, gna, allez, maman ! » Elle est vraiment amoureuse !

— Je n'ai pas mon mot à dire là-dedans. Il veut t'appeler Rose-Marie, ça le regarde, moi je continuerai à t'appeler Marie ou Marie-Rose comme je l'ai toujours fait !

— Merci, maman !

Madame Leroy haussa ses épaules osseuses. Oui, ce garçon, issu de la guerre et du plus pur des hasards, savait y faire, et il était évident que si Dieu lui en laissait le loisir, il saurait diriger sa vie.

Elle se leva, s'approcha de sa fille, déposa un baiser sur son front lisse.

— Bon, c'est pas tout ça, mais moi je dois me lever tôt. Marie – pardon, Rose-Marie –, je te rappelle que tu t'occupes de la traite et des cochons demain matin. Ensuite, on verra ce qu'on peut faire pour ton protégé.

— Bonne nuit, maman.

Nicolas quitta son siège, s'immobilisa près de la table, un peu gauche, souriant.

— Bonne nuit, madame Leroy.

— « Madame Leroy » ! On dirait que je vous fais peur. Vous êtes bien distant !

Il rougit.

— Madame Marguerite ? proposa-t-il.

Elle se régala de la figure déconfite du jeune homme, éclata d'un rire chaud, communicatif, en complète contradiction avec son physique austère.

— Pourquoi pas ? Vous m'appellerez Marguerite plus tard, quand on aura gardé les cochons ensemble ! Pour l'instant, je crois que pour vous aussi, il est temps d'aller dormir. Marie, tu installeras ce jeune homme dans la chambre du fond.

Elle leva une main avant de s'éloigner, lança pardessus son épaule, incertaine d'être entendue :

— A demain, et surtout soyez sages ! Ne m'obligez pas à vous chaperonner !

— Maman !

— Madame Marguerite !

Une fois seuls, ils retournèrent s'asseoir sur le banc devant la cheminée. Ils s'enlacèrent, se câlinèrent. Avec les distances fragiles que la morale exige.

— Comment trouves-tu ma mère ? demanda Marie-Rose au bout d'un moment.

Nicolas ne répondit pas. Il fixait le feu mourant dans l'âtre, l'ombre flânant sur les murs. Il pensait à ses parents. Ils devaient s'inquiéter de son sort. Il se dit qu'il allait leur écrire à présent qu'il pouvait se poser un peu. Il se dit aussi qu'il fallait être prudent. Que c'était peut-être prématuré. Qu'on pouvait, par le biais d'une lettre, remonter jusqu'à lui. Il était mort. Prisonnier au mieux. Il devait le rester. Les Allemands étaient toujours omniprésents en Lorraine. Sa mère... C'était une femme froide qui ne lui avait jamais dispensé de tendresse. Le monde était en feu. Il était fatigué soudain. Désespéré. Ses camarades étaient peut-être morts. Il avait envie de pleurer, malgré la douceur de la jeune fille alanguie contre lui.

— Ta mère, c'est une vraie mère, dit-il.

20

Les jours qui suivirent furent pour Nicolas des jours de découverte. Enfant de la ville puis soldat, il ignorait le monde rural et, aux senteurs subtiles de la campagne, il préférait l'odeur fade et poussiéreuse des trottoirs de sa cité.

Surtout, à Ottange, il circulait librement, alors qu'au Sap son univers se cantonnait à la ferme et aux quelques hectares de terre qui en dépendaient. Les deux femmes lui avaient vivement conseillé de ne pas sortir de la propriété tant qu'il resterait en Normandie.

Après de multiples conversations, ils avaient enfin décidé de la solution à adopter. Fin octobre, Nicolas accompagnerait Marie-Rose à Paris, où elle voulait retourner pour vérifier si ses anciens patrons avaient rouvert la Providence. Si tel était le cas, Nicolas chercherait une place dans un salon de coiffure, et ils s'installeraient tous deux là-bas en attendant la fin de la guerre et la régularisation de la situation du jeune déserteur. Dans le cas contraire, Marie-Rose se mettrait en quête d'un poste dans une autre agence.

S'ils ne parvenaient pas à se faire embaucher, ils auraient toujours la ressource de revenir vivre au Sap. Depuis le début du conflit et la mort du père, la ferme manquait douloureusement de bras, nombre d'ouvriers agricoles étant détenus en Allemagne.

Pour l'heure, on était au Sap, et d'un commun accord il avait été convenu qu'au regard des autres, Nicolas était un ami de la famille venu les seconder aux travaux des champs. C'est ainsi qu'il se familiarisa peu à peu au rude métier de paysan.

Les risques de bombardement étant écartés, les vaches séjournaient jour et nuit dans les herbages voisins. Debout dès quatre heures et demie du matin, après avoir absorbé un frugal petit déjeuner, il se hâtait avec Marie-Rose pour assurer la traite des huit bestiaux. Ils allaient, main dans la main, après avoir vérifié que nul ne les observait, le *bourri* chargé de cannes conduit par la bride par la jeune fille.

Nicolas apprit à traire quatre vaches. Habituées à Marie-Rose et à Marguerite, elles se dérobaient, et il lui fallut du temps pour se faire accepter. Il se mit à les appeler par leurs prénoms : Blanche, Brunette, Lunatique, Drôle.

Entre deux baisers, Marie-Rose jouait la pédagogue. Elle lui expliqua qu'on ne devait jamais laisser le troupeau sans surveillance sous les pommiers, car il adorait en croquer les fruits accrochés aux basses branches ou tombés sur le sol, au risque de s'étouffer. Il fallait aussi surveiller les couleuvres et les martinets coupables de téter les pis des bêtes jusque dans les étables, diminuant d'autant leur production de lait.

La corvée achevée, le *bourri* chargé des lourdes cannes emplies du précieux breuvage, ils rebroussaient chemin vers la ferme, déchargeaient les bidons, les rangeaient avant de se caler l'estomac avec une soupe de légumes, une tartine beurrée accompagnée d'un peu de jambon, d'une tranche de lard, voire d'un œuf sur le plat. Il fallait bien cela pour patienter jusqu'au repas de midi permettant d'affronter vaillamment le reste de la journée. Il ne fallut pas longtemps à Nicolas pour comprendre que les paysans étaient tout ce qu'on voulait sauf des fainéants !

Marie-Rose, sa mère et Nicolas n'étaient pas seuls pour s'occuper de l'exploitation. Léon, le *goujart*, un gamin de quatorze ans, assurait les tâches les plus diverses et souvent les plus ingrates. C'était lui qui nettoyait la soue, l'étable, l'écurie, surveillait les vaches, participait à la préparation des labours et du potager, à l'émondage des haies, au ramassage du bois pour l'hiver, à l'élagage des arbres, aux fenaisons, aux récoltes de blé, d'orge, d'avoine, de betteraves et de rutabagas. Chaque soir, l'ouvrage fini, il rentrait dans la maison de sa mère, située à cent mètres de la ferme, pour y retrouver ses deux petites sœurs. Le père était mort, tué durant la bataille de la Somme.

Justin, un journalier d'une quarantaine d'années, célibataire endurci, prêtait main-forte lorsqu'un ouvrage supplémentaire le nécessitait. C'est dire que pour Marguerite, les bras de Nicolas survenaient à point, et elle espérait secrètement que le jeune homme se plairait assez chez elle pour y revenir si son expérience parisienne se soldait par un échec. Sinon, elle se rendrait à l'évidence, et vendrait un domaine devenu ingérable pour une femme seule.

Elle observait donc, attendrie, le manège amoureux de sa fille et du Mosellan. Il était moins âgé qu'elle, vingt ans, disait-il, mûri par l'adversité, et en même temps fragile. Chaque nuit ou presque, elle l'entendait gémir dans son sommeil, crier quelquefois, grommeler, parler, appeler : « Rudolf ! Non ! Attention ! Otto, ne fais pas ça ! Ils arrivent ! Feu ! Johann !... Oh ! là, là !... Quel con, ce Helmut !... Ils ont tous brûlé vifs, ils sont tous morts !... Du sang, regarde, il y a du sang partout !... *Herr Wachtmeister*, nous n'avons plus de liaison, nous sommes complètement paumés ! »

Chaque nuit encore, elle entendait sa Marie trottiner pieds nus dans le couloir, ouvrir la porte de Nicolas, la refermer doucement. Elle se demandait alors ce qu'ils fabriquaient tous les deux. Elle le consolait, sans doute, le rassurait avec des mots de femme, d'amoureuse, de mère. Il se réveillait, enfouissait sa tête entre ses seins, se laissait protéger, becquetait ses lèvres. Faisaient-ils autre chose ? Marguerite était inquiète. Rien pour l'instant ne laissait supposer qu'ils se marieraient un jour. Ils partageaient, semblait-il, une passion, mais durerait-elle ? Il était apparu subitement, poussé par le hasard de la guerre, il pouvait repartir de la même façon, à n'importe quel moment, sans crier gare, après avoir dévasté le cœur de sa fille. Mais Marguerite craignait surtout de retrouver Marie-Rose enceinte et abandonnée. Elle serait alors une fille mère comme tant d'autres, après avoir mis au monde ce qu'on appelait ici un « poussin de haie », un enfant sans père.

Lorsqu'elle y pensait, elle rejetait cette idée avec force. Marie était majeure, vaccinée. Plusieurs prétendants avaient tourné autour d'elle, elle les avait découragés. Depuis qu'elle avait travaillé à Paris, elle n'envisageait plus de convoler avec un paysan, non par rejet de la campagne mais parce qu'elle avait pris goût aux paillettes de la ville et rêvait de s'y installer un jour, au grand dam de Justin qui lui avait déclaré sa flamme à plusieurs reprises.

Depuis l'arrivée de Nicolas, Marguerite avait remarqué que le comportement du journalier avait changé. Ce qu'elle ignorait, c'est qu'il avait repéré le manège amoureux des jeunes gens : bien que ceux-ci demeurassent prudents en sa présence, échanges de sourires et pressions de mains ne lui avaient point échappé. On lui avait présenté Nicolas comme un grand ami de son ancien patron venu passer quelque temps au Sap, sa maison ayant été détruite à Rouen lors d'un bombardement. Une blague ! Justin s'était empressé d'en savoir davantage en questionnant le *goujart*.

— Dis donc, Léon, tu sais qui c'est vraiment, toi, ce Nicolas Fischer ?

— Ben, c'est Nicolas Fischer, pardi !

— Il est là depuis quand ?

— Pas longtemps.

— J'm'en doute. J'ai fait les moissons avec vous, et il était pas là. Alors, il est arrivé après ?

— Ben oui.

— Quand ?

— J'sais pas.

— Tu sais pas ? Tu bosses ici depuis un an et tu sais pas ? Tu me racontes des sornettes ou quoi ? Tu me mentirais, à moi ?

— Madame Marguerite, elle m'a dit de rien dire à personne.

— Je ne suis pas personne, je travaille dans cette ferme six mois de l'année. Je suis comme qui dirait un peu de la famille. Tu peux bien me dire ce que tu sais, ça restera entre nous.

— La patronne, elle a dit que si je parlais, elle me foutrait à la porte. Et pour me faire taire, elle m'a offert une nouvelle blaude et des sabots neufs.

— Eh ben ! dis donc, ça doit être un sacré secret que tu détiens là ! Allez, dis-le-moi, j'te jure que je dirai rien à personne. Et si tu me le dis, moi aussi, je te ferai un beau cadeau !

— Quoi ? D'accord, si tu me refiles la même chose que la patronne, en plus beau ! Ça m'en ferait deux de chaque…

— Voilà !

— Tope là ! Si tu mens, t'iras en enfer !

Ils avaient scellé leur accord en se claquant dans les mains.

— Eh ben ! le Nicolas, il est arrivé pour la première fois avec un autre, ça va faire bientôt quinze jours. J'étais avec la Marie à rentrer les cochons. Ils se sont arrêtés près de nous, et ils ont dit qu'ils avaient faim et qu'ils voulaient manger chaud. Ils étaient en uniforme et ils causaient allemand entre eux…

— Tu veux dire que c'étaient des fridolins ?

— Tout juste. Nicolas nous parlait français, il disait qu'il était français mais il avait des habits de boche.

— Ça, pour une nouvelle, c'est une nouvelle ! Nicolas est boche, il a déserté et il se planque ici !

— Tu diras rien, hein ? s'était inquiété le *goujart*.

— Promis, juré. Cochon qui s'en dédit !

— Ma blaude et mes sabots, je les aurai quand ?

— Plus tard, quand j'aurai touché mon écot, mais t'auras qu'une blaude. Tu mérites pas les sabots parce que t'as pas eu confiance en moi.

— T'as pas le droit, tu tiens pas ta parole ! T'es qu'une grosse truie !

— Ah ! oui ? Tu vas voir comment que j'me chauffe ! Attends que je t'attrape !

Justin s'était mis à lui cavaler après mais le petit était vif, agile, et il avait bien vite semé son poursuivant tout en braillant par-dessus son épaule :

— Si tu me frappes, j'cafte tout à madame Marguerite !

On en était restés là.

Au café, à la pharmacie, dans tous les commerces, dans les rues du Sap, partout on palabrait. La guerre tenait le centre des conversations. La chasse aux collabos, aux fuyards allemands se multipliait. La résistance s'affichait au grand jour. Dans la région comme ailleurs, on rasait gratis les dames et demoiselles ayant accordé leurs faveurs à l'occupant. La radio n'émettant qu'à certaines heures, on l'écoutait quand on pouvait pour avoir des nouvelles du front. On épluchait au besoin les journaux locaux ne subissant plus la censure. On plaignait avec force la Normandie martyrisée, ses villes rasées, détruites, les milliers de civils tués, et on remerciait le ciel que la bataille de Normandie se soit arrêtée à quelques kilomètres du Sap. Certains avaient entendu parler du village d'Oradour-sur-Glane où, en juin 1944, toute la population avait été massacrée par la Waffen SS. Parmi les bourreaux, on comptait des Alsaciens-Lorrains ayant pactisé avec le diable... et la rage montait contre ces traîtres à leur patrie.

Marguerite se rendait régulièrement au bourg pour y faire des emplettes indispensables à la bonne marche de la ferme et proposer au marché ses œufs et ses légumes. Des villageois avaient aperçu dans les pâturages Marie-Rose en compagnie de Nicolas. Des questions fusaient : « Tiens, vous avez du monde chez vous ? Un jeune homme. On dirait que la Marie-Rose, elle n'est pas insensible à ses beaux yeux ? Il n'est pas du pays ? Qu'est-ce qu'il fait comme métier ? Quand est-ce qu'il viendra faire un tour dans le village ? »

Placide, elle répondait à toutes les questions. Evasivement. Il s'agissait d'un ami de feu son époux. Ils s'étaient connus à Rouen. Les courses hippiques, vous comprenez. Sa maison avait été détruite dans un bombardement. Il donnait un coup de main à l'exploitation, le temps de se retourner. Marie-Rose entichée du jeune homme ? Ça, fallait lui demander. Quant à Nicolas – il s'appelait Nicolas – s'il désirait passer au bourg un jour, ça ne dépendait que de lui. Mais il n'y avait rien de moins sûr, car il envisageait de partir bientôt travailler à Paris dans la coiffure, son métier.

La situation était devenue intenable. L'automne était arrivé. Dans les vergers, dès la mi-septembre, Léon avait commencé à ramasser les pommes tombées des arbres. Il les distribuait ensuite aux oies et aux porcs qui en raffolaient. Un dimanche d'octobre, Marguerite rameuta sept gamins du village pour l'aider à récolter les précieux fruits. Elle aurait bien embauché quelques journaliers supplémentaires pour lui prêter main-forte mais, après réflexion, elle y avait renoncé. Ils risquaient de se montrer trop curieux auprès de Nicolas. De surcroît, en ces temps difficiles, elle aurait eu des difficultés à les payer. Qu'à cela ne tienne : aujourd'hui, on s'occuperait des herbages où croissaient de nombreux pommiers ; les jours suivants on s'attaquerait au verger où des dizaines d'arbres soigneusement alignés croulaient sous leur charge de fruits.

Après avoir dispensé aux enfants présents des conseils de prudence, Marguerite divisa le personnel en quatre équipes de trois. Justin, Marie-Rose, Marguerite et Léon commandaient les manœuvres. Tout naturellement, Nicolas se glissa dans l'équipe de la jeune fille, puisqu'il débutait dans les travaux de la ferme. Quant à Léon, il rayonnait de bonheur en gouvernant deux autres gamins chargés de grands paniers oblongs destinés à recueillir les fruits que l'on ferait tomber des arbres. Armé d'une longue gaule en frêne, il secouait les branches basses avec vigueur en braillant : « Gare à vos têtes de pioches ! » Les autres riaient, s'écartaient avant de se ruer pour ramasser les pommes, car un concours tacite s'était engagé, à savoir lequel remplirait le plus vite son panier avant d'aller le vider dans de grandes *pouques*, ces sacs de jute, célèbres en Normandie, utilisés pour ramasser le blé, les pommes et bien d'autres choses encore. Lorsque quatre paniers avaient été versés dans une *pouque*, on liait celle-ci avec une ficelle. Secondée par Justin, Marguerite les pèserait ensuite à la fin de la journée, vérifiant ainsi qu'elles contenaient bien deux rasières [1] de fruits.

Mais le triomphe de Léon fut total quand, ayant secoué les branches basses, muni d'un *requêt* [2], il alla se jucher tout près de la cime d'un arbre afin d'atteindre les pommes inaccessibles. En bas, ses camarades l'observaient avec admiration et envie, et les yeux du *goujart* riaient en contemplant le soleil.

Car du soleil, il y en avait ce jour-là. Un ciel bleu de carte postale offrait une lumière dorée et chaude qui galvanisait les âmes. Tous semblaient heureux ou presque, les enfants parce qu'ils s'amusaient, tout en sachant qu'ils recevraient quelques pièces en récompense, Léon parce qu'il paradait devant eux, Marie-Rose et Nicolas parce qu'ils étaient ensemble, Marguerite parce que sa fille resplendissait.

Seul Justin affichait une mine funèbre. Entre deux coups de gaule dans les branches, il épiait les tourtereaux, enrageait en surprenant les frôlements de deux mains convoitant une caresse.

---

1. Une rasière : un demi-hectolitre, soit 27 kilos.
2. Petite gaule de 2 à 3 mètres.

Qu'est-ce qu'elle peut bien lui trouver ? songeait-il. Il est pas mieux que moi. C'est une honte ! Ils se moquent du monde ! Si les gens savaient que c'est un sale boche, tout de même !

Un mois auparavant, pour la énième fois, il avait proposé à Marie-Rose de l'épouser. Elle avait ri avec gentillesse. Elle ne lui avait pas dit que son modeste salaire de journalier ne suffirait pas à les prévenir de la misère ; elle ne lui avait pas dit qu'il avait la démarche basse, les épaules fuyantes, les biceps trop noueux, le visage incroyablement étroit ; elle ne lui avait pas dit qu'il ne correspondait pas à son idéal masculin ; elle ne lui avait pas dit qu'il fréquentait un peu trop les bistrots du village et qu'il ne se lavait pas assez souvent ; elle ne lui avait pas dit qu'elle détestait par-dessus tout sa casquette grise éternellement vissée sur son crâne dégarni. Elle lui avait simplement menti, par humanité, en lui déclarant qu'elle repartirait bientôt pour Paris rejoindre un soupirant à qui elle était promise.

Un soupirant ! La garce ! Il l'avait surprise à plusieurs reprises dans les bras du fritz ! Un fritz qui parlait rudement bien le français, ça, on ne pouvait pas le nier. Un fritz en tout cas qui ne perdait rien pour attendre, crénom de Diou !

La colère étouffait Justin. Il se racla la gorge, expédia un crachat au loin, secoua plus fort les branches pour épuiser les forces qui grondaient en lui.

21

A la mi-novembre, les pommes étant rentrées et les plus gros travaux de l'automne achevés, Marie-Rose et Nicolas pensèrent à leur départ pour Paris. Encore fallait-il prévenir Marguerite. Ils se décidèrent à lui en parler un soir, à l'heure du souper, alors que, maussade, elle n'avait cessé de pester contre la vie exorbitante, les sempiternels tickets de rationnement, le manque de matières indispensables au bon fonctionnement de son exploitation, et surtout l'absence de sucre et de café.

Ils sirotaient un café justement, un café d'orge, une purge qui faisait cruellement regretter le vrai mais dont on se consolait ensuite en se versant une rasade de calvados dans la tasse encore chaude.

— Tout ça sera bientôt fini, dit Marie-Rose, tout va rentrer dans l'ordre. Les Allemands reculent partout. La Belgique est libérée.

— Et j'ai entendu à la radio que Metz, Mulhouse et Strasbourg le sont aussi, compléta Nicolas.

Il jeta un regard gêné à Justin et Léon qui dînaient avec eux ce soir-là, avant de poursuivre :

— A ce propos, la situation en France s'améliore, alors, Rose-Marie et moi, on a pensé qu'il était temps qu'on aille à Paris. On partira demain. Rose-Marie voudrait vérifier si ses patrons ont rouvert la Providence, et moi je vais chercher du boulot.

La figure de Justin virant au gris n'échappa point aux autres convives. Il repoussa sa chaise d'un geste brusque, se leva ; son regard évitait de croiser celui des autres.

— Bon, c'est pas tout ça, mais faut qu'j'y alle ! Demain, j'commence chez la mè' L'Evêque. Elle a besoin d'mé tant que son homme s'ra point de retour d'Allemagne. Vous partez pour quelle heure ?

— Vers dix heures, dit Nicolas.

— Alors, j'vous r'verrai pas, j's'rai en plein ouvrage. Allez, bon voyage et salut la compagnie !

Il arrêta de tourner sa casquette entre ses doigts aux ongles sales, la vissa sur sa tête, quitta la pièce d'un pas nerveux et claqua la porte derrière lui.

— Eh bé ! commenta Marguerite. Il serait de méchante humeur que ça ne m'étonnerait point !

— Il est amoureux de moi, ronronna Marie-Rose.

Nicolas nicha sa joue contre l'épaule de la jeune fille.

— Tu sais, tant que tes soupirants seront aussi beaux que lui, je ne serai pas jaloux !

— Taratata, j'en ai eu d'autres, et bien plus charmeurs ! Mais je n'en ai pas voulu parce que je t'attendais !

Ils éclatèrent de rire, échangèrent un baiser léger sous les regards envieux de la mère et du *goujart*.

Ils sont vraiment amoureux, se consola Marguerite. J'espère qu'il ne leur arrivera rien de fâcheux. Le front était loin, la chasse aux sorcières diminuait, les contrôles d'identité dans la région s'espaçaient.

— Ce soir, le ciel est dégagé, dit Nicolas. Avec un peu de chance, on aura du beau temps pour la route demain.

Nicolas avait raison. Un soleil pâle luttait vaillamment pour chasser les dernières brumes matinales. La journée serait agréable, propice à un long et éreintant voyage à vélo.

Marguerite avait rempli les sacoches des porte-bagages avec des habits de rechange, un nécessaire de toilette et suffisamment de provisions de bouche pour nourrir les jeunes gens jusqu'à Paris. Ainsi, outre les éternelles pommes à couteau, ils emmèneraient avec eux une salade de pommes de terre, du jambon et un gros pâté de campagne fait maison. Du pain, sorti du four le matin même, et une demi-livre de beurre accompagnaient ces royales offrandes ; les sacoches étant insuffisantes pour les contenir toutes, on avait fixé un grand sac sur chaque porte-bagages.

Une vive discussion s'engagea ensuite, alors qu'ils s'apprêtaient à enfourcher leurs vélos, Nicolas voulant emporter avec lui le 7,65 de l'adjudant Schmidt.

— On n'en a pas besoin, protesta Marie-Rose avec une pointe d'inquiétude.

— Paris, ce n'est pas la porte à côté, répondit Nicolas, on va aussi voyager de nuit. En ce moment, les routes ne sont pas sûres, il faut se méfier et se défendre d'éventuels pillards.

— Ce qu'il dit n'est pas faux, approuva Marguerite, vous partez quand même à l'aventure !

— Et si on était fouillés à un barrage, insista Marie-Rose, qu'est-ce qu'on dirait ?

Nicolas haussa les épaules.

— Il y a peu de chances que ça arrive. Je vais le planquer au fond du sac, sous la nourriture. Personne n'aura l'idée d'aller le chercher là. Voilà, c'est fait. Maintenant, vous m'excuserez une minute, mais j'ai une urgence : il faut que j'aille perdre un peu de poids avant de prendre la route !

Un moment plus tard, après avoir fait leurs adieux à Marguerite, ils s'éloignèrent en direction du carrefour de Monnai. Le Sap était derrière eux à présent. Ils roulaient côte à côte, à une allure modérée, le vélo de Nicolas peinant à lutter avec celui de Marie-Rose, plus récent et surtout mieux chaussé.

Brusquement, des cris résonnèrent derrière eux.

— Halte, les mains en l'air !

Ils ralentirent, se retournèrent. Couchés sur leur bicyclette, revolver au poing, deux gendarmes approchaient à vive allure. Les jeunes gens s'immobilisèrent sur le bas-côté, une main brandie au-dessus d'eux, l'autre tenant le guidon.

— Aïe, aïe, gémit Nicolas, je suis cuit !

Les gendarmes mirent pied à terre. Le plus malingre, un brigadier-chef, pointa un doigt sur la poitrine du Mosellan.

— Vous êtes fait, on vous a vu en uniforme vert-de-gris.

— Pardon ?

— Ne faites pas le malin, nous savons que vous êtes allemand !

— Mais c'est faux, je suis français comme vous. Qui vous a raconté un truc pareil ?

— Ça ne vous regarde pas. Georges, fouille-le et inspecte ses bagages !

— Les bagages de mademoiselle aussi ?

— Evidemment, elle peut être complice !

Le gendarme palpa le corps de Nicolas puis éparpilla sur le talus voisin le contenu des sacoches et des sacs à provisions.

— Rien de suspect.

— Vos papiers ! tonna le brigadier-chef apparemment déçu.

— Je les ai perdus pendant un bombardement.

— A qui voulez-vous faire croire ça ?

— C'est pourtant la vérité.

— Vous nous prenez pour des ânes ?

— Je ne me le permettrais pas.

— Bon, ramassez vos affaires et suivez-nous, on va vous remettre entre les mains de la Résistance. Eux sauront vous interroger et vous faire parler.

Il se tourna vers Marie-Rose.

— Et vous, mademoiselle Leroy, comment pouvez-vous fricoter avec un boche ?

La jeune fille haussa des sourcils indignés.

— Je me demande qui vous a raconté de pareilles sornettes ! Monsieur Fischer est un ami de la famille.

Si ç'avait été un boche, vous pensez bien qu'on ne l'aurait pas reçu chez nous !

— On va éclaircir tout ça. On le ramène au Sap. Vous, vous rentrez chez vous. On saura où vous trouver en cas de besoin.

— Je vous assure que vous commettez une erreur !

— Vous le saurez très vite, conclut le deuxième gendarme qui enfourcha son vélo tout en continuant de surveiller le présumé coupable.

Profitant que les représentants de l'ordre se désintéressaient d'elle, Marie-Rose adressa un clin d'œil de connivence à Nicolas. Celui-ci lui répondit par un discret battement de cils tout en se demandant par quel miraculeux tour de passe-passe le revolver avait disparu, et une vague de tendresse le submergea tandis qu'il rebroussait chemin vers Le Sap, encadré par les gendarmes.

Marie-Rose les regarda s'éloigner avant de se décider à les suivre de loin. Parvenus au village, ils se dirigèrent vers une grande maison où officiait une cellule de la résistance. Marie-Rose vit une lourde grille en fer forgé noir se refermer derrière eux. Elle resta là, assise en équilibre sur la selle de son vélo, un pied incrusté sur le trottoir, dans l'espoir d'une remise en liberté immédiate. Après une longue attente, elle se décida à rentrer chez elle.

De retour à la ferme, elle aperçut, dans la cour, Marguerite distribuant de la nourriture à la volaille. Elle cala sa bicyclette contre le puits et s'approcha d'elle.

— Nicolas a été arrêté ! dit-elle.

Marguerite ne parut pas surprise.

— Je pensais qu'ils t'avaient arrêtée aussi !

Marie-Rose dévisagea sa mère avec étonnement.

— Tu étais au courant ?

Madame Leroy secoua devant elle son vaste tablier pour en chasser les dernières graines.

— Eh ! oui, vous étiez à peine sur la route que la maréchaussée a débarqué. Si vous étiez partis à dix heures comme c'était prévu, ils vous auraient cueillis ici.

— Mais comment ils ont su, pour Nicolas ?

— Il a été dénoncé.

— Par qui ? Il n'a jamais mis les pieds au bourg !

— Justement, c'est facile à deviner ! gronda Marguerite d'une voix funèbre.

— Justin ? Tu veux dire que c'est Justin ? Mais il n'a aucune preuve !

— Ça, c'est ce qu'on croyait. Il a pu tirer les vers du nez à Léon. Le gamin a vu ton amoureux en uniforme de la Wehrmacht.

Marie-Rose secoua la tête, niant l'évidence.

— Pourquoi il aurait fait ça ?

— Parce qu'il est fou de toi, grande bique, et parce qu'il est bête et méchant !

— Bête et méchant, c'est vite dit. Il pense peut-être vraiment que Nicolas est allemand.

— Allemand, pas allemand, reconnais que dans son cas, la frontière est bien mince.

Tout en devisant, elles étaient entrées dans la ferme. Elles refermèrent la porte derrière elles, puis Marie-Rose éclata en sanglots avant de se jeter dans les bras de sa mère.

22

Avant de franchir les marches de pierre du perron conduisant au local de la Résistance, Nicolas fut interpellé par un détenu agrippé des deux mains à la grille d'un soupirail ouvrant sur la cave.

— Tu entres ici, t'es pas près d'en ressortir ! Tous des enfoirés !

Le jeune homme frissonna.

— Qui est-ce ? demanda-t-il aux gendarmes.

— Un collabo, un salaud qui bradait la France aux fridolins !

— Moi, je ne suis pas collabo !

— Tu es boche, c'est pire !

Nicolas haussa des épaules résignées et prit le parti de se taire.

On l'introduisit dans une grande pièce du rez-de-chaussée où deux résistants à peine plus âgés que lui, l'un assis dans un fauteuil, l'autre penché au-dessus de lui, étudiaient des cartes d'état-major éparpillées sur un vaste bureau.

— De quoi s'agit-il ? lança celui qui était assis.

Le brigadier-chef résuma l'objet de leur visite. Leur prisonnier était soupçonné d'avoir été repéré en uniforme au Sap quelques semaines auparavant, avant de trouver refuge dans la ferme de madame Leroy. Ils l'avaient capturé après dénonciation, alors qu'il fuyait en direction de Flers en compagnie de mademoiselle Leroy.

Pendant que le gendarme parlait, Nicolas observait furtivement les résistants. L'homme siégeant dans le fauteuil, le plus gradé sans doute, si tant est qu'il eût un grade, était blond, râblé, posé ; l'autre, un grand rouquin nonchalant, au nez camard, aux lèvres épaisses, avait calé ses fesses sur un coin du bureau.

— Messieurs, je vous remercie de votre collaboration, conclut le blond quand le brigadier-chef eut achevé son exposé, vous pouvez disposer, on va l'interroger.

Les pandores partis, il leva les yeux vers Nicolas.

— Alors, dit-il, tu es allemand et tu t'es déguisé en civil pour nous couillonner ?

— Non, monsieur, je suis français et je me demande bien ce que vous me voulez.

Le blond parut surpris. Il pivota vers son copain.

— Dis donc, il est poli, il m'appelle monsieur et, on ne peut pas dire, il parle bien français !

Il fixa à nouveau Nicolas.

— Où as-tu appris notre langue ?

— En France.

— Et qu'est-ce que tu viens faire au Sap ? T'es pas du coin.

— Oh ! c'est une longue histoire.

— Eh bien ! raconte, l'encouragea le rouquin en décochant un grand coup de brodequin agacé dans le bois du bureau, on a tout notre temps !

Les mains croisées devant ses cuisses dans une attitude soumise, Nicolas réfléchissait à toute allure. S'ils ne me croient pas, je suis cuit, songeait-il. Il commença alors à mentir d'une voix claire, posée, qui le surprit lui-même. Tout en expliquant son cas, il lui semblait que c'était quelqu'un d'autre que lui qui parlait, et qu'il était là en simple spectateur.

— Eh bien ! voilà, je m'intéresse aux courses de chevaux. A Rouen, où j'habitais, j'ai rencontré monsieur Leroy qui était entraîneur et jockey de trotteurs. On a sympathisé, on s'est revus à plusieurs reprises. Il aurait aimé avoir un fils comme moi, et il m'a dit que si je passais un jour par Le Sap, il se ferait un plaisir de me recevoir et de me présenter à sa famille. Ensuite, on s'est perdus de vue parce qu'il était malade et qu'il était revenu par ici. Et puis, peu de temps après, un bombardement a rasé l'immeuble où j'habitais et le salon de coiffure où je travaillais.

— Tu es coiffeur ?

— Oui.

— Et tes papiers ?

— Avec mon portefeuille, dans les décombres. Quand les sirènes ont annoncé les forteresses volantes, j'ai fait comme tout le monde, j'ai couru aux abris, et quand j'ai voulu retourner chez moi tout le quartier était en ruine.

Le blond s'extirpa de son fauteuil pour arpenter pensivement la pièce avant de s'immobiliser devant Nicolas.

— Et tu t'es retrouvé ici ?

— Ben oui. A Rouen je n'avais plus rien, plus de logis, plus de boulot ; ma tante, chez qui j'habitais, est morte dans le bombardement, alors je me suis souvenu de la gentillesse de monsieur Leroy.

— Et voilà, c'est lumineux ! Tu es français comme moi et tu n'as pas eu de chance.

Nicolas baissa les yeux. Il sentait l'ironie dans les propos de son interlocuteur.

— Réponds quand je te parle !

— Je ne peux rien dire d'autre, c'est la vérité.

Un doigt pointé vers le plafond, le rouquin quitta brusquement son perchoir.

— Moi, je sais ce qu'on va faire !

Il se dirigea vers son collègue, lui souffla quelques mots à l'oreille.

— C'est une bonne idée, convint le blond en souriant.

Il regarda Nicolas.

— Toi, tu vas nous suivre. On va te passer les menottes. Ne le prends pas mal, même si tout le monde te mate dans la rue !

Un instant plus tard, encadré par les FFI, Nicolas se retrouva sur le trottoir. Les gens se retournaient sur son passage. Certains le dévisageaient avec curiosité, d'autres, l'assimilant à un ennemi de la France, le fixaient avec mépris ou crachaient à ses pieds. Ils arrivèrent sur la place du village, s'engouffrèrent dans le bureau de tabac. Le rouquin engagea une conversation à voix basse avec le buraliste pendant que le blond, accoudé au comptoir, surveillait le prisonnier. L'homme hochait la tête en écoutant son interlocuteur. Un sourire découvrait des dents mal alignées, jaunies par la nicotine. Il s'approcha de Nicolas.

— *Von wo kommen Sie her*[1] *?* demanda-t-il brusquement.

Nicolas écarquilla les yeux.

— Je regrette, monsieur, mais je ne comprends pas ce que vous dites.

Un pli de contrariété trancha le front du buraliste. Il regarda les résistants, haussa les épaules en signe d'impuissance.

— Je suis désolé, dit-il. Ou il est malin et il n'a pas mordu à l'hameçon, ou il est français comme vous et moi, et dans ce cas vous vous fourvoyez complètement.

Il jeta un dernier regard à Nicolas.

— Il faut reconnaître qu'il n'a pas du tout l'accent allemand.

Les FFI se dévisagèrent d'un air perplexe.

— Je serais vous, suggéra le buraliste, j'emmènerais votre protégé à Gacé, voir votre chef de réseau. Il l'interrogera à son tour et prendra une décision.

— C'est une idée, admit le blond. On va louer un taxi et suivre votre conseil – en espérant que notre chef est bien là-bas, parce qu'avec ces foutues coupures de téléphone on n'est plus sûrs de rien !

1. « D'où venez-vous ? »

Une demi-heure plus tard, une voiture à gazogène conduisait les trois hommes vers Gacé.

L'automobile stoppa devant une maison en pierre d'un étage, encerclée par un grand jardin. En y entrant, Nicolas comprit qu'il se trouvait vraiment dans le quartier général de la Résistance locale. Plusieurs quidams déambulaient d'une pièce à l'autre et, derrière les cloisons, les conversations allaient bon train.

Nicolas et ses cerbères furent rapidement introduits dans le bureau du chef, qui les invita à s'asseoir devant lui.

Le rouquin résuma les raisons de l'arrestation de Nicolas ainsi que ses réponses à leur interrogatoire. Tout en l'écoutant, l'homme ne quittait pas Nicolas du regard. Un regard attentif, dénué d'hostilité.

— Eh bien ! nous allons étudier tout cela, dit-il d'une voix presque bienveillante quand son subordonné eut achevé son rapport. Otez-lui les menottes, il ne va pas s'envoler ! Comment vous appelez-vous ?

— Nicolas Fischer.

— Fischer ? Comment vous écrivez ça ?

— F, I, S, C, H, E, R.

— Lieu de naissance ?

— Ottange, en Moselle.

— La Moselle ? Vous êtes lorrain ?

— Oui.

— Donc, vous étiez bien dans l'armée allemande ? Les Alsaciens et les Mosellans ont été enrôlés dans la Wehrmacht !

Nicolas s'efforça de masquer son trouble.

— Pas moi. Quand mes parents sont morts, il y a dix ans, je suis venu vivre à Rouen chez ma tante, la sœur de ma mère.

— Et votre tante, elle habite où ? On va essayer de la joindre pour vérifier vos dires.

Nicolas baissa une figure accablée.

— Ça m'étonnerait.

— Pourquoi ?

— Je l'ai dit à ces messieurs, elle a été tuée pendant le bombardement qui m'a amené ici.

Le chef de réseau étala des mains boudinées sur le rebord de son bureau, cala son dos sur le dossier de son fauteuil. Trahi par un rayon de soleil se glissant par la fenêtre, son crâne chauve luisait comme une boule de billard.

— Tout cela est bien mince. Pas de papiers, personne pour confirmer ce que vous nous racontez. Un témoin vous a vu habillé en vert-de-gris...

— Il ment. Je ne sais pas qui c'est, mais il ment ou il se trompe. Je vous jure que je suis français !

Un sourire de soulagement chassa soudain l'anxiété du visage de Nicolas.

— Mais j'y pense, j'ai peut-être une preuve de ce que je vous dis !

— Laquelle ?

— Dans ma poche de veste. J'ai une photo de moi quand j'avais dix ans. Je faisais partie de la société de gymnastique d'Ottange. Je suis photographié avec d'autres enfants mais on me reconnaît bien, et surtout on voit nettement la salle de gym d'Ottange derrière nous.

— Montrez-nous ça.

Nicolas fouilla dans sa poche, en exhuma une photo jaunie par le temps, la tendit à son interlocuteur.

Celui-ci l'examina attentivement. Une dizaine de gosses accompagnés d'un moniteur, vêtus de shorts et de maillots de corps, formaient une pyramide humaine, bombant le torse en fixant l'objectif de l'appareil. Sur la façade de la salle située derrière eux, on lisait « Ottange ». Enfin, perché tout en haut de la pyramide, l'un des enfants ressemblait trait pour trait au jeune homme assis devant lui.

Il rendit la photo à son propriétaire avec un sourire avant de se tourner vers ses subordonnés.

— Votre prisonnier est libre. Il n'y a aucun doute, il n'est pas plus allemand que vous. Cette photo est suffisamment parlante. Et, ajouta-t-il en laissant filer un petit rire moqueur, il parle français mieux que vous !

Il s'extirpa de son fauteuil avec difficulté. C'était un homme de taille moyenne, bedonnant, aux yeux intelligents. Il roula vers Nicolas, lui serra la main.

— Excusez-nous pour cette erreur, mais nous nous devons d'être vigilants. L'ennemi est encore infiltré partout, et la guerre est loin d'être finie. Vous êtes victime d'une accusation fantaisiste ou d'une erreur de personne. Je vais vous donner un papier pour le maire du Sap afin qu'il vous délivre une carte d'identité provisoire. Ensuite, quand tout ira mieux, vous régulariserez votre situation. Je vous souhaite bonne chance.

23

Quand Nicolas revint à la ferme, rongées par l'inquiétude, les deux femmes l'attendaient dans la salle à manger. Elles lui sautèrent au cou tandis que Dick, sa queue noire balayant l'espace, tournait autour d'eux en jappant afin de participer à la fête.

— Qu'est-ce que tu nous as fait peur ! s'écria Marie-Rose en l'étreignant de toutes ses forces. Alors, qu'est-ce qu'ils t'ont dit ? Es-tu définitivement libre ?

Ils s'installèrent autour de la table de chêne puis, devant du cidre pétillant dans les moques, il leur résuma sa folle journée avant de conclure :

— Dès demain, j'irai à la mairie chercher des papiers d'identité provisoires, et je pourrai enfin circuler sans risques.

Il se pencha vers Marie-Rose qui, la tête nichée sur son épaule, l'observait avec tendresse.

— Au fait, où est passé mon 7,65 ? Il n'était pas dans le sac à provisions quand les gendarmes l'ont fouillé.

La jeune fille s'écarta un peu de lui pour mieux lui sourire.

— Je l'ai caché dans la huche à pain au moment de notre départ, quand tu t'es absenté pour aller aux toilettes.

— Heureusement qu'elle vous l'a pris, commenta Marguerite. S'ils l'avaient trouvé, vous ne seriez pas là pour nous en causer !

Nicolas déposa un baiser sur la joue de Marie-Rose.

— Elle est formidable, dit-il, je lui dois la vie !

— La vie, c'est beaucoup dire, rectifia la jeune fille, mais je t'ai sûrement évité la prison, et peut-être pire encore. Demain, j'irai enterrer le revolver dans un coin perdu. Tu n'en as plus besoin.

Nicolas acquiesça du chef avant de poser la question qui lui brûlait les lèvres depuis un moment.

— A votre avis, qui a pu me dénoncer ?

— Devinez ? dit Marguerite.

— Justin ?

— Eh ! oui.

— Pourtant, il ne m'a vu qu'en civil !

— Oui, mais pas Léon. Il était avec Marie quand vous êtes venu la première fois à la ferme avec votre adjudant. Il vous a vu en uniforme allemand. Je lui avais dit de n'en parler à personne, mais le petit m'a avoué que Justin lui avait tiré les vers du nez en lui promettant des cadeaux qu'il ne lui a d'ailleurs jamais donnés.

Nicolas serra les poings.

— Le salaud ! Tout ça parce qu'il est amoureux de Rose-Marie !

La jeune fille hocha négativement la tête.

— Pas seulement. Tu oublies que nous sommes en guerre, et qu'il y a peu de temps tu servais dans la Wehrmacht. Alors oui, il est sûrement jaloux, mais il joue aussi son rôle de citoyen en te dénonçant. En ce moment, on est en pleine épuration. Tout le monde chasse tout le monde : les traîtres, les collabos, les miliciens, les profiteurs, les boches planqués un peu partout, les pillards.

— Donc, il a toutes les qualités ! persifla Nicolas. En me dénonçant, je vous signale qu'il risquait de vous nuire aussi en faisant de vous les complices d'un Allemand !

Marguerite haussa les épaules, porta sa moque à ses lèvres et siffla une large rasade de cidre.

— Ne prenez pas la mouche, Nicolas, dit-elle. Nous savons que vous êtes français et victime de la cruauté et de l'imbécillité de la guerre. Demain, j'irai voir Justin. Ça me coûte parce qu'on manque de bras dans les fermes, mais je lui dirai que je ne veux plus le voir ici. Il s'est mal comporté, il aurait dû nous en parler avant.

— Je ne prends pas la mouche, madame Marguerite, et je vous remercie de tout cœur pour toutes vos bontés.

Il contempla rêveusement les solives du plafond, puis Marie-Rose, avant de poursuivre :

— Vous savez, je connais bien les Allemands, c'est un peuple fier, ils vont se battre jusqu'au bout. Les SS sont fanatisés, aussi fous que leur Führer. La guerre va durer encore, et je ne suis pas près de pouvoir retourner en Lorraine pour régulariser ma situation. Et puis notre aventure d'aujourd'hui m'a échaudé. Alors, si vous voulez bien, tant que les hostilités ne seront pas terminées, je peux rester ici pour vous aider.

Il eut un rire amer.

— Je ne connais pas grand-chose aux travaux des champs, mais j'apprends vite !

La figure de Marguerite s'éclaira. Elle se pencha au-dessus de la table, la main tendue vers Nicolas.

— Topez là, jeune homme, c'est entendu !

Puis, regardant sa fille qui souriait aux anges :

— Et Marie, je ne vous l'ai jamais demandé et à elle non plus, mais quelles sont vos intentions à son égard ?

Nicolas tressaillit. Marie-Rose le dévisageait, anxieuse.

— Si vous n'y voyez pas d'inconvénient, et si elle est d'accord, j'aimerais la demander en mariage quand tout sera fini et que je serai redevenu un citoyen comme les autres.

— C'est bien vrai ?

— Si je vous le dis.

Marguerite adressa un clin d'œil à sa fille.

— Et toi, qu'en penses-tu ?

Marie-Rose se tortilla sur sa chaise.

— Je pense que je suis d'accord !

Et elle se jeta au cou de Nicolas.

La mère se leva.

— Alors tout est bien, mes enfants, et demain est un autre jour.

Elle se dirigea vers la fenêtre, écarta légèrement les rideaux que l'on continuait de maintenir fermés, bien que les Allemands fussent partis.

— Il pleut à torrents, dit-elle, un véritable déluge. Ça dure depuis des semaines, et je me demande si ça s'arrêtera un jour. Bon, je vais me coucher. Ne veillez pas trop tard. Bonne nuit.

Elle embrassa « ses enfants », quitta la pièce. Ils l'entendirent aller et venir un moment dans sa chambre. De l'eau coula dans une cuvette, la porte d'une armoire se referma en grinçant, les ressorts d'un sommier protestèrent en accueillant leur hôte, puis il n'y eut plus rien qu'un léger ronflement.

Blottis l'un contre l'autre, les jeunes gens demeuraient silencieux. Elle lui avait timidement demandé :

« Alors, tu m'aimes vraiment ?

— Je t'ai aimée dès que je t'ai vue, mais je n'osais pas te le dire avant d'en être bien sûr.

— Moi aussi je t'aime, et je te promets d'être une bonne épouse. »

Puis ils s'étaient tus, trop occupés à s'embrasser, se mignoter, se prodiguer des caresses qui, avec le temps, devenaient de plus en plus hardies. Depuis bientôt deux mois et demi, ils dormaient dans des chambres voisines. Elle accourait parfois au milieu de la nuit se pelotonner contre lui pour le protéger de ses nombreux cauchemars. Il lui avait fait de timides avances. Elle les avait repoussées, se contentant de la tendresse de ses baisers, même si tout son corps désirait davantage. Il était de passage. Il pouvait l'engrosser et la quitter à tout moment, la laissant avec un marmot sans père.

Ce soir, Marie-Rose était sûre de l'amour de Nicolas. Onze heures s'égrenèrent à l'horloge normande. La jeune fille se leva puis, saisissant son fiancé par la main, elle l'entraîna dans le corridor conduisant aux chambres. Elle passa devant celle de sa mère, la sienne, s'arrêta devant celle de Nicolas. Elle poussa la porte puis la referma doucement derrière eux.

— Reste où tu es, et surtout, n'allume pas ! murmura-t-elle.

Il obéit, écouta son sang cogner contre ses tempes. Il la devinait, se dévêtant avant de se couler dans les draps.

— Tu peux venir.

Il la rejoignit à tâtons, se déshabilla à son tour, se glissa près d'elle. Elle l'enlaça. Elle était nue, vibrante. Il enfouit sa bouche contre son oreille.

— Je peux ?

— Chut, moins fort, ma mère… ! Oui, je t'aime. Mais promets-moi de faire attention ?

— Je te le jure !

Marguerite se retourna dans son lit. Elle entendait des chuchotements légers, un sommier soupira. Il doit encore faire des cauchemars de la guerre, songea-t-elle. Et elle se rendormit.

Dans la chambre voisine, il se passait bien d'autres choses. Mais l'histoire de Marie-Rose et de Nicolas ne nous précise pas lesquelles.

Durant les semaines qui suivirent, sa carte d'identité provisoire en poche, Nicolas s'adapta à sa nouvelle vie. En cette fin d'automne, les travaux de la ferme tournaient au ralenti. Un temps calamiteux continuait de régner, alourdissant les soucis d'une population qui endurait toujours les contraintes de la guerre.

Conscient que la meilleure façon de se faire accepter était de se montrer, Nicolas se rendait régulièrement au village. Il y achetait souvent le journal, complément indispensable à une radio ne reprenant que peu à peu le cours de ses émissions. Fort des nouvelles que ces deux sources d'informations lui apportaient, il commentait avec les femmes de la maison la pénurie de vêtements chauds, de gaz, d'électricité, comptabilisait le nombre de fermetures d'entreprises travaillant hier pour les forces d'occupation, regrettait l'absence de liaisons postales et téléphoniques avec certaines régions, l'état désastreux des lignes ferroviaires, s'inquiétait, en Normandie, des rivières et ruisseaux transformés en torrents, de l'arrivée de hordes de rats nécessitant un vaccin contre la fièvre typhoïde dans certaines agglomérations.

Fin novembre, la Seine subit une nouvelle crue avant de revenir à son état normal quelques jours plus tard. Au Sap comme ailleurs, les pieds dans l'eau et dans la boue, les paysans besognaient dur et, malgré une liberté nouvelle, ils se sentaient pris en otages par la sévérité du temps, la rudesse des restrictions, l'absence de chevaux, de prisonniers et de déportés qui auraient été bien utiles pour leur permettre de retrouver leur lustre d'antan.

Ils n'avaient pourtant pas trop à se plaindre. Les bombardements les avaient épargnés, et ils comptaient moins qu'ailleurs en Normandie des colonnes de sans-abri.

On était surtout en milieu rural, et on souffrait moins de la faim et du froid que dans les villes. A Noël, la France grelotta. En janvier et février, le thermomètre chuta à moins vingt degrés en Normandie et à moins trente en Lorraine et dans les deux Savoie. Suite au blocage des trafics routier et ferroviaire par le verglas, viande, farine et lait se faisaient désirer. Les vols de boulets de charbon, dénoncés par la presse, se multipliaient dans tout l'Hexagone. A un conflit interminable s'ajoutaient, impitoyables, les caprices du temps.

A la ferme, on attendait, résignés, que l'hiver s'achève. Grâce au bois récupéré dans les haies et dans les branches mortes des arbres, on parvenait à alimenter la cheminée dans la salle à manger, mais dans les chambres, les températures avoisinaient les deux à trois degrés. Quant à la nourriture, on l'économisait. On ne manquait cependant ni de lait, ni de beurre, ni de fromage, le cochon continuait d'offrir sa chair, et on avait même sacrifié un dindon pour fêter Noël, comme il se doit.

Mi-janvier, le redoux entraîna des chutes de neige sur toute la France, suivies d'une nouvelle vague de froid. Nicolas et les Leroy apprirent, atterrés, qu'un grave accident de chemin de fer dû au gel avait fait cent vingt morts et près de deux cents blessés à Saint-Valery-en-Caux. A la même époque, ils écoutèrent, retransmis par la voie des ondes, un discours du général de Gaulle s'adressant aux Français. Après avoir souligné que l'offensive allemande dans les Ardennes était jugulée, et qu'en Extrême-Orient les Japonais subissaient défaite sur défaite, il évoquait les terribles maux endurés par ses compatriotes.

« En ce moment, disait-il, la rigueur de l'hiver ajoute à nos difficultés. Le peuple français, surtout dans les grandes villes, souffre cruellement du froid et ne reçoit en général qu'une nourriture à peine suffisante. D'innombrables demeures sont absolument sans feu. Dans presque tous les ateliers, bureaux, magasins, il faut travailler sans chauffage. Les hôpitaux, les pouponnières, les écoles ne reçoivent que de maigres allocations de combustibles. Les rations alimentaires sont très étroitement calculées ; leur distribution subit des à-coups et des retards. Il n'y a de lait qu'à peine ce qu'il faut aux tout petits enfants et aux malades. Le gaz, le courant électrique sont distribués avec parcimonie. En outre, un grand nombre de nos entreprises ne peuvent encore travailler ou ne le font qu'au ralenti. Notre agriculture, bien qu'elle se trouve dans une situation relativement meilleure, ne dispose cependant pas des engrais et de l'outillage qui lui permettraient de prendre l'essor dont elle est capable. Nos villes, nos villages dévastés parviennent à déblayer leurs ruines, mais manquent de tout ce qu'il faudrait pour commencer leur reconstruction. »

Puis, après avoir insisté sur tout le travail effectué en quatre mois, il dressait un tableau évoquant ce que « une secousse telle que celle d'une vague de froid suffit à altérer un équilibre malaisé ».

Et de conclure : « Au total, cependant, c'est l'effort, c'est la peine de chaque homme, de chaque femme, de chaque enfant de France qui sont et demeureront à la base du triomphe dans la guerre et du redressement national. Il n'y a pas un travail accompli, une douleur acceptée, un sacrifice subi qui ne contribuent au salut et à la grandeur de la patrie, tout comme la blessure et la souffrance du soldat. »

Au Sap, ce discours fut bien reçu, et chacun eut à cœur de retrousser ses manches pour redresser la France. Nicolas plus que tout autre. Un poids terrible pesait sur ses épaules. Mosellan, il devait composer, mentir même, pour éviter d'être arrêté. Des gens qu'il jugeait extraordinaires – les Leroy, les Delaporte – l'avaient accueilli dans sa vérité. Il savait que la plupart des autres ne supporteraient pas qu'il ait porté les armes de la Wehrmacht, même s'il y avait été contraint. Parmi ceux qui l'auraient volontiers voué aux gémonies s'agglutinaient les héros de la dernière minute, les résistants de juillet, d'autres qui avaient mauvaise conscience, qui s'étaient conduits en pleutres, en collabos durant toute l'Occupation, qui, adeptes du marché noir et des combinaisons louches, clamaient aujourd'hui leur éternelle vertu. Ils fanfaronnaient d'autant plus qu'ils n'avaient rien fait auparavant. Des revolvers, des fusils fleurissaient dans des mains irresponsables, alors que la vraie Résistance, celle des maquis, des sabotages, avait eu le plus grand mal à se procurer des armes durant les années noires.

Tous, bons ou mauvais, réclamaient une épuration sans faille. Celle-ci ne toucherait de toute façon que les petits coupables, les autres ayant pris la poudre d'escampette ou s'étant offert, à grand renfort d'argent sale, une nouvelle virginité.

Durant ces mois terribles, Nicolas demeura donc prudent. Soucieux de remercier sa bienfaitrice, il travaillait sans répit, démontrant que les gens de la ville sont aussi courageux que les paysans et que, les premières courbatures oubliées, ils sont aussi costauds. En même temps, il pensait sans cesse à sa famille, se demandait s'il lui serait possible de lui écrire un jour pour lui expliquer qu'il était toujours vivant et surtout savoir ce que ses proches étaient devenus.

C'est ainsi qu'il utilisait ses maigres loisirs à éplucher les informations pour suivre l'évolution des combats sur le terrain. Dans la deuxième quinzaine de novembre, il apprit avec soulagement la libération de Metz, Belfort, Mulhouse, Strasbourg et Saint-Dié. Une terrible émotion l'étreignit quand la presse déclara que la Lorraine libérée réclamait vingt-cinq mille chevaux et près de trente mille vaches pour assurer la reprise de son agriculture, les Allemands ayant pillé tout le cheptel.

Mi-décembre, la puissante contre-offensive allemande dans les Ardennes le terrassa. Les nouvelles qu'il guettait étaient évasives, sinon contradictoires. L'ennemi était à Bastogne et lançait, le 22 décembre, une offensive en direction de Strasbourg. La Moselle étant toute proche, Nicolas brûlait d'inquiétude. Ses parents se trouvaient à nouveau près des lieux des combats. Renaissant de ses cendres, Hitler continuait de terroriser la France.

Marie-Rose et madame Leroy partageaient son angoisse. Il évitait cependant de leur avouer qu'il tremblait également pour Johann, Otto, Erich Schmidt et bien d'autres. De simples hommes qui se demandaient ce qu'ils fichaient dans cette guerre absurde et qui, par les hasards d'un destin aberrant, étaient devenus des camarades – pour certains de véritables amis. J'espère qu'ils sont passés entre les mailles du filet et qu'ils sont de retour chez eux, se disait-il souvent. Puis la raison s'imposait : sans doute étaient-ils de nouveau appelés à combattre, Hitler ayant proclamé à son peuple qu'il ne se rendrait jamais. La mort dans l'âme, Nicolas imaginait le Führer toujours aussi friand de sang et de chair à canon.

Les dessins de Johann, emplis de ténèbres et de lumière, peuplaient souvent ses cauchemars. Il voyait le petit soldat tendre ses mains vers les étoiles en murmurant le prénom de sa dulcinée. Il se réveillait à chaque fois, brisé, des larmes plein les yeux.

Une main effleurait alors sa joue, son épaule, une voix murmurait :

— Ce n'est rien, je suis là. Calme-toi. C'est fini. Je t'aime.

Fin janvier, Nicolas commença à respirer un peu en apprenant le repli général des Allemands dans les Ardennes et l'offensive de la 1re armée française dans la poche de Colmar. Cela ne dura pas longtemps. Une vilaine grippe le terrassa pendant plusieurs jours. Au médecin accouru le soigner à la ferme, il confia qu'il avait été enrôlé de force dans la Wehrmacht et qu'il avait déserté. Celui-ci lui jura de n'en rien dire à personne, et lui promit de lui apporter lors de sa prochaine visite un exemplaire de *Mein Kampf*, écrit en allemand, qu'un des officiers logeant chez lui avait oublié en partant.

Les jours s'écoulaient, engrangeant les défaites de l'Axe. Nicolas pensa alors que le temps était venu d'écrire à ses parents pour leur dire qu'il était toujours vivant et qu'il pensait beaucoup à eux. Il ignorait si la lettre parviendrait à destination. Mais enfin, on ne doit pas renoncer sous prétexte que l'on peut échouer.

24

« Le Sap, 31 janvier 1945

« Chers parents,

« Cela fait plusieurs mois que je brûlais de vous écrire pour vous annoncer que tout va bien pour moi, mais je ne le fais que maintenant parce que je me disais qu'avec les événements, vous risquiez de ne jamais recevoir ma lettre.

« Je me demande d'ailleurs si elle vous parviendra un jour, avec les problèmes de communications qu'on a en ce moment, et surtout parce que vous vous trouvez encore aux premières loges d'une guerre qui n'en finit pas.

« En ce qui me concerne, je vous rassure donc. Depuis quatre mois, je travaille dans une ferme du Sap, en Normandie, où vous pourrez m'écrire si vous recevez ce courrier. J'ai perdu mes papiers durant un bombardement, mais le maire du Sap m'en a donné des provisoires et je régulariserai ma situation quand les hostilités seront terminées, car ce n'est pas facile de se déplacer en ce moment.

« Rose-Marie, la fille de la patronne, est amoureuse de moi, et je crois bien que je l'aime aussi. On pense se marier un jour, mais pour l'instant il faut attendre la fin de la guerre.

« Dès que je le pourrai, je viendrai à Ottange. Vous me manquez beaucoup et je pense beaucoup à vous.

« Et vous, comment traversez-vous toutes ces épreuves ? Etes-vous en bonne santé ? La maison est-elle encore debout ? J'ai vu tant de villes martyrisées où il n'y avait plus que les églises qui n'étaient pas en ruine que je suis très inquiet pour vous.

« J'espère que vous avez toujours un toit sur votre tête et que vous ne souffrez pas trop des restrictions. Moi, à ce niveau-là, j'ai plus de chance que vous. Dans une ferme, on est au moins certain d'avoir quelque chose dans son assiette tous les jours que Dieu fait.

« J'ai hâte de vous revoir. Ecrivez-moi à l'adresse ci-dessous pour me rassurer. J'ai besoin de savoir ce que vous êtes devenus.

« A très bientôt, j'espère, à Ottange.

« Votre fils aimant et respectueux,

« Nicolas. »

Nicolas reposa sa plume. Il relut sa lettre à plusieurs reprises, traquant les fautes d'orthographe éventuelles, glissant sur les répétitions sans les voir, s'il y en avait, car à l'école primaire il était loin d'être le phénix de sa classe en rédaction. Il se demandait surtout si ses parents comprendraient qu'il avait déserté et qu'il évitait d'évoquer la Wehrmacht au cas où son courrier serait intercepté par des gens malintentionnés. Il était d'autant plus prudent qu'il avait ajouté l'adresse des Leroy en bas de page afin que ses parents puissent lui donner signe de vie.

Il s'attarda sur la formule de politesse finale : « votre fils aimant et respectueux ». Il aurait préféré terminer par « Je vous embrasse de tout cœur ». Il se souvenait de sa mère lui serrant la main sur le quai de la gare, le jour de son départ. Pudeur, indifférence ? Aujourd'hui encore, il s'interrogeait. Il se demanda si son père avait été heureux avec elle. Puis il se leva, s'étira. Marie-Rose l'attendait à la laiterie où il devrait actionner la baratte mobile à manivelle afin de faire le beurre.

Le printemps survint sans qu'on y eût pris garde, tant l'attention se focalisait sur les difficultés de la vie quotidienne et l'évolution du conflit. Bien des faits nouveaux et variés avaient retenu l'attention de Nicolas : le rétablissement du courant électrique toute la journée, l'augmentation du prix des timbres-poste, passant à deux francs, l'effrayant bombardement américain sur la ville de Dresde entraînant deux cent cinquante mille morts, le 6 mars, l'offensive alliée sur le front est avec les Américains entrant à Cologne. Désormais la guerre était en Allemagne et surtout, signe annonciateur d'un mieux-être pour sa région natale, les mines houillères de Lorraine étaient remises en service. En mars toujours, les Français virent les premiers convois de prisonniers libérés débarquer à Paris avant de regagner leurs provinces et, en fin de mois, avec un bonheur sans mélange, ils apprirent que le gouvernement allemand avait quitté Berlin.

Début avril, les fumeurs oublièrent que la 1re armée avait traversé le Rhin et que les pendules avaient avancé d'une heure pour s'insurger contre l'augmentation du prix des tabacs : dix-huit francs le paquet de gris, vingt-cinq le paquet de bleu, vingt le paquet de Gitanes, quinze les Gauloises, soixante-quinze les Balto, quatre-vingt-cinq les Week-End !

Mais ce qui marqua le plus Nicolas fut la macabre découverte des camps de Buchenwald et de Dachau, confirmant les allégations des soldats soviétiques qui, dès janvier 1945, avaient dénoncé l'existence du sinistre camp de la mort d'Auschwitz.

Ainsi, la folie de Hitler se révélait au grand jour et avec une horreur, voire une honte rétrospective, les Français prenaient soudain conscience de la signification de l'étoile jaune et des rafles de Juifs qu'ils avaient connues et sur lesquelles, impuissants, ils avaient pris le parti de fermer les yeux.

Dans cette période de fièvre, Nicolas continuait de se promener dans le village. Sa silhouette était devenue familière. Il était comme tant d'autres, un Français en transit, balayé par les turpitudes de la guerre. Il avait égaré ses papiers, et alors ? Avec la pagaille ambiante, bien des malheureux avaient perdu leur toit et les premiers objets de nécessité, et pour un horsain, terme désignant l'étranger chez les Normands dès lors qu'on n'habitait pas dans la région, il était bien aimable et se fondait joliment dans le paysage. Et puis il formait un charmant couple avec la petite Leroy, car les jeunes gens ne masquaient guère l'irrésistible attirance qui les portait l'un vers l'autre.

Début mai, plusieurs prisonniers regagnèrent Le Sap et les villages environnants. Cela alimenta les conversations, soutenues par des éclats de rire ou des soupirs de commisération. Plusieurs d'entre eux, peu en vérité, ignoraient en effet que, bien qu'absents depuis près de cinq ans, ils étaient de nouveau une ou plusieurs fois pères. Des drames se nouèrent, des pardons s'échangèrent, certains prisonniers avouant qu'eux aussi avaient procréé de l'autre côté de la ligne Maginot.

Bref, le monde se remettait peu à peu en marche, composait avec les grèves, les revendications de salaires, les gouvernements instables, tout en mesurant, effaré, l'ampleur du désastre de cette Seconde Guerre mondiale toujours inachevée.

Si Paris et les grandes villes bouillonnaient, au Sap, en revanche, la vie se poursuivait, rude et placide. Les journées étaient bien remplies à la ferme des Leroy. Cela n'empêchait pas Marie-Rose et Nicolas de se promener dans le bourg et dans les environs, dès qu'une occasion se présentait. Dans un angle de la vaste place du Sap, le jeune Mosellan avait repéré un bistrot où, dans une salle à l'étage, on jouait au billard français.

Ils y allaient quelquefois. Nicolas provoquait alors tour à tour les autres joueurs. Assise sur une chaise, près d'une table où patientaient les boissons, Marie-Rose le regardait triompher car, affûté par des années d'entraînement régulier à Ottange, il battait la plupart de ses adversaires, condamnés ensuite à régler la tournée.

Un jour, ils y rencontrèrent Justin. Depuis que Marguerite l'avait congédié, ils n'avaient pas reparlé au journalier qu'ils avaient aperçu plusieurs fois de loin, évitant de le croiser. Cette fois, il était devant eux, son éternelle casquette vissée sur la tête, les bras ballants le long de son corps, ses yeux gris, cernés par des centaines de ridules, les fixant d'un air effaré.

— Eh bé ! dit-il finalement, v'là le boche et sa putain !

Nicolas se redressa d'un bond tandis que la jeune fille rougissait sous l'insulte. Autour d'eux, les queues de billard avaient interrompu leur ballet ; les joueurs suivaient la scène d'un air gêné. Nicolas marcha sur Justin et ils s'affrontèrent, prunelles contre prunelles, front contre front.

— Qu'est-ce que tu viens de dire ?

— Ce que j'ai dit !

— T'as des preuves ?

— Plein !

— Lesquelles ?

Nicolas détourna légèrement la tête pour respirer. L'autre baladait avec lui une haleine lourde, mélange de tabac froid, d'ail, de mauvais cidre et de calva.

— Quelqu'un t'a vu habillé en boche !

— Personne n'a rien vu du tout, intervint Marie-Rose en se faufilant entre les deux hommes pour les séparer, et tu le sais bien. Les gendarmes et les résistants ont interrogé Nicolas, et ils l'ont relâché parce qu'il n'y avait rien contre lui. Il avait été dénoncé par un malfaisant, et ce malfaisant, tu devines qui c'est ?

Elle promena son regard sur l'assistance, ses mains plaquées sur la poitrine de Justin et Nicolas pour les empêcher d'en venir aux coups et lança :

— Il a dit ça aux gendarmes parce qu'il est amoureux de moi, et que moi, je le suis de Nicolas !

— C'est la vérité, protesta Justin d'une voix aiguë, c'est votre *goujart* qui me l'a dit ! Il a même dit qu'il y avait un autre boche avec lui ! Un plus vieux !

Marie-Rose le défia du regard.

— C'est vrai qu'on a vu des Allemands en fuite passer à la maison, il y a six mois de ça. Des dizaines, comme tout le monde ici, et on a eu la trouille à chaque fois, mais il n'y en a eu aucun qui ressemblait à Nicolas. Et puis tu l'as écouté causer, Nicolas ? Il parle aussi bien le français que toi et moi.

Elle haussa les épaules.

— Enfin, si on peut dire...

Il y eut un long silence. Justin ressassait l'insulte. Nicolas enfonça le clou.

— Allez, laisse-nous. Avec tes mensonges, tu as fait assez de mal comme ça. Et que ça te fasse plaisir ou non, Rose-Marie et moi on attend la paix et on se mariera.

— Et on ne t'invitera pas à la noce, conclut la jeune fille en lui tournant le dos.

Justin chancela. S'il n'y avait eu que Nicolas, il lui aurait sauté dessus, lui aurait fendu la tête. Mais il y avait Marie-Rose et tous ces témoins autour qui auraient pris parti contre lui. Il s'efforça de canaliser la haine qui l'étouffait en serrant ses grosses mains l'une contre l'autre. Il courba l'échine, recula vers la sortie, promenant un regard décontenancé sur l'assistance.

— J'm'en vas, mais ce sont des fieffées menteries que vous dites là, et vous l'emporterez point en paradis !

Il s'effaça dans l'embrasure de la porte, disparut. Ses pas lourds résonnèrent dans l'escalier. Il trébucha, loupa une marche, jura, dévala avant de se rattraper à la rampe. Sa voix résonna une fois encore.

— J'me vengerai ! J'me vengerai !

Marie-Rose posa sa joue contre celle de Nicolas. Les joueurs les observaient, indécis. C'était quand même curieux, cette histoire. Bizarre. Il n'y a pas de fumée sans feu. Fridolin ou pas fridolin, le Nicolas ? Mystère. C'étaient peut-être aussi les simples mensonges d'un amoureux éconduit. C'est vrai qu'il n'était pas bien futé, le Justin. Mais quand même. De toute façon, on ne peut pas juger sans preuves. Et des preuves, pour l'heure, il n'y en avait point.

Ils reprirent leur partie, moins vigilants sur leur jeu que d'habitude. Le doute s'était installé, le ver était dans le fruit.

25

Pendant que ces événements se déroulaient, Nicolas poursuivait son apprentissage de paysan. Après le retard pris par les gelées et la neige, il avait émondé les haies, ramassé le bois, préparé les labours. L'élagage des pommiers fini, il avait participé à la plantation des pommes de terre et à la préparation du potager.

Fin avril, il apprit l'exécution de Mussolini et de plusieurs chefs fascistes par les patriotes italiens. Il enlaça Marie-Rose à cette nouvelle, et la fit valser sans musique au milieu de la salle à manger, sous les yeux attendris de Marguerite, tandis que la TSF continuait de déverser ses flots d'informations. Deux jours plus tard, il explosa de joie en apprenant le suicide de Hitler et d'Eva Braun, sa compagne épousée la veille, dans le bunker de la Chancellerie à Berlin. Cette fois, la guerre allait se terminer, ce n'était plus qu'une question de jours ou d'heures.

On arrivait au temps de la récolte des rutabagas qui, pendant cinq ans, avaient servi à nourrir les hommes, alors qu'ils étaient à l'origine réservés aux vaches et aux cochons, quand, ce 8 mai 1945, la nouvelle tomba sur les ondes et dans la presse : capitulation sans condition de l'Allemagne signée à 2 h 41, heure locale, dans l'école professionnelle de Reims par le chef de l'état-major de la Wehrmacht.

Il ne fallut pas longtemps pour que tous les habitants du Sap se retrouvent dans les rues, puis sur la place du village. Une sirène mugit au loin, les cloches des églises environnantes lui répondirent à tout rompre, drapeaux, cocardes, bouquets tricolores surgirent d'un peu partout, aux fenêtres des maisons, dans le cimetière, devant les édifices municipaux, à l'angle des carrefours. Un bonheur inexprimable, se traduisant par des hurlements, des rires, des chansons, se répandit comme un fleuve. Jeunes et vieux, se tenant par la main, couraient en longues chaînes haletantes et bruyantes. La fanfare municipale hâtivement réunie y alla de ses couplets, aussitôt accompagnés d'intempestifs coups de trompe. Quelques Jeep et des voitures de militaires alliés furent prises d'assaut par plusieurs demoiselles aux robes virevoltantes pour le plus grand bonheur des soldats qu'elles couvraient de baisers.

Les accordéons surgirent des maisons. La musique s'envola à tous les coins de rue. Des rires et des larmes de bonheur égayaient les visages. Marie-Rose et Nicolas s'étaient mêlés à la foule. Une joie pure éclaboussait les joues.

Et soudain, à quinze heures, tout ce qui bougeait, hormis les chiens, se statufia. Par des haut-parleurs dressés à la hâte dans les rues montait la voix du général de Gaulle : « La guerre est gagnée ! Voici la victoire ! C'est la victoire des Nations unies et c'est la victoire de la France. » Après avoir souligné « que le commandement français était présent et partie à l'acte de capitulation », le général « portait sa pensée et son amour, d'abord vers ceux qui avaient, pour le service de la patrie, tant combattu et tant souffert. Pas un effort de ses soldats, de ses marins, de ses aviateurs, pas un acte de courage ou d'abnégation de ses fils et de ses filles, pas une souffrance de ses hommes et de ses femmes prisonniers, pas un deuil, pas un sacrifice, pas une larme, n'auront été perdus ! ».

La foule écoutait religieusement l'une des plus grandes figures de la nation. Quand, après qu'il eut clamé les louanges des Alliés et de leurs vaillantes et héroïques armées, il termina son discours par un vibrant : « Ah ! Vive la France ! », tout Le Sap chancela. Puis une violente clameur s'éleva.

— Vive de Gaulle, vive la France !

Et les farandoles recommencèrent de plus belle, la liesse s'amplifia, atteignit des paroxysmes. La jeunesse organisa un bal public. Un trio de musiciens amateurs dressa son décor au centre de la place et bientôt, au son d'un accordéon, d'une batterie et d'un saxophone, accompagnés par une chanteuse, ils ouvrirent le bal avec un air à la mode patriotique et cocardier adapté à la situation, dont le refrain fut aussitôt repris en chœur par l'assistance enthousiaste.

— C'est une fleur de Paris

« Du vieux Paris qui sourit,

« Car c'est la fleur du retour, du retour des beaux jours.

« Pendant quatre ans dans nos cœurs,
« Elle a gardé ses couleurs,
« Bleu, blanc, rouge, avec l'espoir elle a fleuri,
« Fleur de Paris.

Le morceau ayant été applaudi comme il se doit, les robes des dames et des demoiselles s'envolèrent au son des airs à la mode. Valses lentes, slows, fox, biguines, rumbas, javas, swings, paso-doble, polkas, tangos, one-steps se succédèrent dans un rythme endiablé. « La Romance de Paris » de Charles Trenet, « Robin des Bois » de Francis Lopez et François Llenas, « De l'autre côté de la rue » de Michel Emer, « Le Bal défendu » de Vincent Scotto, « La Guitare à Chiquita » et « Ma belle au bois dormant » de Vandair et Bourtayre, « Ah ! le petit vin blanc » de Dréjac et Borel-Clerc, « Amor Amor » de Jacques Larue et Gabriel Ruiz enchaînaient leurs mélodies. Les danseurs, la plupart du temps, ignoraient les noms des créateurs mais posaient sans hésiter sur chaque chanson dont ils connaissaient souvent les paroles, le nom des interprètes, leurs idoles du moment : Trenet, Guétary, Piaf, Rossi...

Les heures fuyaient. La liesse semblait ne devoir jamais cesser. Avec la chaleur et l'effort, les jupes et les robes collaient aux hanches des jeunes filles, et l'émoi faisait vaciller les regards des garçons qui cherchaient à le dompter en dansant « La Polka des poussins », « La Romance de Paris », « Isabelita », « Je suis swing », « La Valse oubliée ». Retour au calme avec les slows et tangos : « Les fleurs sont des mots d'amour », « Jalousie », « La Paloma », « Cette nuit est à nous »...

Toute la place était illuminée. Les devantures des magasins étaient restées éclairées, les bistrots refusaient du monde, par les fenêtres des maisons grandes ouvertes, des grappes de gens observaient les danseurs et toute cette joie exubérante préfigurant des lendemains nouveaux.

Marie-Rose et Nicolas dansaient eux aussi. Pas toujours ensemble. Des mains venaient chaparder, bon enfant, cavaliers et cavalières ; d'autres, sans prévenir, entraînaient tout le monde dans des farandoles improvisées qui serpentaient sur la place et dans les rues avoisinantes. Des figures se rapprochaient, parfois étrangères, des lèvres se scellaient pour un baiser sitôt oublié. Au cours d'un changement de cavalier, Marie-Rose se retrouva dans les bras de Justin. Elle y resta quelques secondes, figée. Il la pressait contre lui, et il sembla à la jeune fille que les yeux gris du journalier luisaient comme des poignards. Ils n'échangèrent pas une parole.

Echappée de son étreinte, elle navigua entre les danseurs pour retrouver Nicolas. Elle le découvrit devant la pharmacie, pris en otage lui aussi par une charmante brunette qui, sans précautions oratoires particulières, lui déclarait tout de go qu'il était mignon et qu'il lui plaisait bien. Et, pour lui prouver la sincérité de ses propos, elle accompagna cet aveu par un baiser sur la bouche heureusement demeurée close de son cavalier, car Marie-Rose survenait à cet instant. Elle arracha Nicolas de son étreinte pour l'embarquer dans un charleston endiablé. Entre deux haltes pour reprendre son souffle, elle lui annonça qu'elle avait effectué quelques pas de danse avec Justin, et qu'elle avait été effrayée par son regard.

Nicolas fronça les sourcils, les traits soudain fermés.

— C'est un pauvre type, dit-il, mais c'est vrai qu'il vaut mieux se méfier. Il siffle beaucoup d'alcool, et il peut un jour péter les plombs.

Son regard dériva sur quelques quidams aux yeux vitreux, affalés sur les trottoirs ou adossés avec plus ou moins de bonheur contre les murs des maisons.

— Il commence à y avoir pas mal de viande saoule, conclut-il, je pense qu'il serait temps de rentrer.

Marie-Rose jeta un coup d'œil au cadran de l'horloge de la mairie qui surplombait la place.

— Tu crois vraiment que c'est la peine d'aller se coucher ? Il est plus de trois heures du matin et dans deux petites heures il faudra s'occuper de la première traite des vaches. Allez, on reste, et je t'invite à danser !

Elle lui pinça la hanche, se lova contre lui.

— A moins que tu ne préfères retrouver ta cavalière de tout à l'heure ?

Avec la capitulation de l'Allemagne et les beaux jours, tout parut plus simple chez les Leroy, même si les problèmes majeurs se posaient toujours avec la même acuité. On était enfin libres et le soleil se couchait plus tard.

Dès l'aube, Marie-Rose et Nicolas s'en allaient traire les vaches gavées d'herbe grasse. De retour à la laiterie, ils tamisaient le lait dans des terrines posées sur une table afin que la crème monte lentement à la surface.

Conseillé par Marie-Rose, Nicolas la retirait avec une écumoire pour la verser dans un vase en terre baptisé *serenne* par les Normands. Là, grâce à un orifice situé au fond du vase, on purgerait la crème. Une crème qui, deux à trois jours plus tard, quand on la jugerait à point, serait transvasée dans la baratte pour confectionner le beurre.

Nicolas appréciait ce rituel, à la fois simple et complexe, qui amenait à la réalisation de ce produit miraculeux, indispensable à l'ensoleillement des repas et des goûters, et qui avait si cruellement manqué durant les années noires, sauf pour les nantis qui pouvaient se le procurer à prix d'or. Et, bien que Marguerite s'entêtât à dire le contraire, il continuait à soutenir que, d'une façon générale, le milieu rural avait beaucoup moins souffert que les populations des villes qui manquaient de tout. Mieux, il avait été à la racine du marché noir, certains paysans n'hésitant pas à établir des réseaux avec des trafiquants, engrangeant ainsi de véritables fortunes. Pas mal d'entre eux, endormis sur des matelas bourrés de billets de banque, eurent un réveil difficile quand, en juin, René Pleven, le ministre des Finances, déclara qu'on allait remplacer les coupures de cinquante à cinq mille francs par des billets imprimés en Angleterre et en Amérique, et ce, à concurrence d'un maximum de six mille francs pour les déposants et de trois mille francs pour chaque membre d'une famille vivant sous le même toit. En conséquence, au-delà de ces sommes autorisées, l'argent liquide n'avait plus aucune valeur.

En apprenant cette nouvelle, Nicolas se frotta les mains. Mauvaise nuit pour tous ceux qui avaient profité des malheurs de la guerre. Il se demanda quelle allait être la réaction de Marguerite Leroy. Il fut vite rassuré. Elle ne s'affola pas. Elle ne disposait pas d'une lessiveuse bourrée de gros billets, comme on disait alors. Elle n'avait pas trafiqué, hormis juste ce qu'il fallait pour survivre, donnant le surplus à ses amis ou à sa famille. Elle n'avait pas besoin de soudoyer des gens autour d'elle pour qu'ils aillent, moyennant un pourcentage, changer quelques coupures à son profit.

Décidément, pensa Nicolas, il avait eu une chance folle de croiser les Leroy en un temps où il était convaincu que ses jours étaient comptés.

Puis ce fut la saison des fenaisons. Nicolas apprit alors à faucher l'herbe, à utiliser fourches et râteaux en bois pour travailler le foin et l'aider à sécher avant de le mettre en meules et de le ranger dans le fenil.

C'est là sans doute qu'il prit véritablement conscience de la rudesse extrême du métier de paysan. Pendant plusieurs jours, il eut le sentiment qu'il pouvait situer avec précision l'emplacement de chacune de ses vertèbres tant son dos le faisait souffrir. Marguerite avait embauché Georges, un journalier, un grand gars costaud, aimable et courageux, pour remplacer Justin et, avec Léon, ils étaient quatre à besogner sous un soleil venu d'ailleurs, qui cuisait les épaules et les joues.

Seule Marie-Rose ne participait pas à l'ouvrage. Elle avait bien trop à faire avec les bêtes et la préparation des repas pour les autres qui, lorsque arrivait l'heure de manger, se jetaient sur la nourriture comme des affamés !

C'est à cette époque-là que Nicolas commença vraiment à se ronger les sangs. Des Malgré-nous avaient été libérés et étaient rentrés chez eux. Malgré Oradour-sur-Glane, la majorité de la population, notamment dans les campagnes, ignorait encore que des Français d'Alsace et de Lorraine avaient été enrôlés contre leur gré dans la Wehrmacht. En apprenant cette nouvelle, certains restèrent perplexes. D'autres, parfois mieux informés, s'insurgèrent : « Contre leur gré, disaient-ils, mon cul, oui ! Et Oradour-sur-Glane ? Ils y étaient et ils ont été les premiers à massacrer tous les gens du village ! Tous des pourris, oui, on devrait les aligner contre un mur et les fusiller ! Et on n'en parlerait plus ! »

Ainsi, d'un cas extrême et isolé monté en épingle par les nécessités de l'histoire, on faisait une généralité, vouant aux gémonies les Alsaciens-Lorrains victimes du Grand Reich.

Nicolas analysait avec amertume l'amalgame qui était fait et enrageait à l'idée que, parmi ceux qui dénonçaient le rôle des Malgré-nous, les plus véhéments avaient trempé dans la collaboration et quelquefois fourni des volontaires à la Milice ou à la LVF.

— J'aurais dû déserter en 42, fulminait-il lorsqu'il se trouvait seul avec Marie-Rose, comme ça, mes parents auraient été exécutés ou emmenés dans un camp de concentration, et j'aurais été un bon Français !

Elle le consolait, le prenait dans ses bras.

— Calme-toi, laisse faire le temps, lui disait-elle. Les gens ont souffert, ils ont besoin de boucs émissaires. Tout ça va se calmer. Pour l'instant, il ne faut rien dire.

— Rien dire, mais jusqu'à quand ? J'étouffe. J'ai l'impression de ne plus exister. La guerre m'a volé ma dignité et mon identité !

— Tu les retrouveras. La boucherie est terminée. Les choses vont se remettre en place. Tu seras bientôt redevenu monsieur Tout le Monde.

Elle lui souriait, le serrait contre elle un peu plus encore, déposait un doux baiser sur le front blessé.

26

Il fallut attendre le début de l'année 1946 pour que Nicolas soit convoqué à Metz dans un centre de démobilisation des Malgré-nous. Il se souvint de son court séjour avec un esprit critique, mâtiné de soulagement. On lui donna un peu d'argent, quelques paquets de cigarettes, des papiers concernant son ordre de démobilisation et un titre de reconnaissance des Malgré-nous.

C'est là qu'il apprit que, comme lui, près de cent trente mille Alsaciens-Lorrains avaient été incorporés dans l'armée allemande. Beaucoup étaient morts, notamment sur le front de l'Est, d'autres avaient fui pour s'engager dans les formations de partisans ou de maquisards. Les chiffres des rescapés demeuraient flous. Il en revenait chaque jour. Le flot cependant s'amenuisait, et il paraissait évident que près de la moitié des engagés contre leur gré avaient payé un lourd et irréversible tribut du sang. Il apparaissait aussi que seule une infime minorité d'Alsaciens-Lorrains avait choisi de se reconnaître dans les délires du Grand Reich.

Etant en Lorraine, Nicolas en profita pour aller voir ses parents à Ottange. Il leur avait écrit pour les avertir de sa venue. Ils l'accueillirent en souriant avec leur réserve habituelle. Nicolas réfréna sa déception.

— En Normandie, les gens d'une même famille s'embrassent, dit-il en s'approchant d'eux.

Et il posa un baiser sur leurs joues étonnées.

Sa mère avait peu changé. Elle était simplement amaigrie, desséchée par les privations. Atteint de silicose, la maladie pulmonaire des mineurs, son père en revanche avait beaucoup décliné. Son corps, naguère puissant, avait fondu, et dans sa figure grise, seuls ses yeux vivaient intensément.

Ils évoquèrent les années de guerre en Moselle, l'Occupation, les privations matérielles mais surtout les pressions psychologiques et morales : la langue française et les prénoms français supprimés, l'allemand obligatoire enseigné à l'école, les livres, journaux, disques, films français disparus, les mesures draconiennes prises à l'encontre des jeunes gens refusant de répondre aux convocations d'enrôlement dans la Wehrmacht ou décidant de déserter. Les déserteurs appréhendés avaient été condamnés à mort. Des familles entières avaient été internées dans des camps ou des prisons. Les parents de son copain Louis avaient été emmenés dans le sinistre camp du Struthof, adossé aux contreforts vosgiens, et on ne les avait jamais revus. Enfin, dans une zone frontalière de trois kilomètres de profondeur, tout Malgré-nous en fuite était abattu sans sommation.

Une bonne nouvelle : son frère Jean-Pierre s'en était sorti, non sans avoir chopé la malaria en Yougoslavie. Il était parti du côté de Nancy pour chercher du travail et un logement, mais n'avait pas encore d'adresse précise.

De son côté, Nicolas leur résuma ses années passées dans la 24e DB. Il leur conta ses camarades de régiment, pas plus mauvais que d'autres, l'effrayante boucherie en Normandie, les destructions, l'incroyable périple de son Panther égaré en enfer, sa chance de rencontrer les Delaporte et les Leroy qui l'avaient sauvé.

Il leur avoua ses sentiments pour Marie-Rose et son intention de l'épouser.

— J'espère que vous viendrez à notre mariage, dit-il.

— Mon pauvre Nicolas, répondit sa mère, tu ne changeras donc jamais : tu vois bien que ton père ne peut pas se déplacer, dans son état. Et moi, il faut bien que je reste auprès de lui pour le soigner.

Il ne fut pas surpris. Il hocha simplement la tête.

— Bien sûr, je comprends. Je comprends bien.

Les mots le trahissaient. Il ne comprenait pas. L'amertume tordait ses entrailles. Sa mère avait peut-être raison. Son mari était au plus mal. Mais il y avait la manière pour lui dire cela. Elle était brusque. Froide. Il aurait aimé penser que c'était chez elle de la pudeur, de la réserve. Il lui fallait se rendre à l'évidence, c'était bien là de l'indifférence.

Affaissé dans un fauteuil, Bernard Fischer fixait son fils de son œil intense. Il souriait d'un air las, confus, comme s'il se sentait coupable d'être malade, coupable de ne pas aller à ses noces. Nicolas le revoyait s'affairant dans la mine, fier, commandant avec bonté aux hommes et au cheval dont il avait la charge.

Nicolas demeura deux jours à Ottange. La plupart de ses camarades d'école avaient déménagé ou étaient morts en Russie ou ailleurs. Il rayonna dans la ville, ne trouva plus ses repères. Il était dans une cité étrangère.

Il serra la main de sa mère, embrassa son père puis s'en alla vers la Normandie qui lui avait tant donné et où, là au moins, on l'attendait.

Avant de partir, sa mère s'abandonna à un peu d'affection.

— Pour votre mariage, on ne sait jamais... si ton père allait mieux, alors on verrait.

Lorsqu'il rentra au Sap, Marie-Rose guettait son retour avec impatience. Elle se jeta dans ses bras, l'embrassa avec tendresse, inquiétude aussi. Elle le sentait différent.

Il lui expliqua ce qui s'était passé. Le comportement de ses parents, si décalé par rapport à l'affection qu'il s'entêtait à leur porter. Ce n'était pas vraiment leur faute. Son père était un brave homme. Sa mère était comme elle était. On est comme on est. On naît comme on naît. On s'agite comme on peut, on s'efforce de garder la tête hors de l'eau. On s'efforce d'exister, de préférence en évitant d'esquinter autrui. Et puis, surgit l'inattendu : la guerre, les cauchemars la nuit, les tombereaux de défunts, les spectres qui viennent vous saluer, vous rappeler qu'ils vous ont aimé ou cordialement haï, le désespoir, le doux désir de disparaître pour ne plus avoir à souffrir. Et soudain, une grande force, un torrent de vitalité, la lumière du ciel qui vous réchauffe, les clins d'œil des étoiles, le sourire de Marie-Rose. Il avait vingt-deux ans, que diable, l'âge de tous les devenirs, de tous les projets ! Il le lui dit :

— Je t'aime, je veux t'épouser. Marguerite est formidable. Je lui dois beaucoup. Sans vous, je ne serais pas, je ne serais plus. Mais, s'il te plaît, accompagne-moi, je ne resterai pas au Sap toute ma vie. J'admire le métier de paysan mais j'ai besoin de bouger, de voir autre chose, de découvrir un monde sans batailles, sans guerre. Avec un CAP de coiffeur, je trouverai toujours du boulot, et toi aussi. On ira au cinéma, il n'y a pas de cinéma ici ; on ira au théâtre, on aura des gosses et on sera heureux. Au Sap, les gens sont gentils mais je serai toujours l'étranger, le boche. Le doute subsistera toujours.

Elle se souvint qu'il était arrivé sans crier gare avant que ne surgisse le crépuscule. Elle eut peur tout à coup qu'il disparaisse un matin sans prévenir. Elle craignait de n'être pas assez aimée. Elle avait tort mais elle l'ignorait. Elle posa des garde-fous dans l'espoir de le conserver.

— Quand nous serons mariés, je partirai avec toi, dit-elle.

Il reçut sa carte d'identité nationale par la poste en avril.

Un mois plus tard, il fut convoqué à la gendarmerie du Sap. Le brigadier-chef qui l'avait appréhendé sur son vélo, alors qu'il s'en allait à Paris avec Marie-Rose, lui tendit son livret militaire français muni d'un cachet rouge précisant que pour avoir servi plus de dix-huit mois dans l'armée allemande, il était dispensé de service militaire.

— Vous nous avez bien eus, l'autre fois, remarqua le pandore en souriant. Vous vous souvenez, vous nous aviez juré n'être pas passé par Le Sap en uniforme vert-de-gris ?

Nicolas sourit à son tour.

— Je n'avais pas menti, je n'étais pas en vert-de-gris. J'appartenais à une division panzer et je portais un uniforme noir.

Dès lors, le comportement de Nicolas changea. On lui avait rendu ses papiers, son livret militaire, et par là même sa dignité de Français. Il décida alors de lever les interrogations qui pesaient sur lui en déclarant qu'il était un Malgré-nous.

L'information courut dans le village. Les uns le plaignirent, d'autres le jugèrent comme un renégat, d'autres encore demeurèrent perplexes, ignorant ce qu'ils auraient fait dans une situation semblable à la sienne. La plupart, placides, la grande épuration ayant vécu, se disaient que si de Gaulle et le gouvernement lui rendaient sa nationalité, c'est qu'il n'avait rien commis d'irréparable. Il était facile de condamner alors qu'on avait laissé échapper des dizaines de milliers de gens, voire davantage, qui avaient sciemment servi les forces d'occupation. Et puis, si la petite Leroy, à ce qu'on disait, épousait Nicolas Fischer, c'est qu'il n'avait rien à se reprocher, parce que les Leroy, attention, ça c'était du linge propre !

Restaient les aigris, heureusement fort peu nombreux, les empêcheurs de vivre en paix, les humiliés comme Justin. Le journalier n'avait jamais digéré le refus hautain de la jeune fille de l'épouser, mais il n'avait surtout pas supporté d'être ridiculisé en public dans la salle de billard. Il savait bien, lui, qu'il ne se trompait pas. Nicolas était un boche, une merde de fridolin ! Même s'il était français ! Des excuses à coucher dehors. On est français ou on est boche ! Il était avec les boches, point final !

Il avait enfin des raisons à sa vengeance. Des preuves irréfutables. Nicolas lui-même reconnaissait qu'il avait servi dans la Wehrmacht !

Il trouva l'occasion de le rencontrer un mardi après-midi, jour de marché au Sap. Il savait que le jeune Lorrain tenait un éventaire avec son ancienne patronne. Encadré par deux copains de beuverie, il arriva sur la place, se faufila parmi la foule entre les étals où l'on proposait des vêtements, du cidre, du matériel agricole, des objets de quincaillerie, des poteries, des bibelots de toutes sortes, des bijoux en toc et autres colifichets, et déboucha dans le secteur des rayons d'alimentation cantonnés dans un coin du marché. Il y manquait encore beaucoup de tout, les restrictions et le marché noir n'ayant pas dit leur dernier mot, mais on y trouvait l'essentiel : laitages, fromages, beurre, volailles et œufs. Ce que vendait Marguerite Leroy, assistée de Nicolas.

Les trois énergumènes s'arrêtèrent devant eux. Marguerite tressaillit en voyant Justin.

— Qu'est-ce qui vous amène ici ? questionna-t-elle d'une voix rude.

— Rien qui vous intéresse, c'est lui que j'viens vouère !

— Qu'est-ce que tu me veux ?

— Te dire que t'es un sale traître, un lâche, une grosse crotte de fridolin et que tu l'emporteras point en paradis !

— Et qu'est-ce que tu comptes faire ? ironisa Nicolas tout en surveillant prudemment les gestes des trois hommes.

Justin jeta un œil furtif sur les passants. Il se pencha vers le Mosellan, lui balança son haleine fétide au visage.

— Rien à c't'heure, mais tu perds rien pour attendre. Le jour de tes épousailles, mes copains et moi, on viendra te descendre à coups de fusil quand tu monteras les marches de la mairie !

Nicolas sentit un froid intense figer ses membres. Il chercha la force de plaisanter.

— Rien que ça ?

— Rien que ça, mon gars ! conclut Justin en tournant les talons et en bousculant les gens qui se trouvaient sur son passage.

Nicolas les regarda s'éloigner, incapable de réagir.

Marguerite avait suivi la scène. Sa voix chaude résonna vers le jeune homme.

— Qu'est-ce qu'il vous voulait, au juste ?

— Pas grand-chose. Il veut seulement me descendre, avec l'aide de ses copains, le jour de mes noces avec votre fille.

Marguerite haussa les épaules.

— Ce sont des vantardises de poivrot. Il ne faut pas y prêter attention.

Les couleurs revenaient peu à peu sur les joues de Nicolas. Il leva les yeux vers un ciel bleu parsemé de charmants petits nuages blancs.

— C'est vite dit, on voit que ce n'est pas vous qui serez mise en joue, ce jour-là !

27

Fin juin, les fenaisons achevées, on publia les bans de mariage. L'affaire était entendue. La guerre n'ayant pas enrichi les Leroy, le modeste trousseau de Marie-Rose attendait un prétendant dans la belle armoire normande qui trônait dans sa chambre ; quant à Nicolas, il n'avait pour toute fortune que ses bras et sa liberté nouvelle.

Longtemps, Marguerite avait caressé l'espoir que le jeune Mosellan s'attacherait assez à la terre pour s'installer définitivement au Sap afin de s'occuper de l'exploitation familiale. Elle avait vite déchanté, les centres d'intérêt de son futur gendre se situant ailleurs. S'il appréciait la campagne et affirmait que les travaux des champs ne le rebutaient pas, il admettait aussi avec franchise qu'il préférait le changement, les surprises de la ville, et qu'il ne s'imaginait pas demeurer au même endroit une existence entière à contempler le cul des vaches. Il savait néanmoins qu'il regretterait la ferme. Il aimait les pluies torrentielles, le crachin, le soleil timide, imprévisible, parfois rayonnant, quelquefois ardent, la course des nuages et des oiseaux dans le ciel ; il s'attardait des heures à observer le blé lever dans les champs, les ballets amoureux des animaux de toutes espèces, s'émerveillait d'une façon générale des mœurs des bêtes, dites sauvages. Mais, plus que tout, il demeurait sans voix, le soir, quand, à l'heure où le jour se conjugue avec la nuit, s'élève l'exaltante, la prodigieuse symphonie du monde.

Il n'était pas conçu pour enfoncer ses pieds dans la glaise et mener une vie saine et plutôt monotone. Il était façonné pour le mouvement, l'échange, le déracinement. « Déracinement » est un terme qui, en vérité, lui seyait assez mal. Curieux de tout, il rêvait volontiers d'autrui, de paysages inconnus et, sans même le savoir, il se déplacerait tout simplement sans heurts, sans difficultés, emportant ses racines avec lui.

Certaines personnes attendent souvent très longtemps que les gens viennent vers elles. Lui, par nature, allait vers les autres. C'est en définitive ce qui l'avait sauvé. Il s'arrêterait sans doute un jour, construirait un havre où pousseraient des enfants, mais il désirait auparavant arpenter l'univers.

Ce qui importait à Marguerite, c'était que Nicolas rende sa fille heureuse. Or, de cela, elle était certaine. Il y avait une complicité entre eux, des regards tendres dénués de tout calcul. De surcroît, Marie-Rose ressemblait un peu à Nicolas. Très jeune, elle avait affirmé à ses parents qu'elle ne végéterait pas à la ferme. Munie d'un CAP de sténodactylo, elle s'était empressée de monter à Paris pour y chercher un emploi.

Ils étaient finalement faits l'un pour l'autre. Prudente, Marguerite avait cependant décidé de garder encore deux ans son exploitation agricole. Si Marie et Nicolas échouaient dans leur nouvelle vie, ils pourraient toujours retourner au Sap pour lui succéder. Passé ce délai, elle vendrait son bien pour s'acheter un petit commerce, beaucoup plus facile à gérer pour une femme seule.

Pour l'instant les dés étaient jetés, le mariage aurait lieu dans quelques jours.

A propos de mariage, même si elle n'en parlait pas, quelque chose préoccupait Marguerite. Justin menaçant Nicolas de mort le jour de ses noces lui revenait sans cesse en mémoire. Elle avait rassuré son gendre en lui affirmant que le journalier avait voulu lui faire peur, et qu'il s'agissait simplement d'une vilaine blague, mais elle n'en était pas si sûre. Elle connaissait bien les deux camarades de beuverie du journalier, réputés dans toute la région pour être des têtes brûlées. On les soupçonnait même d'avoir été pendant l'Occupation les auteurs de quelques visites impromptues dans des maisons abandonnées un peu trop vite lorsque résonnaient les sirènes annonçant de possibles bombardements. Ils avaient aussi été parmi les premiers à tondre les femmes accusées d'avoir offert leurs faveurs aux Allemands et à tracer des croix gammées sur leur front.

Par prudence encore, sans rien en dire à sa fille et à Nicolas, Marguerite décida d'aller porter plainte. Elle se rendit à la gendarmerie trois jours avant le mariage. A l'adjudant présent, elle rapporta l'altercation qui s'était produite au marché et les menaces de mort qui s'en étaient suivies. L'adjudant hochait la tête en silence, tout en notant l'identité de Justin et de ses acolytes supposés.

— Les noces ont lieu ce samedi à onze heures ?

— Oui.

— Et ils envisagent de tirer sur votre gendre lorsque vous gravirez les marches menant au perron de la mairie ?

— C'est ce qu'ils ont dit.

— Vous croyez vraiment qu'ils le feront ?

— J'espère bien que non, mais allez donc savoir, avec des ânes pareils. Je préfère prévenir.

— Bien, j'enverrai une escouade sur place.

— Oui, mais s'ils la voient, ils ne tireront pas et attendront peut-être une autre occasion, et on ne saura pas où et quand ça se produira.

— Ne vous inquiétez pas, je serai là et nous serons cachés. Nous n'interviendrons que si c'est nécessaire.

— Merci. J'espère seulement que ce n'était que des vantardises.

— Sait-on jamais ?

— Tout ça parce que mon futur gendre est un Malgré-nous. Comme si c'était sa faute !

L'adjudant se leva, se dirigea vers la porte de son bureau, signifiant ainsi que l'entretien était terminé. Il tapota l'épaule de Marguerite au moment où elle arrivait devant lui.

— Si tout se passe bien, je convoquerai les suspects ensuite pour leur signaler que j'étais au courant de leurs intentions, qu'on n'est pas au Far West et qu'ils doivent se tenir à carreau. Ça les calmera sans doute.

Marie-Rose et Nicolas ne virent pas s'écouler la semaine précédant le mariage. Avec l'argent gagné à la ferme, le jeune homme s'était fait confectionner un beau costume noir. Quant à Marie-Rose, elle épuisait son temps libre entre les mains d'une couturière revenant sans cesse sur le métier pour rendre parfaits la couronne et le voile destinés à mettre en valeur la ravissante robe de soie blanche qu'elle avait précédemment créée.

C'est que Marguerite désirait à tout prix que sa fille unique soit belle pour affronter la mairie et l'église, en ce jour solennel. Un seul regret, peut-être, bien vite balayé par les réalités de la vie : elle se demandait si Marie méritait de se marier en blanc, symbole de la virginité. Au Sap, des sourires entendus, pas médisants pour autant, se dessinaient sur les visages quand les villageois apprenaient que la petite Leroy allait se présenter en blanc devant le prêtre. Le fiancé et la jeune fille dormaient sous le même toit, c'est tout dire ! Mais après tout, les temps changent, et la guerre s'était chargée de bouleverser les habitudes et les mœurs !

Nicolas avait raconté à Marie-Rose l'anecdote du marché. Ils s'en étaient inquiétés ensemble, alarmés même, avant de conclure d'une même voix fataliste :

« On verra bien. Si ça arrive, c'est que c'était écrit, c'est que ça devait arriver.

— Roméo et Juliette, tu connais ? avait plaisanté Marie-Rose soudain rêveuse.

— Ça me dit quelque chose.

— Ils se sont aimés, malgré la haine qui séparait leurs familles, il y a très longtemps ; ils se sont mariés en secret et sont morts ensemble aussitôt après.

— Ce n'est pas très gai, tout ça !

— Non, mais c'est beau. Si on nous tuait, ça aurait de l'allure. On serait les Roméo et Juliette du Sap !

— On ne serait rien du tout. C'est moi que Justin a l'intention de tuer, pas toi. Et puis tu vois, après tout ce que j'ai pu connaître de désolation et de morts, je préférerais rester inconnu et vivant !

— Tu m'aimes ?

— Pourquoi cette question ?

— Pour savoir.

— Non.

— Alors, pourquoi veux-tu m'épouser ?

— Uniquement par intérêt, et puis parce qu'il faut bien faire des bêtises quand on est jeune !

— Méchant ! »

Ils s'étaient rués dans les bras l'un de l'autre pour s'étreindre, se rassurer, se baisoter, rejeter au loin leur peur de se perdre.

Il avait été prévu que les jeunes mariés resteraient au Sap pour assurer les moissons. Ils s'en iraient ensuite, début septembre, à Lisieux où un poste de garçon coiffeur attendait Nicolas. Une fois sur place, Marie-Rose chercherait à son tour un emploi. Lisieux, c'était la

Normandie, Le Sap n'en était pas très éloigné, et ils pourraient revenir souvent voir Marguerite à la ferme. Celle-ci n'avait pas parlé à Marie-Rose et Nicolas de son intervention auprès de la gendarmerie. Elle se contentait de minimiser les propos de Justin et d'affirmer qu'il ne se passerait rien de fâcheux.

— Des bêtises de bredin, disait-elle. Il serait bien incapable de tuer une mouche, il risquerait de la rater !

Nicolas n'en était pas moins anxieux. La mort pour lui était aberrante, et elle frappait aveuglément. Dans ce cas précis, aucune hypothèse n'était à exclure. Il saurait très vite quel sort lui était destiné.

Un joli soleil gambadait dans le ciel, en ce deuxième samedi de juillet. Les invités étaient arrivés tôt le matin. Ils étaient peu nombreux, une dizaine en comptant Marguerite et les futurs époux. Il y avait là, accompagnés de leurs deux gamins, Fernand, le frère de Marguerite, avec sa femme Angèle, et trois amis, des voisins du Sap, très liés avec feu le père de Marie-Rose. Les temps restaient à la récession et de surcroît, issu d'une famille modeste, le fiancé ne disposait pas d'un sou vaillant, ce qui attisait doublement la curiosité des Normands habitués à voir leurs enfants convoler de préférence là où il y a du bien, des terres à récupérer, des fermes à agrandir.

Les parents de Nicolas étaient absents. Sa mère lui avait écrit pour lui expliquer que la silicose de son père s'était encore aggravée, qu'il lui était impossible de se déplacer et qu'elle ne pouvait le laisser seul. De toute façon, le voyage pour se rendre en Normandie aurait été trop coûteux. Ils avaient financièrement tout juste de quoi survivre. Ils souhaitaient beaucoup de bonheur à Nicolas et à sa femme en ce beau jour. Ils espéraient que tous deux viendraient les voir prochainement à Ottange. Ils étaient désolés, mais ils n'avaient toujours pas l'adresse de Jean-Pierre et n'avaient pu le prévenir du mariage de son frère.

Marguerite reçut les invités dans la salle à manger où la table avait été dressée avec une légère collation pour qu'ils se restaurent un peu, tout en déposant leurs cadeaux.

Quand tout ce petit monde fut là, les futurs mariés apparurent. Chacun s'empressa autour d'eux. La « relique », petit miroir serti de chenille verte accompagné d'une rose blanche, était, comme l'exigeait l'usage, attachée à l'arrière de la coiffure de Marie-Rose. Après la noce, cette « relique » symbolisant la virginité serait fixée à la tête du lit conjugal. Chacun admira la robe de la jeune fille, s'extasia sur sa rayonnante beauté. On félicita aussi Nicolas. Le regard des femmes soupesait la vigueur de ses épaules, la franchise de son regard, l'éclat de sa jeunesse.

Tout en se désaltérant et en grignotant, les langues des convives galopaient et leurs yeux s'attardaient sur le menu du déjeuner que leur présentait la maîtresse de maison.

« Mariage de monsieur Nicolas Fischer avec mademoiselle Marie-Rose Leroy

« Hors-d'œuvre variés

« Chartreuse de perdreaux

« Gigot de pré-salé
« Canard aux petits pois
« Salade
« Gâteau Saint-Honoré
« Petits-fours glacés
« Fruits
« Vins, café, liqueurs. »

Du beau temps, confirmé par le bleu du ciel, avait été annoncé, et une longue table nappée de draps blancs couverts de pétales de rose avait été dressée sous l'ombre d'un marronnier, à l'arrière de la maison.

Abandonnant les préparatifs aux bons soins d'une cuisinière, Marguerite donna le signal du départ de la noce. Un violoneux, loué à cet effet, prit la tête du cortège, devançant la mariée, suspendue au bras de son oncle Fernand qui remplaçait le père. Marguerite s'empara de celui de Nicolas, et l'on se dirigea vers le cimetière où reposait le défunt, afin que les futurs époux sollicitent son accord et se recueillent sur sa tombe.

On traversa ensuite Le Sap à pas comptés sous les regards souriants des villageois, qui adressaient de petits signes au cortège. Lorsque celui-ci déboucha sur la place, des braillements venus de nulle part, accompagnés de sifflets, trouèrent le silence, suivis d'un retentissant :

— Tiens, v'là le chleuh qui veut se marier !

Une immense lassitude s'empara de Nicolas. Avoir traversé tant de périls pour finir tiré comme un lapin !

Son visage s'obscurcit ; il lutta contre le sol prêt à se dérober sous lui. Ils étaient là, quelque part, tapis dans l'ombre.

Marguerite le sentit chanceler. Elle l'arrima avec force contre sa hanche, leva sa figure osseuse vers lui, tandis que sa voix chaude cherchait à le rassurer. Elle avait distingué au loin quelques exclamations étouffées, des protestations. Puis le silence. Les gendarmes, probablement.

— Ne vous inquiétez pas, tout va bien se passer. Ils ne méritent pas qu'on s'intéresse à eux. Restez digne. Pour Marie.

Marie-Rose avait entendu les cris, elle aussi, et avait un instant tourné la tête vers Nicolas, une petite tête chiffonnée par la peur. Il se redressa, lui sourit.

Ils arrivèrent au fond de la place, s'engagèrent sous les arcades, gravirent les marches conduisant à la mairie. Nicolas les comptait à pas posés : une, deux, trois, dix, vingt, vingt et une, appréhendant le coup de feu fatal. Marguerite le serrait très fort contre elle. J'aime cette femme, songeait-il, elle est aussi géniale que sa fille !

Marie-Rose était parvenue sur le perron de la mairie. Elle le regardait. Elle avait quitté le bras de son oncle. Vingt-quatre, vingt-cinq, vingt-six ! Les vingt-six marches étaient franchies. Elle lui tendit la main, se jeta contre sa poitrine, l'enlaça, arrachant au passage quelques pétales de son joli bouquet de roses qui planèrent un instant, portés par la brise, avant de se coucher délicatement sur le sol.

— Tu vois, ça y est, il ne faut plus y penser ! Dans cinq minutes, si le maire est à l'heure, tu m'auras mis la bague au doigt !

Il respira très fort, sourit. Le monde était de nouveau en place.

Ils se séparèrent, se replacèrent dans le cortège, les yeux emplis de l'autre. Avant de reprendre son poste, Fernand se pencha vers sa sœur Marguerite et, dans un soupir attendri, murmura :

— Dis donc, je ne sais point comment ils se sont rencontrés, mais ils sont rudement amoureux, ces deux-là !

Remerciements

Je remercie monsieur Frédéric Leterreux, rédacteur en chef adjoint à *Liberté de Normandie*. Il est le premier à m'avoir parlé de l'étonnant destin de monsieur Nicolas Fank, et c'est grâce à lui que j'ai pu rencontrer celui qui allait devenir le personnage central de ce roman.

Je remercie aussi madame Léone Chemin et son fils Guy, qui m'ont rapporté les événements qui se déroulèrent dans leur ferme de Bosrobert en août 1944.

Je remercie enfin tous ceux qui, de près ou de loin, m'ont aidé à collecter les documents indispensables pour faire revivre cette saisissante période de notre histoire.

PRODUCTION JEANNINE BALLAND

Romans « Terres de France »

Jean Anglade
Un parrain de cendre
Le Jardin de Mercure
Y a pas d'bon Dieu
La Soupe à la fourchette
Un lit d'aubépine
La Maîtresse au pique
Le Saintier
Le Grillon vert
La Fille aux orages
Un souper de neige
Les Puysatiers
Dans le secret des roseaux
La Rose et le Lilas
Avec le temps...
L'Ecureuil des vignes
Une étrange entreprise
Le Temps et la Paille
Les Ventres jaunes
Le Semeur d'alphabets
La Bonne Rosée
Sylvie Anne
Mélie de Sept-Vents
Le Secret des chênes
La Couze
Ciel d'orage sur Donzenac
La Maîtresse du corroyeur
Un horloger bien tranquille
Un été à Vignols
La Lavandière de Saint-Léger
Jean-Jacques Antier
Tempête sur Armen
Marie-Paul Armand
Le Vent de la haine
La Courée
tome I *La Courée*
tome II *Louise*
tome III *Benoît*
La Maîtresse d'école
La Cense aux alouettes
L'Enfance perdue
Un bouquet de dentelle
Au bonheur du matin
Le Cri du héron
Le Pain rouge
La Poussière des corons
Victor Bastien
Retour au Letsing
Henriette Bernier
L'Enfant de l'autre
L'Or blanc des pâturages
L'Enfant de la dernière chance
Le Choix de Pauline
La Petite Louison
Françoise Bourdon
La Forge au Loup
La Cour aux paons
Le Bois de lune
Le Maître ardoisier
Les Tisserands de la Licorne
Le Vent de l'aube
Les Chemins de garance
Patrick Breuzé
Le Silence des glaces
La Grande Avalanche
La Malpeur
Nathalie de Broc
Le Patriarche du Bélon
La Dame des Forges
La Tresse de Jeanne
Annie Bruel
Le Mas des oliviers
Les Géants de pierre
Marie-Marseille
Michel Caffier
Le Hameau des mirabelliers
La Péniche Saint-Nicolas
Les Enfants du Flot
La Berline du roi Stanislas
La Plume d'or du drapier
L'Héritage du mirabellier
Claire Chazal
L'Institutrice
Didier Cornaille
Les Labours d'hiver
Les Terres abandonnées

Etrangers à la terre
L'Héritage de Ludovic Grollier
L'Alambic
Georges Coulonges
Les Terres gelées
La Fête des écoles
La Madelon de l'an 40
L'Enfant sous les étoiles
Les Flammes de la Liberté
Ma communale avait raison
Les blés deviennent paille
L'Eté du grand bonheur
Des amants de porcelaine
Le Pays des tomates plates
La Terre et le Moulin
Les Sabots de Paris
Les Sabots d'Angèle
La Liberté sur la montagne
Les Boulets rouges de la Commune
Anne Courtillé
Les Dames de Clermont
Florine
Dieu le veult
Les Messieurs de Clermont
L'Arbre des dames
Le Secret du chat-huant
L'Orfèvre de Saint-Séverin
Paul Couturiau
En passant par la Lorraine
Annie Degroote
La Kermesse du diable
Le Cœur en Flandre
L'Oubliée de Salperwick
Les Filles du Houtland
Le Moulin de la Dérobade
Les Silences du maître drapier
Le Colporteur d'étoiles
La Splendeur des Vaneyck
Les Amants de la petite reine
Alain Dubos
Les Seigneurs de la haute lande
La Palombe noire
La Sève et la Cendre
Le Secret du docteur Lescat
Constance et la Ville d'Hiver
Marie-Bernadette Dupuy
L'Orpheline du bois des Loups
Les Enfants du Pas du Loup
La Demoiselle des Bories
Le Chant de l'Océan
Elise Fischer
Trois Reines pour une couronne
Les Alliances de cristal
Mystérieuse Manon
Le Soleil des mineurs
Les cigognes savaient
Laurence Fritsch
La Faïencière de Saint-Jean
Alain Gandy
Adieu capitaine
Un sombre été à Chaluzac
L'Enigme de Ravejouls
Les Frères Delgayroux
Les Corneilles de Toulonjac
L'Affaire Combes
Les Polonaises de Cransac
Le Nœud d'anguilles
L'Agence Combes et Cie
Suicide sans préméditation
Fatale Randonnée
Une famille assassinée
Le piège se referme
Gérard Georges
La Promesse d'un jour d'été
Les Bœufs de la Saint-Jean
L'Ecole en héritage
Le Piocheur des terres gelées
Les Amants du chanvre
La Demoiselle aux fleurs sauvages
Denis Humbert
La Malvialle
Un si joli village
La Rouvraie
L'Arbre à poules
Les Demi-Frères
La Dernière Vague
Yves Jacob
Marie sans terre
Les Anges maudits de Tourlaville
Les blés seront coupés
Une mère en partage
Hervé Jaouen
Que ma terre demeure
Au-dessous du calvaire
Les Ciels de la baie d'Audierne
Les Filles de Roz-Kelenn
Michel Jeury
Au cabaret des oiseaux

Marie Kuhlmann
Le Puits Amélie
Guillemette de La Borie
Les Dames de Tarnhac
Le Marchand de Bergerac
Jean-Pierre Leclerc
Les Années de pierre
La Rouge Batelière
L'Eau et les Jours
Les Sentinelles du printemps
Un amour naguère
Julien ou l'Impossible Rêve
A l'heure de la première étoile
Hélène Legrais
Le Destin des jumeaux Fabrègues
La Transbordeuse d'oranges
Les Herbes de la Saint-Jean
Les Enfants d'Elisabeth
Louis-Jacques Liandier
Les Gens de Bois-sur-Lyre
Les Racines de l'espérance
Jean-Paul Malaval
Le Domaine de Rocheveyre
Les Vignerons de Chantegrêle
Jours de colère à Malpertuis
Quai des Chartrons
Les Compagnons de Maletaverne
Le Carnaval des loups
Les Césarines
Grand-mère Antonia
Une maison dans les arbres
Une reine de trop
Une famille française
Le Crépuscule des patriarches
Dominique Marny
A l'ombre des amandiers
La Rose des Vents
Et tout me parle de vous
Jouez cœur et gagnez
Pascal Martin
Le Trésor du Magounia
Le Bonsaï de Brocéliande
Les Fantômes du mur païen
La Malédiction de Tévennec
L'Archange du Médoc
Louis Muron
Le Chant des canuts
Henry Noullet
La Falourde
La Destalounade
Bonencontre
Le Destin de Bérengère Fayol
Le Mensonge d'Adeline
L'Evadé de Salvetat
Les Sortilèges d'Agnès d'Ayrac
Le Dernier Train de Salignac
Michel Peyramaure
Un château rose en Corrèze
Les Grandes Falaises
Frédéric Pons
Les Troupeaux du diable
Les Soleils de l'Adour
Passeurs de nuit
Jean Siccardi
Le Bois des Malines
Les Roses rouges de décembre
Le Bâtisseur de chapelles
Le Moulin de Siagne
Un parfum de rose
La Symphonie des loups
La Cour de récré
Les Hauts de Cabrières
Bernard Simonay
La Fille de la pierre
La Louve de Cornouaille
Jean-Michel Thibaux
La Bastide blanche
La Fille de la garrigue
La Colère du mistral
L'Homme qui habillait les mariées
La Gasparine
L'Or des collines
Le Chanteur de sérénades
La Pénitente
L'Enfant du mistral
Jean-Max Tixier
Le Crime des Hautes Terres
La Fiancée du santonnier
Le Maître des roseaux
Marion des salins
Le Mas des terres rouges
L'Aîné des Gallian
Brigitte Varel
Un village pourtant si tranquille
Les Yeux de Manon
Emma
L'Enfant traqué
Le Chemin de Jean

L'Enfant du Trièves
Le Déshonneur d'un père
Blessure d'enfance
Mémoire enfouie
Louis-Olivier Vitté
La Rivière engloutie
L'Enfant des terres sauvages
Colette Vlérick
La Fille du goémonier
Le Brodeur de Pont-l'Abbé
La Marée du soir
Le Blé noir

Biographie

Michel Caffier
Le Découvreur du Mississippi

Récit « Terres de France »

Albine Novarino
George Sand ou l'Amour du Berry

Collection « Sud Lointain »

Sylvie Anne
L'Appel de la pampa
Jean-Jacques Antier
Marie-Galante, La Liberté ou la Mort
La Dame du Grand-Mât
Le Sixième Condamné de l'Espérance
Erwan Bergot
Les Marches vers la gloire
Sud lointain
tome I *Le Courrier de Saïgon*
tome II *La Rivière des parfums*
tome III *Le Maître de Bao-Tan*
Rendez-vous à Vera-Cruz
Mourir au Laos
Jean Bertolino
Chaman
Fura-Tena
Anne Courtillé
Le Mosaïste de Constantinople
Paul Couturiau
Le Paravent de soie rouge
Le Paravent déchiré
L'Inconnue de Saigon
Les Amants du fleuve Rouge
Le Pianiste de La Nouvelle-Orléans
Les Brumes de San Francisco
Paradis perdu
Annie Degroote
L'Etrangère de Saint-Pétersbourg
Alain Dubos
Acadie, terre promise
Retour en Acadie
La Plantation de Bois-Joli
La Baie des maudits
Elise Fischer
L'Enfant perdu des Philippines
Hubert Huertas
L'Orque de Magellan
Gérard A. Jaeger
Pour l'amour de Blanche
Hervé Jaouen
L'Adieu au Connemara
Le Testament des McGovern
Diane Lacombe
L'Hermine de Mallaig
Eric Le Nabour
Orages sur Calcutta
Les Démons de Shanghai
Les Jardins d'Istanbul
Sonia Marmen
La Vallée des larmes
La Saison des corbeaux
La Terre des conquêtes
La Rivière des promesses
Dominique Marny
Du côté de Pondichéry
Les Nuits du Caire
Cap Malabata
Du côté de Bombay
Juliette Morillot
Les Orchidées rouges de Shanghai
Michel Peyramaure
Le Pays du Bel Espoir
Les Fleuves de Babylone
Les Tambours sauvages
Le Temps des moussons
Les Roses noires de Saint-Domingue
Bernard Simonay
Les Tigres de Tasmanie
La Dame d'Australie
Princesse maorie
Jean-Michel Thibaux
La Fille de Panamá
Tempête sur Panamá
La Pyramide perdue
La Cinquième Courtisane
Colette Vlérick
Le Domaine du belvédère

Romans

Hubert Huertas
Nous jouerons quand même ensemble
La Passagère de la « Struma »
Terminus Pondichéry
Denis Humbert
Un été d'illusions
Dominique Marny
Mes nuits ne sont pas les vôtres
Michel Peyramaure
Le Roman de Catherine de Médicis
Jean-Michel Thibaux
Le Roman de Cléopâtre

Achevé d'imprimer sur les presses de

BUSSIÈRE

GROUPE CPI

à Saint-Amand-Montrond (Cher)
en février 2008

Composition et mise en pages : FACOMPO, LISIEUX

N° d'édition : C07373/01. — N° d'impression : 080740/1.
Dépôt légal : mars 2008.

Imprimé en France